默笙时代

翁筱 著

中国文史出版社

图书在版编目（CIP）数据

默笙时代 / 翁筱著 . -- 北京 : 中国文史出版社，2021.5

ISBN 978-7-5205-2942-6

Ⅰ . ①默… Ⅱ . ①翁… Ⅲ . ①中篇小说—小说集—中国—当代 Ⅳ . ① I247.5

中国版本图书馆 CIP 数据核字 (2021) 第 079935 号

责任编辑：金　硕　刘华夏

出版发行	中国文史出版社
社　　址	北京市海淀区西八里庄路 69 号院　邮编 :100142
电　　话	010-81136606 81136602　81136603 81136605（发行部）
传　　真	010-81136655
印　　装	阳谷毕升印务有限公司
经　　销	全国新华书店
开　　本	650 × 960　1/16
印　　张	16.75
字　　数	180 千字
版　　次	2021 年 6 月北京第 1 版
印　　次	2021 年 6 月第 1 次印刷
定　　价	55.00 元

目 录

楚家台门

傅明松第一次见到梁素素和她的女儿楚云，还有楚云的奶奶，都是在这个名叫楚家台门的院子里。那时，他大学毕业，刚分配到海城市老城街道办事处。

老城街道办事处全体人员分成四个组，傅明松担任其中一个组的组长，手下配有十几个组员，另外还配备了两名派出所干警，任务是对衙门巷、楚家里、城隍庙、大埠头四个居委会范围内所有调查对象——包括本地户籍和租住在这个区域内的外来人员——一个个落实相关措施。

傅明松担任组长，实在是有点儿赶鸭子上架的味道，因为那年他才二十一周岁，8 月初刚刚大学毕业，便在这座海防古城办事处担任副主任兼团委书记、文化站站长。这次行动分成四个小组，街道书记、主任、副书记各带了一个组，按照职务排下来，另一个组长就得由傅明松担任了。

“别担心，配给你这个组里的同志都是机关里面最棒的，你只要决定何时行动、何时休息就行，活儿他们会干好的。”开展分组行动前，街道书记拍拍他的肩头如是说道。傅明松看了看自己的这个组，里面有妇女主任、计生办主任、派出所副所长、团委副书记、文化员、土地管理员……阵容的确很庞大，而且个个都能独当一面。

那个周日下午，他们去了最后一站——楚家里。

对古建筑很感兴趣的傅明松知道，整个楚家里按照清末江南庭院规制而建——双开的大门右侧有一扇小门，门里一条长廊避开第一进直通第二进，并依次复制第三进。在过去，台门的大门平时是不开的，人们进进出出都走小门，只有在重大节庆日或是有重要客人到来时，才打开正门。不过，在傅明松第一次来楚家台门前，这扇小门就早已被砖块封死，连通小门的门斗和一溜儿气派的长廊，也被沿廊的各家各户拦隔起来，成为自己的厨房或杂物间，已然失去了住台门房的真正味道。

一踏进双开的大门，迎面便是一堵底部有着须弥座的照壁。照壁的中间由四十五度角斜放的方砖贴砌而成，上面绘有松鹤延年的图案，照壁的四角则是装饰了喜鹊登梅、麒麟送子之类吉祥图案的砖雕。照壁后就是第一进，显得特别宽敞亮堂：一横排七间两层正楼房，东西各五间两层披屋，围成一个大大的天井，清一色鹅卵石铺就的地面在阳光下闪动着斑斓的光彩。正楼房和东西披屋的门窗、廊檐和柱子上，都雕刻着各式事物，线条流畅，图案精美，风格大气、典雅、古朴，显然是承袭了东阳木雕之风。

多少年后，傅明松都不会忘记这堵照壁，那是他第一次见到梁素素女儿楚云的地方。与这堵照壁叠印在一起的，还有那个粉嘟嘟的小脑袋和那双直溜溜盯着他的大眼睛。

傅明松几乎是同时见到楚云和秋菊阿婆的。那时候，楚云还不到两周岁。傅明松走近时，她从秋菊阿婆怀里挺起柔嫩的身体，粉嘟嘟的小脑袋搁在秋菊阿婆瘦弱的肩头，一对大眼睛直溜溜地盯着他。

傅明松不知道这个大眼睛的小女孩就是他第二次进楚家台门时要找的梁素素的女儿，更想不到三十年后她竟然会走进他的生活。当然，这是后话。

傅明松第三次跨过高高的大理石门槛，走进楚家台门，已是三十年后的事了。

记得第一次到楚家台门时，一堵底部有须弥座的照壁美轮美奂。可现在，这堵既有挡风、遮蔽视线作用，又与大门、内庭形成对景效果的照壁，已是荡然无存，地上只留下一些浅浅的印痕。现在，傅明松就站在这地上只留下一些浅浅印痕的原来立着照壁的地方。没有了照壁，这里实际上就是楚家台门的第一进了。

每一进之间都有围廊，以披屋相连。对于像楚家里这样的大宅子，当地人通常用“三透九门堂”来形容。透，就是庭院，也就是一个四合院；门堂，就是堂屋，正厅；而三和九，通常并非实指三个庭院和九间正厅，只是形容房屋数量很多。楚家里一共有三进，也就是有三个庭院。

第一个庭院显得特别宽敞亮堂，以至于三十多年前傅明松第一次转过照壁踏进这儿时着实吃了一惊。那次来时，这里人声鼎沸，尤以半大孩子、小孩子为多，大家你追我赶，玩着各自喜欢的游戏，就连两岁的楚云也被奶奶抱着看热闹。这自然更有利于傅明松扮演成密探，到住在这一进边上的孕妇家摸底。如今，这儿破败不堪，部分厢房已经倒塌，人去楼空，显得很是荒凉。尤其让人感到压抑的，就是那到处弥漫着的陈腐的气息。

其实，这一股陈腐气息，傅明松在第二次走进楚家台门，在穿过吵吵嚷嚷的天井，走进第一进的明堂时就已经感受到了。

楚云的母亲梁素素，是傅明松第二次走进楚家台门要找的人，离第一次来这里相差了两年。

那是一个深秋。

梁素素是傅明松的老乡，出生在古越腹地西施故里，不仅人长得漂亮，而且能歌善舞。十四岁时考到台州刚刚成立的三台文工团，不久就成了团里的名角，不仅每场演出少不了她，上面有领导来检查工作时，当地领导也会让她一起接待。陪吃陪喝成了她的分内事，唱几首小曲给领导们助兴，自然也成了必需的内容。时间一久，有关她的传闻便多起来，害得她到了二十八岁还孤身一人。前后几年中，也有几个喜欢她的，相处得很不错，但到谈婚论嫁时，对方家人一去打听，便都死活不让儿子娶进门。为此，梁素素不知哭过多少回，渐渐地心冷了，平日里也没了笑脸。后来有一次，文工团为海门港的装卸工人演出，梁素素她们吃住在楚家台门，不多久梁素素就嫁给了住在楚家台门的房东——由于出身不好，将近四十岁还是光棍一条的楚家少爷，也就是楚森的儿子、重操祖上屠宰旧业的楚林。一年后，梁素素便为楚家生下了一个女儿，取名楚云。两年前，文工团解散，梁素素被安排在海城市图书馆当管理员。

在见到楚云的母亲梁素素之前，傅明松对楚家和自己的老乡梁素素就只了解这么多，而他之所以来找梁素素，原因其实很简单：

梁素素想请傅明松做她的电大毕业论文指导老师。

傅明松在老城街道办事处只待了两年，纷繁复杂的街道、居民工作让他烦不胜烦。在行政领域，不少掌权者所喜欢的不是有真才实学、有自己见地、敢做敢担当的，而是那些人云亦云、八面玲珑的人。傅明松崇拜过去那些以“力求通才”作为自我修习基点与目标的文人，在他的眼里，文人并不等于时下的知识分子，他们之间最大的差异，就在于文人往往在经学、文学、历史、书画、音乐甚至烹饪等方面都具有较高的修养，而知识分子只是精通某一门一类的专才。他内心也以此为方向，把到街道办事处工作当作一种历练和增宽知识面的途径。傅明松有时候会很和风细雨地工作，有时候会很较真地钻起牛角尖，有时候会怒发冲冠地抨击现实，这在外人看来便是文人的酸气。然而，又有哪个朝代的文人不带一点酸气呢？这样的酸气，反而让他们的形象显得更真实一些、更人性一些，不再影影绰绰的。

当时才二十三岁的傅明松不愿继续待在街道办事处当许多人钦羡的副主任，主动要求调到海城市文联，去爬他的方格子。他还应邀到海城市广播电视大学做了几次文学讲座，梁素素应该就是听众之一，但他不认识她。两天前，她让与傅明松在同一幢楼办公的一位同学带来一封信，内容很简单，大意说她是他的老乡，听过他的讲座，明年要毕业了，想请他做毕业论文指导老师。还说自己在图书馆工作，平时上班走不开，家里有孩子需要照顾，希望通过带信来的同学得到答复或让他去找她，信末留了单位和家里地址，家庭住址赫然是傅明松去过的楚家里。傅明松想，总不能一无所知就去当人家的老师，便向那位带信来的同学了解了一些基本情况，才决定在周六休息时间去她家走访。

梁素素家住在楚家里的第三进。傅明松转过照壁来到第一进，由于是周末，这里依然与第一次来的时候一样人声鼎沸，孩子们玩着各自喜欢的游戏。傅明松穿过天井时，极不自在地瞄了东侧披屋的后两间一眼，那是两年前他当密探逮大月份孕妇的地方，一间房子的门关着，另一间的门开着，一个七八岁的小男孩刚从玩耍的孩子群中，跑回自己家门口，坐在小方桌旁写作业。这立马让傅明松想起自己的童年时代，虽然很爱玩耍，但不忘学习，也经常与小伙伴们玩一会儿再去做作业，做一会儿又跑去耍。

第一进两层正楼房的底层其实只有六个房间，正中的那一间是个过道——噢，不，这在台州称为明堂。这一间房屋被分成两半，以木墙分隔：前面的三分之二间布置得像个客厅，摆有一张八仙桌，只在靠分隔墙的两侧各放置一把太师椅；在太师椅东西两侧边上，各有一个小门通向后面；在后面的三分之一间，除了靠分隔墙一侧摆有一张长条形的高脚桌案，别无他物。走到这儿，第二个院子就在眼前了。

那次，傅明松在这里与梁素素几乎撞了个满怀。

楚家台门第一进以后的院子，是傅明松第一次进楚家里所没有到过的，因而，他在进入明堂后看得特别仔细，以至于在抬腿跨进第二个院子时还回头观察着那张长条形的高脚桌案，心里琢磨着它应该叫个啥名。

只听得“咚”“嘭”两声响，傅明松的脑袋一阵眩晕。正在傅明松扭头跨入第二进的一瞬间，有一个脑袋“咚”的一声顶在他的下颌，他的头“嘭”地撞在门框上。

“啊呀，是傅老师呀——”一个清脆但又带点拖腔的女人的惊叫声传入他的耳膜。

傅明松忍着痛睁开眼，见面前站着一个三十来岁、皮肤白皙、眉清目秀的成熟女子，此刻她显然是手足无措的。

“把您给撞疼了，真不好意思哟！”随着有点拖腔的声音，她的手摸向他的头。一阵体香袭过来，一对大大的胸脯隔着粉红色羊毛衫柔柔地摩挲到他的身上。

“傅老师不记得了吧？我是梁素素。”她的声音变得柔软了一些。

“哦。”傅明松随口应了一句。其实他心里早就明白，这个地方叫他“老师”的，当然就是自己要找的电大学生梁素素。

在她揉他后脑的间隙，他定神往前一看，只见第二进庭院里整整齐齐排着两列绣花女，并且一个个把头侧向他们这个方向。

“好了，不疼啦！”傅明松赶紧拨开梁素素的手。

“真不疼了？那好，我们走。”梁素素不由分说地拉起他的手，举步前行。傅明松看看两侧那么多双眼睛，下意识地甩掉了她的手，她咧开嘴角笑了笑，便径直往前面走了。

这第二个庭院似乎比第一个更宽敞亮堂。按照习惯，这二进是族人们祭祖的地方，往往也是举办红白喜事的地方，而今，这里俨然变成了绣花女的露天作坊。

每个绣花女面前都摆有一个绣花架子，架子是用竹竿编成的，呈长条形，长条框内是一块真丝面料，绣花架下全空，利于绣花女坐在凳子或椅子上穿针引线。

虽然到这座城市的时间不长，但对于和苏绣、湘绣、粤绣、蜀绣“中国四大名绣”相媲美的海门刺绣，傅明松还是有所了解的。鸦片战争后，西方传教士把抽纱技艺带到了我国东部沿海地区，大概在清光绪年间，海门天主总堂的嬷嬷们向女教徒传授刺绣技艺，当地人因而称之为“天主堂花”。从这个角度讲，曾经霸占印山商业学堂、海门港埠码头的李思聪等传教士们，并非一无是处。促进东西方文化交流，这一点肯定是传教士们所作的贡献。在吸收外来文化的基础上，海门历代绣花女的刺绣工针技术不断得到创新，形成了海门刺绣独特的抽绣、拉绣、雕绣、镶贴等二百余种针法，尤以特有的“雕平绣”蜚声海内外，是中西方刺绣文化交流的见证，在中国刺绣工艺上独树一帜，被誉为“东方瑰宝”。那个时候的海门刺绣，全是绣花女一针一线细细绣出来的，绣衣专供出口，为国家创造外汇。据说要弄到一件融合了中西文化的海门绣衣很不容易，得通过关系找厂长批条子，以“不合格产品”的名义弄出来，价格自然也不菲。

不过，这一次傅明松没敢往两边细看绣花女双手穿针引线上下翻飞的姿态，只是跟在梁素素身后，不紧不慢地穿过两侧摆满绣花架子的宽大通道。

“素素姐，这个小细佬是谁呀？”绣花女中有人笑着问。

“这是我老家来的兄弟，也是我的老师呢！”梁素素回头看看傅明松，咧开嘴答道。

“又是兄弟，又是老师的，到底是啥？素素姐又在编戏了吧！”绣花女中有人将梁素素的军。

“这你们就不懂了吧？是我老家来的，兄弟；是教我读书的，老师——”梁素素特意把腔拖得更长。

“他才多大呀，当你的老师？”绣花女中又有人插话。

“当老师靠的是学问，不是靠年纪大小，他是我们海城有名的大才子哟！”梁素素话中透着些许自豪，同时也不忘反调侃，“我兄弟还是细佬头，你们哪个中意，等会儿偷偷告诉我，我来做媒。哈哈——”

傅明松两眼不敢旁视，就只能盯着前面梁素素的背影。她上身穿一件粉红色羊毛衫，下着一条藏青色西裤，身材匀称，臀部略显丰满，走路时腰肢轻盈地扭动，成熟女人的形象在秋阳下显得分外动人。

两个人在绣花女们欣喜的目光中，来到第二进与第三进之间的明堂。这里与前一个明堂完全不一样：正中间是一个大厅，匾额上写着“慎思堂”三个大字，匾下也摆有一张八仙桌，两侧各放置一把太师椅；左右两壁放满了楚家祖宗的神祇排位，让人感觉有点阴森森的。

转到明堂背后，那张长条形高脚桌案上点着香烛，香雾缭绕着往上蔓延，笼罩着一幅泛旧的照片，照片上的人傅明松在地方志上见到过——楚森。

楚森是被日本鬼子从飞机上扔的炸弹给炸死的。

1941 年春末，侵华日军发动宁绍战役，企图占领浙江东海岸的宁波、台州、温州和绍兴一带，切断海运通道，抢夺战略物资。4 月 18 日前后，十余艘日军军舰在台州湾口游弋，频频向海门卫城及沿江发炮；数十架日军飞机连日狂轰海门卫城，投掷炸弹数百枚，不仅沿椒江两岸军事阵地尽毁，海门港区码头也被破坏殆尽。已经六十五岁高龄的楚森，率“大埠头帮”兄弟前往码头察看损坏状况，被再一次突然飞临的日机扔下的炸弹炸死。当晚午夜时分，日军第五师团黑田大佐部在台州湾浅滩登陆，攻入海门卫城，到处烧杀抢掠，在楚家里搜寻到楚森的大老婆、二老婆、三老婆，皆先奸后杀。小老婆秋菊因身怀六甲，被家人藏在地下酒窖里，才幸免于难，不久产下一个遗腹子，取名楚林，也就是梁素素的老公。

傅明松对着楚森遗像毕恭毕敬地作了三个揖，便跟着梁素素踏入了第三进院子。

第三进庭院与前面两进有较大的区别。

首先，第一进和第二进的长廊已被沿廊的各家各户拦隔起来，成为自己的厨房或杂物间，唯有这第三进两边的长廊没被拦隔。其次，第一进和第二进东西两侧各有五间两层披屋，而这里只有三间。再次，第一进和第二进都有一横排七间两层的正楼房，这一进没有，有一堵中间开着圆洞门的并不太高的墙阻挡了人们的正常视线。这一些，围成了一个并不大的天井，保持着真正住台门房的味道。

梁素素先带着傅明松来到圆洞门口，说这是楚家台门的后花园，楚森早年晨昏都是在这里读书或清坐的。傅明松站在圆洞门往里扫视了一遍，发现外头有一堵高墙围住，花园面积挺大，有两百多平方米：一条用清一色鹅卵石铺就的小道穿过一个六角亭蜿蜒而进，亭子左侧有一大棚架已花谢叶萎的紫藤，亭子右侧有四五株桂花树正青葱欲滴，亭子后面紧靠高墙处有一个小池塘，池中的莲叶莲蓬迎风轻摆……整个花园在秋日阳光下异彩纷呈，可想而知，举人老爷当年在此读书是多么惬意呀！

“好一个后花园！”傅明松不禁脱口称赞。

“在海城，恐怕已经找不到第二家了。只可惜……”他摇了摇头。

“可惜啥？”梁素素有些不解。

“你看，这满园种的蔬菜……”他轻叹了一口气。

“四时鲜蔬，自家种，干净，方便呀！”梁素素的语气欣喜而坚定。

“那是，那是。”傅明松知道她没领会自己的意思，便也不再解释。当年，举人老爷在这么大的花园里读书，现在种植四时鲜蔬的地方彼时肯定是四季开满鲜花，漂亮非凡，清香扑鼻。

等他们转过身，突然发现右侧中间那间披屋的门口静静地站着一个清瘦的老年妇女。

“这是我婆婆……妈，这是我老乡，也是我老师。”梁素素边带着傅明松往家里走，边向老太婆介绍。

傅明松定神一看，她不就是两年前自己在照壁后碰到的那个抱着小女孩的老婆婆吗？只不过看上去比两年前更瘦弱了一些。那长着一对会说话的大眼睛的小女孩，给傅明松留下的印象太深刻，只是想不到她居然是梁素素的女儿。

“原来是舅舅来了，快进来坐！”听说是老乡又是老师，站在门口的清瘦老年妇女原本警惕的脸上，挤出了勉强的笑容。

“谁来了呀？谁来了呀？”随着几声清脆的童声，一个四五岁的小女孩蹦跳着来到门口。

“楚云，来，快叫舅舅——”老婆婆一边拉过小女孩一边说。

那个叫楚云的小女孩，并没有按长辈的吩咐叫舅舅，一双会说话的大眼睛直溜溜地盯着他，与两年前一模一样。

进门坐定后，梁素素与婆婆嘀咕了几句。

“舅舅慢坐。”老婆婆朝傅明松笑笑，说了声便出门到隔壁去了。梁素素抱着楚云坐在对面的长条凳上，用家乡话向傅明松介绍家里的基本情况，还有工作经历以及电大的学习状况，而坐在她腿上的楚云依然睁着一对大眼睛，一直盯着傅明松。

虽然，此前傅明松已经从梁素素的同学那儿了解过一些情况，但现在知道得更多了一些，包括她的女儿楚云，包括她老公楚林和她婆婆秋菊阿婆……

正聊天间，秋菊阿婆双手托着个木盘子走进门来，她把盘子放在八仙桌上，盘子里是一只青口瓷碗，碗里盛满了水花蛋。

“请舅舅吃点心。”秋菊阿婆用双手把瓷碗捧出来放到傅明松面前，笑盈盈地说。

“阿婆客气啦，我肚子饱着呢！”傅明松急忙站起身来。

“舅舅慢吃！”说罢，秋菊阿婆便去梁素素怀里接楚云，“走，我们到前面玩去。”

楚云死活不肯离去，用双手紧紧拉着八仙桌，大眼睛依然盯着傅明松。

“楚云，你去拿碗来，陪舅舅一起吃，好不好？”他看着挣扎不休的楚云说。

“她中饭吃了很多，吃不下了，吃不下了……”秋菊阿婆和梁素素几乎同时说。

话音未落，楚云已从梁素素腿上溜下来，跑出门去了。

“这孩子，也不怕生。”秋菊阿婆说了声，跟着也出去了。一会儿，楚云拿着一个小碗、一个调羹进来，走到傅明松身边，双手递上，而眼睛几乎一刻也不离开他。

傅明松向小碗里舀了两个水花蛋，递给斜对面的梁素素，而楚云一骨碌爬到她腿上，双手捧着碗，眼睛依然盯着他，似乎在等待他发出“开吃”的号令。

“咱们一起吃，好吗？”傅明松笑笑。楚云这才看了母亲一眼，拿起调羹舀了一个水花蛋。

“吃吧，孩子其实一个就够了。”梁素素说。

傅明松碗里还有三个，加上给楚云的两个，一共是五个，这在他们老家是最高的待客之道，一般只有在娘家来人或者重要客人到来时，才一次上五个水花蛋做点心的。这时，傅明松也大致明白刚才梁素素与婆婆嘀咕的内容了。

第二次进楚家台门，傅明松不仅答应做梁素素电大毕业论文的指导老师，而且基本确定以留存有《断肠诗》《断肠词》的南宋著名女诗人朱淑真为论文研究对象。

离开楚家台门时，梁素素牵着楚云的手送他。到了第二进院子，趁着梁素素与那些绣花女闲聊时，楚云从母亲的手里挣脱出来，跑到傅明松面前扬起双臂，示意让他抱。

傅明松抱着楚云在前面走，梁素素在身后跟着，几次喊着让她下来，楚云不仅置之不理，反而用粉嘟嘟的小脸紧贴着他的脸。一直到台门口，梁素素想从他怀里把她接过去，楚云反而把他的脖子抱得更紧，不管梁素素怎么说，她就是不吭声，也不放手。

“这孩子怎么啦？”傅明松当然很纳闷，而梁素素比他更不明白，“她平时很怕陌生人的呀，碰都不让别人碰一下的，今天咋会赖着你不放？”

“跟我有缘呗！”傅明松笑笑说。刚才他已经了解到，梁素素没有兄弟，只有个妹妹在老家文化馆，是搞群众舞蹈的。

“那倒真是！”梁素素叹口气，“要是你再大一点，现在结婚了，就让她做你女儿；要是你小一点，再等十几年，就让她做你老婆。你们差十九岁，不三不四呀！”

“干吗非做老婆、女儿呀？我就做她舅舅啦！”傅明松大笑。

楚云一直紧紧抱着傅明松不放，直到他答应过几天再来看她，才勉强松手。

“啵——”楚云被梁素素抱过去时，突然扭身重重地亲了一下傅明松的脸。

傅明松此刻就站在第二进院子的门口，庭院里空荡荡的，东西两侧披屋有好几间门窗已经倒塌，曾经整整齐齐排着两列绣花女的院子里长满杂草，一副破败不堪的模样，到处弥漫着陈腐的气息。

三十年前，他第二次进楚家台门，就是在这里与梁素素撞了个满怀，也是在这个院子里抱起楚云的。傅明松十分清楚地记得，那次离开楚家台门时，自己曾答应过楚云过几天就来看她的，不料自己食言，这一晃竟然整整过了三十年。

自打确定以南宋著名女诗人朱淑真为论文的研究对象后，梁素素便开始收集有关朱淑真的各种资料。她在图书馆工作，自然一切进展顺利，不到一个月，上百万字的资料便陆陆续续汇集到傅明松的案头。梁素素只有初中文化的底子，应付电大每门课的考试已然焦头烂额，要写论文无异于天方夜谭，因而，除收集资料以外，从论文选角度、提观点到分析论证、形成文字，完全是傅明松包办的。论文要到第二年上半年才交，而他在当年的冬天就完成了八千多字的初稿。傅明松利用在杭州参加学习培训活动的间隙，用一手漂亮的行书誊抄了整整二十八页。培训活动结束时，他打电话给梁素素，告诉她论文完成情况和自己返回的时间，她欣喜得半天不肯挂断电话。

那天，梁素素一下班就赶到汽车站去接他。时值隆冬，李白曾梦游过的天姥山和天台山交界处飘起了鹅毛大雪，汽车通行严重受阻，原本傍晚五点多就能到达海城的班车，一直延迟到晚上十点多。

“很冷吧？很饿吧？走，我们去城门头吃姜汤面，暖和暖和。”傅明松一出汽车站，梁素素就紧紧拉住他的双手不放。她关切地询问着，又让他坐上她骑的自行车后座。

姜汤面是海城市最有代表性的传统面食，早先是妇女坐月子时调养身体的主食，也是招待来家里探望新生婴儿的亲朋好友的面食，慢慢也就成为海城街头独具风味的小吃。本地人开的面店里基本都有姜汤面卖，而最出名的就是老卫城小北门外的那一家。小北门大名叫靖波门，这一带便叫作城门头。

傅明松到海城工作不久就喜欢上了姜汤面的味道。它的独特之处，除了有虾干、猪肉丝、笋丝、香菇、金针菜、荷包蛋、豆腐皮子、青菜、蛏子等作丰富的浇头，还在于它带着姜汁特有的辛辣味和香味，特别适合在容易受凉感冒的季节里吃。

傅明松与梁素素来到城门头那家最有名的老牌姜汤面店。

“还没吃饭哪，先坐会儿。来两碗？”店主是一位半老徐娘，刚忙碌完吃面的高峰期，正与两三个伙计打扫卫生，见他们进来，便热情地招呼道。

“我在车站吃过东西了，一碗就行。”梁素素抢着说。

“两碗，你也得吃。”傅明松否定了她的意见，“吃不完再给我吧，我饿着呢！”

入乡随俗，傅明松想学会烧姜汤面，就站在敞开式的厨房前观察老板娘做面的整个过程：先将一小勺猪油放入锅内，再将虾干、猪肉丝、笋丝、香菇、金针菜等放入锅内用旺火煸炒，再洒些黄酒，待到佐料半熟、香味开始飘出来时，倒入已经煎好的姜汁，烧开后再放入已经泡软的米面，稍后再放入跳鱼干、荷包蛋、豆腐皮、青菜，快起锅时又放入几只蛏子，然后盛入一个大碗内，端上。

有两三个月没吃到香浓鲜美的姜汤面了，傅明松狼吞虎咽，直吃到额头冒汗，身上寒意顿消。

“慢慢吃，别噎着。”梁素素看着他狼吞虎咽的模样，一边提醒，一边把她碗里的大部分浇头夹到他碗里，自己只吃了一点点米面和面汤。

吃完姜汤面，祛寒、发汗，刺激胃肠蠕动，傅明松感觉浑身舒畅。梁素素又让他坐上她骑的自行车后座，把他驮到枫山脚下的军分区招待所。傅明松当时租住在招待所二楼一间不到九平方米的房间里，里面除了一张床、一只床头柜、一张写字台、一把椅子、一只木头衣柜、一只竹制书架，别的什么都没有。

一进房间，一股霉气便扑鼻而来。梁素素忙不停地帮他打扫房间、整理衣物、铺垫棉被，弄得傅明松都感觉有些不好意思了。经过一整天的奔波，傅明松也实在是累了，就在梁素素忙着整理房间的时候，靠在被子上的他不知不觉地睡着了。

第二天早晨醒来，傅明松发现身上被子盖得严严实实的，床头柜上放着一张纸条——

傅老师：

看到您疲惫成这个样子，我很心疼；看到您熟睡的样子，我又感到很欣慰。不忍心吵醒睡梦中的您，且夜已经很深，我走了。

明天是周六，我不用上班，趁着有好天气，我过来给您洗被单和衣服。您一个人生活，工作又忙，实在太不容易，今后这些洗洗刷刷的事，就交给我吧！

好梦！

梁素素

果然，他刚吃过早餐，梁素素就骑着自行车来了。她一走进傅明松的宿舍，就取下米白色的绣花长围巾，脱去身上厚重的呢子大衣，粉红色羊毛衫把上身的曲线勾勒得异常明朗。她二话没说，利落地拆下被单，抽出床单、枕巾，连同傅明松的衣服、袜子等，一股脑儿抱到盥洗室，居然还自己带来了洗衣粉、肥皂、刷子。

梁素素在房间里忙忙碌碌的时候，她那高耸的胸脯、丰盈的臀部和扭动的腰肢，缭乱着傅明松的视线，他只得拿过一本《青年诗选》翻看，以转移自己的注意力。等到她全身心地在盥洗室里洗刷时，傅明松的心里忽然感觉有些空落落的，反倒渴望看到她成熟的身影。

一个多小时后，梁素素把洗完的物品全部晾晒在一楼的晒竿，兴冲冲地回到房间里：

“嗨嗨，刚才碰到熟人了，问我怎么在这儿洗衣服。”

傅明松的双眼从书本上移开，注视着她有些红扑扑的脸。

“我说自己兄弟住在这里呢！”她的口气里有一种自豪感。

“是谁呀？”他随口问了一句。

“啊哟，说来话长，那是我多年前的一个戏迷，听我唱台州乱弹的，她也住在这里。这不，看到我在这里，还说要去叫几个戏迷来，让我唱上一曲。”她满脸的兴奋。

“好，好呀，我没听过台州乱弹，也很想听哟！”傅明松欣喜得立马从床上蹦下来。他明白，此时梁素素心里一定是喜滋滋的，还有戏迷记得她，还有人想听她唱歌，对曾经唱了十几年的人来说，无疑是最大的喜欢、最好的肯定。

那天梁素素唱的内容好像与唐明皇和杨贵妃有关，她一个人演唱唐明皇和杨贵妃，应该是台州乱弹版的《长生殿》折子戏吧。不过，那些半文不白的唱词、不土不洋的腔调，傅明松不喜欢。他只是把梁素素演唱时的姿态牢记于心：本来就长得标致的她，一条白色围巾从脖子两边垂到胸前，演唱时右脚踏前半步，然后收腹挺胸，使得胸脯更显饱满，臀部更显浑圆。这让傅明松有些心旌荡漾。

傅明松从写有“慎思堂”三个大字的明堂转出，目光停留在长条形高脚桌案上的照片，照片有两张，都已泛旧，除了三十年前自己见到过的楚森，还有一张神情酷似楚森的照片——楚云的爸爸、梁素素的老公楚林。

傅明松清楚地记得，那次梁素素唱过台州乱弹版《长生殿》后的第三天下午，已经呈现出节日气氛的海城被笼罩在巨大的悲伤之中：一艘满载着过年物品和一百五十多名群众的渡轮，在紧风激浪的椒江口沉没，虽经当地政府组织力量全力营救，仍有七十八名乘客遇难，其中就有梁素素的老公楚林。

楚林是到椒江北岸农村去落实一批毛猪的，这些毛猪是前两个月已经订下了，也已经付过订金，但农民最讲实惠，随着年关的到来和毛猪的紧缺，那些农户捎信给楚林，说是若不加钱就取消订约，退还订金。这怎么行？从临近年关到正月十五，楚林就指望着宰杀这批毛猪赚钱呢！于是，他在上午忙碌完菜场猪肉摊的销售工作后，下午便背了杀猪工具乘上渡轮，想赶到椒江北岸与订约的几家农户商量，顺便杀几头猪回来。可万万没想到，楚林背了杀猪工具一乘上渡轮，便一脚踏进了鬼门关……

原本，傅明松曾与梁素素约好一起回老家过年的。据她说，自楚云出生后，还没去古越腹地过过一个春节，这次有人一起照料，路上带孩子会方便得多。这下，原来的计划自然泡汤，傅明松只能一个人踏上回老家过年的路途。对傅明松来说，母亲在哪儿，家就在哪儿，因此每年都得赶回家过春节。

时光飞逝，日月常转。转眼间，春节过去了，元宵节过去了，谷雨、清明也过去了……春末夏初时节，梁素素的毕业季也来临了。在这三四个月的时间里，他们之间的联系明显减少：一是因为毕业论文初稿早就已经完成，料想送审后也不会有太大的变动；二是由于她正处在服丧期，按照他们老家约定俗成的规矩，不过完一个清明节，寡妇一般不得与外人有过多的接触。虽然傅明松很想见到梁素素，又或许她也很想见到他，却也只能打电话聊聊家常，有事无事地听听彼此的声音。

在一个周五的下午，梁素素给他来电话，说论文递交上去后，上级电大专家很满意，只是有个别地方表述不清，另外有两处资料的出处未予标明，还得请老师动动手完善一下。

两个人约好，第二天上午梁素素把论文送过来，对专家提出的个别表述不清的地方进行修改，另外两处资料出处未予标明的，等傅明松去图书馆查找后再补充。

第二天早上，随着门外走廊上响起的一阵急促的脚步声和“咚咚”的敲门声，傅明松一骨碌地从床上起来，门一开，梁素素就带着微笑轻盈地闪进来。

不知从哪儿来的勇气，傅明松居然蓦地张开双臂，把梁素素紧紧地拥进自己的怀里。

事出突然，一下子把梁素素给吓着了，她心慌意乱地想从傅明松的怀抱中挣脱出来，可她越挣扎，他反而本能地抱得越紧。她在他的肩头静静地伏了一会儿，缓缓地仰起脸，伸出双手轻轻地摩挲着他的头发，突然间紧紧地搂住了他的脖子，身上散发出的成熟女人的气息，仿佛要把他强烈地吸附过去，两张热切的嘴牢牢地交织在一起。

傅明松感觉到她衣服内有两只大白兔在不安分地拱动，便腾出左手，轻柔地去抚摸，她的身体轻微地颤抖了一下，舌头牢牢地卷住了他的舌头。傅明松的下身蓦然雄起，硬硬地顶在她柔柔的腰间。

梁素素似乎知道接下来会发生什么了，放开那双紧抱着他的手，用力地来推他的胸脯和脑袋，甚至来扯他的头发，可双唇依然热烈地吻着。傅明松把她连抱带拖地弄到床上，整个人压在她上面。

“不要——不要——”梁素素在他身下扭动着。

“素素姐，我想你！”傅明松扑到她的身上，一边喃喃地说着，一边用双手抚摸她丰满的双乳。

“大白天的，羞死人了……”梁素素喘着气说。

“素素姐，我想你，想要你……”傅明松依然喃喃地说，回旋往复地说了好几遍，像是朗诵回文诗。她喘息着，主动紧紧地吻住他的嘴。傅明松感觉自己的身体像是掉进了紧窄而又温暖的溪流，浪花热情地翻卷着、互相碰撞着，两个身子就像是粘在了一起，又像是着了火一般……

对于傅明松，有着种种美好憧憬和诗意向往的第一次，就这样切切实实地在一个成熟少妇的热切配合下完成了，这让他感受到了从未有过的紧张、狂喜和欢悦。

傅明松大汗淋漓地躺倒在床上，把星眼流眸、柔若无骨的梁素素紧紧地搂在怀里。她静静地枕在他的右胳膊上躺了一会儿，便撩开他捏着她乳房的左手坐起来。这时候，傅明松发现她的脚上还穿着凉鞋，才知道自己刚才有多么的心急火燎。

“专家在两处表述不清的地方用铅笔画了线，你看看怎样修改，我要回去了，家中还有孩子要照看呢。”梁素素整好衣服，给傅明松倒了一杯开水，然后拿出那叠论文稿子递过来。赖在床上的傅明松不想让她这么快就走，一把拽住她递稿子的手，顺势又把她拉进床里，把她刚刚整好的衣服又脱了个精光。

瞬间，一个美少妇的胴体在他眼前展露无遗：充满活力的体态、优美的身体线条、有弹性的小腹、欢快跳跃的乳房、茂密水草覆盖的小溪流……

差不多半个小时后，一次澎湃的爱海遨游酣畅地落下风帆，他和她那饱满、弹性、充盈着活力的生命相拥在一起，脸上显现出少有的安然和祥和。

“我们……我们……做姐弟吧，好吗？”梁素素躺在傅明松的臂弯里，目不转睛地注视着他。稍后，又用双手紧紧抱着他，把头埋到他胸前，静静地趴了好一会儿，然后仰起头，爱怜地看着他。“你怎么啦？”刚刚体会到滋味就听到如此扫兴的话，傅明松感到有点纳闷。

“都是我的错。我们相差整整十三岁，你还是个小青年，太亏了你啦，都是我不好，没能守住自己，害了你……”说着，梁素素脸色开始凝重，似乎真的亏欠了他什么。

“你说啥呀，我喜欢你，男女相爱，你情我愿，啥亏不亏的呀！”傅明松伸手托起她的脸，亲了她一下。

“兄弟，不现实的呀，你还年轻，我已经是残花败柳了……”梁素素眼眶里隐隐约约含着泪花。说罢，她挺起身来，站到床前，很坚定地说：“我不能害了你，我以后就做你姐姐吧！”

“以后咱们是姐弟，不能这样了……兄弟，我给你介绍个对象吧，我们单位有个姑娘，去年中专毕业的，今年二十岁，家底子不错……”傅明松从床上坐起来，想伸手去抱梁素素，被她用手挡住。他从床上爬起来，想去拉她的手，她轻盈地一闪，随手打开了门：“明天上午馆里比较闲，你过来，我介绍你们认识吧……”

刚刚开始的一场情缘，就这样像断了线的风筝飘逝了？傅明松傻傻地坐在床上。那天下午和晚上，他一直稀里糊涂的，不但看不进书，连吃饭都没了香味，梦里依旧都是梁素素的音容笑貌。

第二天上午，傅明松来到市图书馆，与其说是按照梁素素的要求去见一个姑娘的，倒不如说就是奔着梁素素去的，因为整晚上想着她，上午坐在办公室里满脑子还是她的影子，若不见她，不知这一天怎么过。另外，也借此机会，把论文需要的资料出处查实了，以便完成梁素素托付给自己的任务。

图书馆一楼是一个大开间的阅览室，由于是上午，阅览室只有三四个上了年纪的人在看书报。离门口不远有一个不高的管理柜，一个有着一张苹果脸的女孩坐在桌子后面，正专心致志地织着自己的毛衣。

傅明松来到二楼的古籍资料室，梁素素正在书架前面的阅览桌上整理卡片。

“来，快进来！”见到他，梁素素微笑着站起来。

“好清幽的环境，真是读书的好地方呀！”看着一架连着一架的线装书，他发出由衷的感叹。

“那你就调过来当馆长呗，每天埋在故纸堆里！”梁素素微微噘起性感的嘴唇，接着腔说。

“那不成夫妻馆了？”傅明松用略带伤感的灼热眼神看着她，并“唉”地叹了一口气。

“你别再乱说，昨天已经说好的呀！”梁素素皱了皱眉头，压低了声音说。

“我想你，真的很想你，梦里梦外都是你……”傅明松走上前去想拥抱她，双手却被她紧紧抓住。

“你不要再说了，以后我只做你姐姐……”梁素素扭过头去，不敢正视他的眼睛，语气中明显带有乞求的成分。稍停一会儿，她拉着他的手就要往外走："兄弟，走，我们到一楼阅览室见见那姑娘去。"

"不用了。"梁素素要给自己介绍的，肯定就是那个有着一张苹果脸的女孩子，傅明松不喜欢苹果脸，"我已经见过了。"

"哦，见过了，怎么样？"梁素素急切地问。

"与你相比，一个天上，一个地下，我一点儿感觉都没有……你就别操心了，咱们去查资料吧！"他拉着她就往书架后面走。

"好，好，先找资料，我带你去找。"梁素素向前两步，拉着他的手穿行在书架间窄窄的通道上，她身上散发出来的淡淡体香，在故纸堆的陈腐气息中尤其让人感觉清新。

"这里都是宋代的古籍和有关的研究资料，你找还是我们一起找？"走到里边一个书架前，梁素素放开他的手，转过身说。傅明松似乎根本没听到她说什么，只是用眼睛热辣辣地看着她，并且在一刹那就把她抱在怀里。梁素素这下可吓得不轻，想抽身逃走，可他越抱越紧，用自己坚实的胸膛挤压着她高耸的胸脯，而她似乎只有喘气的份儿。

他们就在资料室的地上做了。虽然这是个相对隐蔽的角落，四周都有书架挡着，但毕竟是在大白天，窗外的阳光直直地照射进来，在他们俩身下形成一个微妙的投影。一开始傅明松就有些不管不顾的，但资料室里很静，静得听得清身体任何部位摩擦时发出的声音。斑驳的光和影在梁素素的脸上流动、跃迁、变化，她的体内发出令人微醺的气息，缓缓地揾上他的鼻尖、拂过他的额头、隐入他的发丝，这让一切的一切勃发生机，活力从他的周身迸发出来。傅明松感觉到梁素素也一样，一种前所未有的紧张而又爽快的感觉，从被触摸的地方开始，逐渐蔓延至全身。渐渐地，她开始双眼迷离，全身舒展，一如童话里徐徐开启的美丽城堡。毫无疑问，梁素素开始沐浴在一种境界里了，生活的疲累和道德的枷锁消退得干干净净、无影无踪。

现在，傅明松正站在第三进庭院后面的花园门口。门还是圆洞门，但与他第二次来的时候相比较，已经斑驳得不成样子了。

三十年前第二次进楚家台门时，傅明松在这里认识了三个人：梁素素、梁素素的女儿楚云、楚云的奶奶秋菊阿婆。秋菊阿婆在儿子楚林溺水身亡后一病不起，大半年后就驾鹤西去了。那个有着一双会说话的大眼睛的楚云，只在孩提时见过三次，现在也应该三十四五岁了，差不多就是他第二次踏进楚家台门时梁素素的年龄，也不知长成啥样，更不知这么多年她都是怎样过来的。但这次进楚家台门，却是为了与她相见。

这次相见，实际上是梁素素早就有安排的。

那次在图书馆里激情过后，在资料室里间，梁素素与他做了一次长谈。她首先责怪自己，刚说好的才一天就没能守住，千错万错都是她的错。然后，让他当面叫她姐姐，发誓再也不做越轨之事，否则，她就立即跟随楚林而去……说着说着，梁素素流下了眼泪。

爱情是太过美好的东西，越是美好的东西越容易深入记忆和灵魂，给心灵带来忧郁和伤痛。梁素素把话说到这个份上，他哪怕再恋恋不舍也只得作罢。傅明松心里明白，梁素素是为他好，是为他的未来着想，怕自己拖累他；当然，更怕自己被别人指指点点，甚至害怕到人老珠黄时会被他嫌弃。为了赶走自己身体里非分念想的魔鬼，傅明松决定沉下心来读书。第二年，他便考上了浙江大学近现代史研究所的研究生。得知这一消息后，梁素素打电话来表示热烈祝贺，当他提出想与她见面时，她欣然答应。

当天晚上，他宿舍的门响起了一阵轻轻的“咚咚”声。傅明松满怀欣喜，迫不及待地打开门，然而他怔住了：五六岁的小楚云站在门口，睁着一双会说话的大眼睛看着他，手里捧着一束鲜花。

“楚云，快叫舅舅！”这时，一个熟悉的身影转到楚云身后。楚云没吱声，而是把花递给了梁素素，跑进来就扑到他怀里。

“哎呀，我的小楚云越来越可爱，越来越漂亮啦！”傅明松一把将她抱在胸前。

“你说话不算数！”楚云用大大的眼睛定定地看着傅明松。

“怎么啦？我的小楚云。”他一下子没反应过来。

“你不是说过两天来看我的嘛，现在多少天了？！”楚云说得很认真，原来她还一直记着一年前两个人告别时的情景。

“舅舅一直忙着读书、考试呢！”正当傅明松不知如何回答才好时，梁素素给他解了围。

“大人不能说话不算数呀！”楚云还较着真。

“楚云，下来吧，舅舅抱着累。”梁素素伸出手来接楚云，楚云头一偏，紧贴在他的肩头，与上次在楚家台门口告别时一模一样。

“没事，我抱着吧！”傅明松抱着楚云坐到床沿，梁素素就坐在对面的椅子上，沉默了好一会儿。

“这一年，你读书一定很辛苦吧。我失信了，没来给你洗衣服，对不起。”还是梁素素打破了寂静。

“苦中有乐吧。”傅明松回答道。

“是呀，现在苦尽甘来啦。读了研究生，就留在省城工作了，以后恐怕很难见面了，所以带楚云一起来见见你！”梁素素边说边咳嗽。

“怎么，感冒啦？”傅明松这才发现她的脸色不太好，比原来憔悴了不少。

“也没什么。最近老是无端地咳嗽，有时还发低烧，也不知怎么回事。”梁素素说得轻巧，话语里却有些忧伤。

“可能是太辛苦的缘故，你得去医院看看。”他的心里有些着急。

“昨天去看了，配了药，没事的，过几天就好啦！”梁素素朝他笑笑。

“你一定要注意自己的身体呀！”他关切地说。

“嗯，我会的。你一个人去读书，更要照顾好自己！”梁素素站起身来，“时间不早了，孩子要睡觉的，你也早些休息！”

傅明松抱着楚云，一直把她们母女送到招待所大门口。

“兄弟，你不会忘记姐吧？”临别时，梁素素突然对傅明松说。

“怎么会呀？”傅明松摇摇头，又点点头，“永远铭记于心！”

“那我有一事相求……”梁素素一副欲言又止的样子。

“姐，你尽管说吧！”

“如果有一天我不在了，你帮我照顾楚云好吗？”梁素素几乎是一字一顿地说。

“当然！”他随口应道，但马上转过弯来，“姐怎么会说这个话？”

“没事没事，姐就说说。”梁素素翘起好看的嘴角，朝他笑笑，

“那姐走了！楚云，跟舅舅再见——”楚云不叫，依然是扑过身来，“啵”地亲了他一口。

没过几天，傅明松就去省城读研究生了，这一读就是三年，毕业后他在一家省级报社工作，再也没与梁素素联系过。直到三年前，按照上级有关“事业单位工作人员满三十年工龄可以提前退休”的规定，他从编辑室主任的位置上退下，并且办理了提前退休手续，不久就与几位文化界、新闻界退下的朋友合伙创办了一家文化传播公司，专门从事文化旅游类项目的策划工作。随着各地经济建设的发展和财力的不断增强，满足人民群众文化、旅游、休闲需求，成为各地政府的重头戏，公司生意十分红火，在业内的名气也越来越大。前不久，公司接到海城市政府函件，邀请公司派员前往考察修复海门卫城、建造海疆文化博物馆等事项。海城可以算是傅明松的第二故乡了，海门卫城更是留下他青春足迹之所，没几天，傅明松就率公司精英前往海城市考察。

三十年没来，海城市的变化大得令傅明松吃惊：新城区拓展了几十平方公里，几十米至几百米高的大厦鳞次栉比，一条新开挖的长达二十余公里的洪家场浦横贯市区直通大海，而老海门卫城则变成龟缩在东山周围的一个小圈。虽然卫城的海防历史文物资源十分丰富，抗倭遗迹遗存俯拾皆是，但都藏身于小街小巷，没有消防通道，民居布局新旧交替、杂乱无章，生活污水无序排放，环境“脏乱差”现象严重。

尤其值得一提的是，在卫城东南角，还留下了众多的特色古宅民居，有清代四合院式建筑沈宅，有清代三合院式建筑陶宅，规模最大且保存完好的是占地一千七百三十多平方米的杨家里和近三千平方米的楚家里。海城市有关领导说，这些大宅的创建者大多是专跑海船航运的大船主，唯有楚家里的主人楚森具有双重身份：既是码头帮会的头头，也是举人出身的文化名人。所以，楚家里的山墙灰雕、梁木构件、柱础窗饰等十分精美，具有较高的文物价值和艺术价值。这位领导还特意介绍说，这些大宅由政府出资购买，且已基本清空，等待设计改造，只有楚家里还住着一位妇女，她的母亲多年前去世了，怎么做工作都不肯搬走……

傅明松隐隐约约感觉到些什么。

那年，梁素素得了一种怪病，经常无端地发低烧、咳嗽，后来就咳出血来。去医院检查了不知多少次，都诊断不出是啥毛病，吃任何药都不见效果。在傅明松走后的第三年夏天，梁素素便永远离开了这个世界。

傅明松眼前浮现出三十年前的情景：梁素素带着楚云来见他时，边说话边咳嗽。原来，在那个时候就有了预兆。

傅明松突然想起，读研二的那个夏天，他跟随导师参观威海刘公岛中日甲午战争纪念馆时，曾无端地昏沉了几天。现在想来，这就是不可言喻的心灵感应，梁素素应该是那几天离去的吧！而让他更为愧疚的是，她离开那年，楚云才七八岁，也不知她是怎么长大的，一定吃了许多许多的苦！

“她时而精神正常，时而又不太正常。家里就她一个人，我们去做工作，她就发病，老说要等一个人回来。”

“她是楚家的后代，叫楚云。”傅明松没心思再听对方继续介绍，梁素素最放不下的也是他此时放不下的。

傅明松站在后花园边，眼光落在圆洞门上，门额上是“南山佳气”四个大字，两侧楹联为“巽笔冲宵临玉几，千峰当户作银屏”，与三十年前无异，只是字迹已经有些斑驳。圆洞门里，一条鹅卵石铺就的小道蜿蜒向前，池塘边的六角亭里，一个曼妙的少妇侧身而立，活像当年在他宿舍走廊上给戏迷唱台州乱弹的梁素素。

三十年前的那个冬天，梁素素第一次帮他洗被子、衣服时，遇到了几个戏迷，非得听她唱台州乱弹。

台州乱弹这个剧种形成于明末清初，流行于浙江省台州、温州、宁波、绍兴、金华、丽水等地区，唱腔以乱弹为主，兼唱昆曲、高腔、徽调、词调、滩簧等，是全国少有的多声腔乱弹剧种之一；其舞台语言以中原音韵结合台州官话，充满民语乡韵，通俗易懂，别具特色；脚色行当分“上四脚”和“下四脚”，前者包括生、旦、净、丑，后者包括外、贴、副、末；伴奏乐器有文场、武场的分别，前者分丝竹管弦乐曲和唢呐曲两类，后者分闹台锣鼓和表演锣鼓两类。

从第二次去楚家台门时与梁素素的谈话中了解到，她曾是三台文工团的主角，无论越剧、台州乱弹还是现代戏，都很拿手。越剧是自己家乡的戏，在古越腹地，无论男女老少都会哼几句《梁祝》《红楼》，傅明松自然也不例外；至于现代戏，对于生活在二十世纪六七十年代的人来说更是耳熟能详，在那二十几年间，看来看去就《智取威虎山》《红灯记》《沙家浜》等几部经过改良的现代京剧，唱来唱去就剧中那几首老掉牙的歌。但台州乱弹，当时傅明松刚到海城不久，还真没看过，也没听人唱过。

记得当时听梁素素说要唱台州乱弹，傅明松是欣喜得立马从床上蹦下来的。

“你呀你，你啥时候不好听呀？以后你啥时候想听，我就唱给你听。”梁素素看到他的兴奋样，还假嗔着刮了他一个鼻子。当时，梁素素的心里一定是喜滋滋的，因为剧团解散多年，还有戏迷记得她，还有人想听她唱歌，对于曾唱了十几年的人来说，无疑是最大的喜欢、最好的肯定。

“傅老师，您在哪儿？”傅明松似乎听到楼下有人叫喊。

“我在这里呢，你们稍微等等哟！”梁素素从傅明松宿舍的窗口探出头去，应了一声。

梁素素把米白色的绣花长围巾折了折，围在脖子上，又用双手拉了拉粉红色羊毛衫的下摆。

“咦，没镜子呀？”梁素素轻盈地在房间里转悠了一圈，见傅明松摇摇头，她拢拢头发，挺挺胸，扬起头问，“好看吗？”

“真好看，尤其是这件羊毛衫，把你衬托得更迷人！”傅明松连连点头。

“走，听我唱戏去。”梁素素高兴地咧开嘴，一把拉起傅明松的手。

“嗨——嗨——”走出门外就听到楼下的声音，傅明松不禁止住了脚步。梁素素一边欢快地向楼下会聚着的七八个人摆手示意，一边信步来到二楼走廊的中间，整整衣，定定神，右脚踏前半步，然后收腹挺胸，那姿态、那神情与正式登台演出时一模一样。

他当时只知有台州乱弹这个保留剧种，具体有哪些代表剧目，则一无所知，后来才知道有《七阁八带九记十三图》等代表剧目，那天她一个人演唱唐明皇和杨贵妃，应该是折子戏《长生殿》。唱了半个来小时，梁素素收住了腔，还向楼下鞠了个躬，大家报以热烈的掌声。

“唱得怎么样？”梁素素面带胜利的微笑，朝一直拍着手的傅明松走过来，满怀期待地问。

“很好，大家的掌声就是最好的肯定！”他边拍手边说。尽管天气寒冷，他却发现她的额头渗出了汗珠。尽管不是正式舞台，梁素素还是一丝不苟，用心用情去唱，这就是敬业精神吧！记得当时自己就是这样想的，还记得梁素素穿上大衣急急忙忙离去时，走出几步后又回过身来关照，让他一定要在太阳下山之前把衣物收进来的情景。

此刻，傅明松看到亭子里那个右脚前踏半步、收腹挺胸的女人，那姿态、那神情与当年的梁素素毫无二致。他断定，她便是楚云。

傅明松沿着鹅卵石小道静静地走过去，但没走几步，亭子里的女人便迅即转过身来。这个三十出头、长发及腰的女人，竟是当年梁素素的模样：皮肤白皙，眉清目秀，身材匀称，腰肢轻盈。与梁素素不同的是，她有一对会说话的大眼睛。那是三十多年里，不断重复出现在傅明松脑海里的眼睛，而那双眼睛，此刻，一如当年……

秋　分

又发烧了，浑身酸痛
眼睛红得像一只猫

每次太累或者没睡好，都会生病
受到惊吓也是
有一次爬山，半山腰两只猫
突然蹿出，瞪着我
啊呜几声后，消失在我面前
那晚我发烧了

我希望从未遇见过它们
就比如今天，我不敢看镜子里的我
眼睛红得像一只猫

在人生的半山腰里

我会惊吓到谁？

——《猫》

敲下这些分行文字时，天还未完全亮。我的肚子唱起了歌，长长短短，轻一声重一声的，听起来像是遥远的时空切换。

直到看着一成不变的两个包子被端上桌，就着一碗豆腐脑，我几下便干完了这顿早餐。头顶上的格力牌老式电风扇吱吱呀呀地转动着，一圈又一圈，我是真觉得冷了，更何况还发着烧。临近秋分的晨昏气温，如大病初愈时的体温，时高时低，说不凉是假的，说冷也是假的。

从小到大，我感冒了便喝午时茶，胃不舒服了喝午时茶，长大后，小腹痛了也喝午时茶，就像每天早餐吃一个白萝卜包子和一个胡萝卜包子，再加一碗豆腐脑一样。

有人说，念旧是好的；有人说，念旧的人注定孤独；也有人说，念旧的人就像个拾荒者。我很念旧，喜欢捡拾回忆，却总是在一个人的时候。确切点说，这是我的一块心病。都说旧病得用旧药医，那么新病呢？

一位医生朋友曾几次三番告诫："你不仅贫血，免疫力低下，还有低血糖。"

"低血糖是糖尿病症状吗？会死吗？"我问。

"不完全是糖尿病症状，但也不排除，注意着点肯定不会死。"医生朋友一本正经道。

"好吧，不会死就证明没多大事。不是说，世间事除了生死，其余都是小事；世间伤除了生死，其余都是擦伤吗？"我说。

对，擦伤，会好起来的，他只是擦伤。

不知道我是听从了医生朋友的劝，才想去医院看看呢，还是我只想去看看，过了一夜之后他好点没有。其实，我的目的很明显。

昨天早上醒来后，照例是洗漱、码字。后来发现调成静音的手机里有三个未接来电，都是他的，我想可能有什么急事吧。这么多年了，我们之间形成了某种默契，他一般只发信息，而不给我打电话，给我打电话往往意味着有重要的或紧急的事情发生。我心里慌了一下，专注地端着手机，猜测各种可能。这个瞬间，手机成为某种重要的载体。

回拨过去，通了，一个颇有磁性的男中音出现在电话那端："上午八点半开会，商量一下金秋诗文朗诵比赛的事儿，地点在第二办公区三楼会议室。"

"噢，知道了，准时参加会议。"我应诺着，脸有些发烫，便下意识地伸手探了探脑门。

每次发烧，我的体温都像母亲的血糖那样，吃几颗药就能恢复正常。母亲患有糖尿病，不严重也不太轻。医生说，但凡没到每餐饭前必须注射胰岛素，都不算严重。只是不能吃甜食，主食也不能吃得太多，在糖尿病人的体内，所有淀粉都会转化成糖分。听着挺是那么回事儿的，于是母亲便半碗半碗地吃米饭，饿了就喝水。

"水喝多了也不行，会加重肾脏的负担。"医生又说。

"可怎么办？这不行那也不行的，让不让人活了？"母亲说。

"就是啊，还让不让人活了！"我接着说。

"所以跟你们讲啊，健康时千万别胡吃海喝，才不至于到生病时追悔莫及。”

“可我们没胡吃海喝啊！”我和母亲异口同声。母亲一贯吃素，这听起来不是冤大头是什么？

“那就是缺少锻炼，还有极大一部分是遗传因素。”医生补了一句。

“外公或者外婆有糖尿病不？”我问母亲。

“瞎说，你外公都活到九十多岁了，你说有没有糖尿病？那会儿可没有控制血糖的好药。”

“外婆呢？”我追问道。母亲怔了下，支支吾吾着：“她那不算糖尿病，县城里的老中医说是太劳累，没注意休息。那个年代营养也跟不上，你说这吃得太好、吃得不好都会得这鬼毛病，咱家到底是造的什么孽啊！”

母亲开始怨天尤人。

“那就是遗传了。我的身体里是不是自打你给我生下来那会儿起，就隐藏了可怕的高血糖分子，我还痛经、易怒，我还……”

“你脾气不好不赖我啊，像你爸！”母亲瞪了我一眼。

敢情啥破遗传因子全在我身上了，我得是多么悲摧的产物，比胎盘还悲摧。胎盘至少在离开子宫后，在剪断脐带的那一秒，就跟原体无关了；而我，却要背负一代又一代显性或隐性的疾病。

静下心来想想，疾病也许不是悲摧，而是另一种形式的圆满。你想啊，就连月亮也有残缺不全的时候，有缺憾的生活，才叫人生。因为有缺憾，才有期待，而两者总是在人生的必经之路交替上演。

或许，人活着，就是这样交替着的。

昨晚洗完澡，我跟往常一样将脚蹬在床头的墙上，看了又看，也不知道是为了欣赏，还是锻炼恢复期的脚力。

一年前，我也有过一次擦伤。那是去宁波参加一位文友的新书品鉴会，当时赶得急，上下楼梯的人又多，不小心踩了个空，右脚崴了一下。一开始还没啥感觉，慢慢右脚胀疼起来，到品鉴会结束时，已几乎不能着地。到医院，先是 X 线拍片，再是 CT 检查，还搞了个三维重建，确诊为蚓状肌和骨间肌严重损伤，足趾末节趾骨骨折。接下来是住院，石膏托外固定治疗半个月，然后静养一百天。

突然，我发现右脚的指头之间多了几个水泡，却是不痛不痒。脚气这东西，倒是不会遗传，只会传染。不过，在我身上连传染的机会都不可能有，对于我一个一天至少刷三次牙、洗三次澡的人（大冬天也不例外）来说。是的，我有轻微的洁癖。更何况，脚气系真菌感染所致，据说痒起来简直是要命，而我的脚并不痒。

不过，这脚指头之间的异样，又让我想到了躺在医院的他和下午的车祸。

刚被撞时，他还会说话，且不停地说，只是因为虚弱，音量较平常低了一些。他流了好多血，从他的左后脑勺起，在他捂着伤口的手指缝间，一直沿着手腕流到挽起袖子的小臂，再到衬衫领子、前襟、下摆，以及他那挂在共享单车扶把上的手提包，连同那张刚刚写好的北宋词人谢逸的《点绛唇·秋分》。

“喵呜——”邻居家的一声猫叫，把行走在回忆旅途上的我拉了回来。

我醒了，坐起来又躺回去，从没感觉像今天这么累过。

往常的每一天，我都雷打不动地在凌晨四点半醒来，起身洗漱、码字，包括昨天。在敲定六千字后，看看快到他通知的开会时间了，我便匆忙打了个的士往单位赶去。

路上，司机边打方向盘边告诉我他不是本地人，刚到海州不识路，碰巧又不太会用手机导航。于是我便耐心得像个机器人，哦，应该说更像个导航播音员：前方二百米红绿灯左拐左侧车道，前方一百五十米红绿灯右拐中间车道。

要是早几年，我可没这份耐心。我习惯在的士上翻看微信，获取一些信息。朋友圈的好友，大多是同学、同事、亲戚和文友，当然还有一些陌生人。这些陌生人，有的是在饭局上添加的，就吃过一顿饭，再没有联系过；有的是网购加的，买东西时咨询，同时便于售后联系，其实购物后也没联系过。每每浏览朋友圈，你会发现，有很多好友从来没有发过朋友圈，或者给你点过赞，他们只是静静地躺在朋友圈里。

有闺密提醒我说，发朋友圈就是想与别人分享自己生活中的点滴啊，把那些静静躺着的好友删了吧。躺着就躺着吧，一来我没有删除好友的习惯，也从来没有删过；二来能够成为好友就是缘分，对方只是不愿意发朋友圈而已，你看不到并不代表对方不存在。

也许是经过多年的社会磨炼，感觉到世间的人和事大抵如此，我终于也变得成熟了吧。

会议是他主持的。一个多月没见，他看上去清瘦了不少，是夏天炎热的缘故吧，他不怕冷，但怕热。借用他自己的话：夏天不想做人，直接做水鬼蛮好。话是这样说的，但整个炎炎盛夏，他依然精力旺盛，忙东忙西，没得半天空暇，这从他每天发的朋友圈里就能发现。有时候我给他发信息，请示一些工作上的事情，等老半天不见回复，打电话给他大多数情况也是没人接听的。不过，稍等片刻，我的手机里会出现一条诸如“现在正忙，稍后回复”“会议中，会后联系”之类的信息。

其实，他在会议上讲的内容，我压根儿没听进去。一来我知道他的办事风格，不仅雷厉风行，且计划缜密。说是开会研究工作，基本上不是布置式的，而是告知式的，一切步骤已井然有序。这也是我钦佩他的原因。二来有闺密托我向他求一张书法，一个月内催促了四五次，一直没机会跟他说，其实是看他每天东奔西走的不好意思开口，虽然他对我基本上是有求必应的。

会议结束已是午餐时分，吃过简单的工作餐，他便应我的要求在工作室里忙碌起来。照例，他沏了一杯明前西湖龙井，慢悠悠地边喝边构思，我则展纸、磨墨。一个小时后，一幅龙飞凤舞的草书《点绛唇·秋分》呈现眼前：“金气秋分，风清露冷秋期半。凉蟾光满，桂子飘香远。素练宽衣，仙仗明飞观。霓裳乱，银桥人散，吹彻昭华管。”

收好笔墨，我便和他一起去新闻照排室定稿过几天就要付印的两本书稿。我们各自扫码一辆共享单车，一前一后往目的地骑去。过了几条人行道、几个红绿灯，再过两条斑马线就到目的地了。

我想，我真的从没像今天这么累过，醒了坐起来又躺回去。

随手打开床头柜的抽屉，找出温度计，38.5℃，不算高也不算低。往常，不到烧得脑袋发晕，我是拒绝去医院的，着实怕了得个小感冒便要从头到脚体检一番的感觉，耗时又耗心力。我习惯一切从简。如果可以，我相信谁都喜欢一切从简，包括对待感情。

我一如既往地跟在他的身后。六年来，不管工作上还是生活上，我都得到了他的诸多照顾。去年我的右脚趾骨骨折，唯一的家人——我的父亲，年迈又离得远。母亲于几年前抛下我们父女俩独自远游，带着一身的病痛，走时正值秋分。于是，他便成了在医院里为我跑前跑后的那位“家人”。

我跟在他身后骑车，头顶上空是明晃晃的太阳，脑海里浮现着他写《点绛唇·秋分》时的情景。

“知道谢逸吗？”写完全词，正在落边款的他问我。

“不知道。”我读的是艺术类专业，对古代文学家了解不多。

“北宋文学家，江西临川人，‘江西诗派临川四才子’之一。曾写过三百首咏蝶诗，人称‘谢蝴蝶’。”

“噢，原来与王安石是老乡。”唐宋八大家的情况，我还是知道一些的。

“是啊。”他本科读的是中文系，研究生读的是历史系，对历史事件、文人典故以及诗词曲律之类的了如指掌，“点绛唇这个词牌，又叫点樱桃、南浦月，五代南唐著名词人冯延巳首创此调。双调四十一字，前段四句三仄韵，后段五句四仄韵。”

“点绛唇我知道，我喜欢李清照的《蹴罢秋千》。”为了阻拦他的滔滔不绝，我赶紧说道。说罢，还整了整嗓音，朗诵起来，“蹴罢秋千，起来慵整纤纤手。露浓花瘦，薄汗轻衣透。见客入来，袜刬金钗溜。和羞走，倚门回首，却把青梅嗅。”

此时，他刚在宣纸上盖完印章，微笑着扭过头，对我竖起了大拇指。

“砰！”这突然间出现的一声，硬生生地把我飞驰的思绪打断。

我亲眼看见他的身体被车子撞飞到马路口分流的铁皮护栏上，头部瞬间冒出血。血一直流，他坐在马路上，没有喊痛，只是用手捂着脑袋，血顺着耳根、后脖颈，往衣领里流。

我顿时手脚发软。或许是因为胆小，又或许是因为体弱，每次看到流血我都会发晕；甚至在画画时，我都会尽量避开深红、暗红色之类的颜料。

这一次，我居然没有惊恐。

“赶紧帮忙呼叫120，去医院啊！”我一边盯着左脸全是血的他，一边反复大声地对着匆匆赶来的交警描述事发过程。

“请放慢语速，放低音量，放松情绪，慢慢说。”无论发生多惨烈、多棘手的交通事故，交警们总是有条不紊的，或许他们的人生也是如此。

我知道，我从没像此刻这么语无伦次过，我很清楚我的说话水平不仅没问题，甚至可以说很好。而眼前，交警具体说了些什么，我并没听进去，哪怕半个字都没有。直到他摊开手掌，将刚从马路上捡到的几颗沾满血迹和灰尘的珠子递到我的手上。

个把月前，我去芜城看望义父。一出远门便整夜整夜睡不着的我，看上去像是生了一场大病。义父皱起眉头：“瞧这青黄青黄的面色，是你来看我，还是为了让我看看你啊？”

亲近的人，字字句句里总是裹着痛含着疼。我的鼻子不禁一阵发酸。

回家的高铁上，我才发现背袋里躺着一个鼓囊囊的信封，里面除了一沓零花钱，还有几颗用绒布包起的类似象牙的珠子，白里带着看似规则又不规则的暗红色纹路。

“丫头，看到那几颗虎牙了没？这是护身的。”义父的短信如期而至。我扭头看向车窗外，太阳正西沉，天边像是镀了一层迷离的红晕，我的眼睛有些湿润。

“女孩子长几颗虎牙倒是蛮可爱的，可身上带几颗满是血纹路的虎牙，总觉得有些怪异。正好我属虎，就转送给我吧！”他说。没过几日，他的左手腕上果真就多了一串用和田玉串起的珠子，每隔五颗嵌入一颗虎牙。

眼前的一切，因为几颗虎牙而变得闪闪发光，光圈里映着他憨厚的笑。对于我而言，那笑里浮现的不仅仅是眼前人，还有江的模样，当年他也是一直这么对着我笑的。那会儿的主角是紫檀，配角是海淀的一群失意男女。时隔多年，江已消失不见，那串紫檀越发地黑亮起来。

好久没去京城了。自从江走了之后，我便害怕再去北京，害怕重走那一条又一条彼此熟悉的街巷。想着，往后就算迫不得已要重走一遭，也不会出现在西土城路，甚至海淀，我怕触景伤情；只是，此情已无关风月。

谁都无法预知自己的死亡，谁也不能参加自己的葬礼，死的感受，只是活在别人眼里的感受。江在我们这帮朋友的眼里是成功的，或许是因为走了才成功吧。不管遭遇什么事，生前的他在朋友面前总是面带微笑，对待感情也总是一副玩世不恭的样子。其实，大家心知肚明：最深情的，往往是看起来最玩世不恭的那一个；最忧郁的，往往是笑得最没心没肺的那一个。

粘着斑驳血迹的和田玉闪着似白非白的光，虎牙恐怕是再也找不回了。马路上的车绕过肇事车辆，依旧从左至右、从右至左呼啸而过，像是这个路口并未发生过事故一样。

“开车撞人得负全责，负全责知道吗？这是一起追尾事件，人的后脑勺是不长眼睛的。”说着，我指向正在淌血的他的后脑勺，“他背对着别人，而别人看得见他，怎么就能撞上来呢？”

“你先别激动，我们会调出监控看的。”交警依然很沉着。

“你们不信我说的，是吗？说了不是相撞，是追尾！”我又大声地重复一遍，声音里拖着哭腔，唯独没有哀求。

在 120 急救车赶到并接走他之后，我才开始平静下来，或者说不得不平静下来，我还得一一回答沉着得毫无表情的交警的所有提问。

马路边上的法国梧桐默默伫立着，一阵秋风吹过，发出沙沙的声响，几片枯叶脱离枝丫随风飘舞起来，只是此刻在我眼中一点儿也不洒脱、曼妙。

当我赶到医院急诊室时，医生已给他缝了针，伤口以及四周的头发已被剃掉，隐约能看到血迹半干的后脑勺上的针脚，很刺眼，像事发现场的斑马线。斑马线上的血，似乎一直延伸到眼前的急诊室。

他的妻子已先我一步守在他身旁，她的左手一直拽着他的右手。我的脑海里突然出现前几天在书中看到的一段话：世间最美的爱情，不是公主与王子的恋情，而是激情退去、容颜衰老后，依然有一双素手牵着你，只诉温暖不言殇。

我不知道她的手拽着他，他会不会感觉到温暖？我只知道我有些感伤，隐隐作痛的那种。

她好像也怕见血，在医生清洗已缝合伤口边的血迹时，她的眼睛是闭着的，不知道是她会疼还是不忍心看到他疼。

“打麻药了吗？”我轻声问道。

“打了，不打怎么受得了？”她回答。

可麻药对他有用吗？本来我打算这样说的。记得他曾经告诉过我，他是比常人多打三倍麻药都无法起作用的人。看到他们互拽着的手，我没说出口。此刻他一声不吭，微微皱着眉，那应该是很痛吧。

我感到一阵晕眩。

单位的领导、同事陆陆续续地赶过来：“你终于可以好好地休息几天了，平日里忙起来不知道东南西北。这下好了，想忙都没得忙啦！”

他看起来有点儿虚弱，这跟他平常风风火火的样子有很大的差距。护士走过来，面无表情地看着报告单念道：“头部外伤，血压219/139，不排除轻微脑出血，左胸第七根肋骨中度骨裂。”

“也就是说，在接下去的两个月里，你不能生气或者朝我们发火喽？”我故作轻松地看着他说道。这谁都知道，他在工作上对每个下属都是非常严格的。他的妻子看了我一眼，笑了笑。我也看了她一眼，然后对着办公室的同事笑了笑。

“你们看他的脸，好像肿了。”同事突然指着他的左脸说。

“他的脸，本来就那样子的吧。”我不自觉地应了一声。眼睛的余光告诉我，他的妻子又看了我一眼。在我扭头看向她时，她的嘴角不自然地牵动了一下。

不知道为什么，此时我想起了邻居的那只猫，想起了邻居。邻居已至中年，夫妻俩并不和谐，平日里为了一些琐事便会大声争执，激烈的吵闹声常常会惊动整个楼道。可打年初男主人检查出患了癌症，我发现整个楼道开始安静了，再也没了吵骂声。每到傍晚，女主人会陪伴男主人出去散步，夕阳下总能看到他们手牵手的身影。

“哪位是病人家属？请过来一下，拿药。”护士站在急诊室门口冲着我们喊道，我指了指她。她看了我一眼，出去拿药了。此时，责任医师拿着病历卡过来，对着他，也对着我一番嘱咐：

“病人头部外伤，缝了七针；收缩压 219，舒张压 139，暂时不排除轻微脑出血；左胸第七根肋骨中度骨裂，这三个月注意不要用力。目前要做的是：等待观察，六个小时后如果没有昏迷、神志不清、呕吐、头晕等症状，就无大碍。”

“刚给他开了消炎药，回家后一天两次、每次两粒让他服下；头上纱布两天回来换一次。”医生冲着我嘱咐道。

“哦，哦，好的。”我随口应诺着。

此时，到交警队做完笔录的肇事者急匆匆赶来了，他堆着一脸的笑凑到跟前：“你是他女儿吧？真对不住啊！我也是心急，开快了点。还好人没受什么重伤，就是头撞破了一点皮。”

“这叫撞破了一点皮？刚缝了七针，你不知道吗？片子出来了，肋骨开裂。这也叫撞破了一点皮，那你说什么叫重伤？还有你记住，车开那么快，下次受伤的可是你自己。”我有些愤愤然，声音不自觉地提高了八度，引得那些面无表情的护士们都扭过头来。

“对不住，我是粗人不会讲话，医药费我来负担就是，真对不住啊！”

“那疼呢？流了那么多血，你能负担吗？”我嗤之以鼻。在思想上，我们是根本无法交流的两类人。

“我是他老婆，有什么事跟我说吧！”这时，她走了进来。

吃完早餐，我看着店外的景色：这个城市的很多街道上都栽有法国梧桐，秋日初阳下的树冠现出一抹淡淡的金色，几片叶子被风吹落，像逃亡的蝶。

我喜欢秋天，一个思绪纷繁的季节。因秋而思，但我思什么呢？真的很难说，也说不清，道不尽。

“两个肉包，一碗排骨汤，一共七块五。”老板娘走过来，眯起眼睛笑着说。

“别的早餐店都有价格表，往墙上一挂就完了，多方便。”在我起身的同时，坐在同桌对面的顾客站起来边付钱边说。

“已让广告店在做了，明日秋分挂上。不过，就算挂上了，还是会有人问多少钱的。”老板娘呵呵地笑着。

哦，又是一年秋分。

眼

“我在找。如果在的话，一定能找到的。它只是在哪个环节上出错了，它没长脚，不会飞。”

方院长已不下十次劝许小寒。

“什么原因弄丢的都不重要，说多了倒像借口。”

许小寒的字丢了，这是事实。对于这件事，谁都很无辜，除了直接受害者——许小寒。

这弄丢的，是中国书法家协会原副主席、西泠印社原副社长朱孝天先生题的七个字——霓裳羽衣舞翩跹，也是许小寒即将出版的长篇都市情感小说的书名。

孔子书画院与逸草堂裱画店隔街而望。

字送过去时，大概在一年前，具体时间许小寒也忘了。只记得，当时是跟孔子书画院的方院长一起送过去的。书画院与逸草堂裱画店素有生意往来，而许小寒希望自己的书名装裱精美，也不枉她千辛万苦求来的墨宝。因此，方院长成了许小寒与逸草堂林老板相识的中间人。

两平方尺不到的七个字，是竖着写的。

林老板接过信封看了看说：“装个竖框吧，大方有档次，也容易保存。”

“竖框？不好挂吧？”许小寒边说边脑补竖框的样子，确实没怎么见过。

“按照字数与篇幅，竖框应该更好看些。”林老板强调。

“这名家的字，用机器装裱可惜了，还得拿到别处手工装裱，放多少年都没关系。”对于这方面，方院长很有经验。

“那是那是。”林老板轻声附和。

“我可不求它能成为传家宝，主要是出书用。当然，能撑到我挂在墙上的时候也是好的！”本想说点什么应景的笑话，是笑话没错，听着却有点冷。

“对了，装镜框前，得先拍照，不然会反光。”方院长提醒道。

“那就先托一层，到时候您拿去拍照，再拿回来。”

“林老板，要不我在这信封上留个姓名或者联系方式？”

“不用不用，我记性好着呢！再说，这信封不是朱啸天专用的嘛，我知道的。”林老板对着许小寒拍拍胸脯。

“那好。方院长，这里离您近些，装裱之后，就麻烦您先帮我取吧！”许小寒对方院长说道。

“好的，没问题。”方院长爽快应允。

最近几个月，许小寒总是在凌晨三点左右醒来，便无法再次入睡。

“小时候是懒虫的，长大后都是劳碌命；年轻时不作为的，到老了只能叹叹气。”许定远说。许定远，许小寒的父亲。他说得很对，小时候的许小寒特懒，所以生活变成了眼前的样子。

整理完待出版的长篇小说，许小寒总觉得少了点什么。思来想去，哦，书名，字放在方院长那儿该有一年多了吧！

“这一年多时间，你不说，我都忘记有这件事了。目前情况是，我这里没有你的字。我帮你问问小林吧！”方院长回复了许小寒的信息。

“很抱歉，方院长。一直以为是放在您那儿呢！我的书，近段日子准备出版了。”

一年前的事儿到现在才问，许小寒确实也觉得很不好意思。

“刚才打电话给小林，他那里也没有。”不一会儿，方院长回话。

“你让他想想，翻一下账本。再不行就翻监控，这是最直接也是最有效的方法。”许小寒说。

“我也这么说。他说翻监控太麻烦，再说时间隔这么久，也翻不出什么来。还是我过去看看吧！”方院长转述了林老板的意思。

“你别急，我们现正在店里找镜框，东西堆放得乱七八糟。他的妻子在老家，明天回，等她来了，角角落落再仔细找找。”到逸草堂后，方院长发了条信息给许小寒。

“好像不是装的镜框，而是立幅卷轴，装裱后就交给你了。”林老板拍了一下自己的脑袋。

“哦，前年年底，孔子书画院装裱过一些书画参展，会不会夹在一起了？你翻一下装裱记录。”

“看时间，是前年年底。”林老板拿出账本，顺手翻过几页对了对。

“那我现在就回书画院。”方院长说完往店门口走。

“就按照卷轴大小去找，这种尺寸的卷轴你那里应该不多的。”林老板对着已走到门外的方院长叮嘱道。

“是的，就那么一小卷，不难找。谢了。”方院长转过身笑笑。

“书画院也找过了，没有。我到他店里，让他再回忆一下。”许小寒的手机滴滴响起，是方院长的信息。

“小林啊，你再帮忙想想？”快步走回裱画店的方院长气喘吁吁地说。

虽说孔子书画院与逸草堂只隔着一条街，但对于已到耳顺之年的方院长，这又翻又找地来回几趟也是够呛。

“好像没做成卷轴，只是托裱了一下。记得当时说要拍照片用的。会不会在照相馆啊？”林老板抬头望着天花板想了想。

说完，两个人面面相觑。

“我先回书画院找找，没有的话再去照相馆打听，工作室也看看。天色不早了，店里你明天找吧！”方院长无奈地说。

“从找镜框，到找立幅卷轴，现在是找更小的托片。小林，你确定是托片吗？”方院长开始觉得有难度了。

“是托片，没错！我的记忆全回来了。”林老板对着他直点头。

“当时，你们俩来我店里，带着信封把字交给我，你说先托了拍照再送回来做镜框，第二天我就把托片交给你了。”林老板肯定地说。

“好像不是第二天，是过几天，你从杭州出差回来，我把托片送到你办公室的。”林老板接着说。

“对的，对的。记得当时是我递给他的，喏，就在这里。”刚从老家回来的林老板的妻子，指了指装裱店那张大桌。

“他记性可好了！”完了又补充一句。

“根据你和小林的提示，这一整晚我绞尽脑汁：你和我一起把字送过去，说是先托片拍照，然后做镜框有印象，自己去拿托片或小林送过来真没印象。昨天我还对他说：记得当时我说过‘名家的字，用机器装裱可惜了’，会不会是送到金海西巷的手工裱画店了呢？但他又明确地说是他托片后交给我的，内芯高一尺多、宽半尺多。”

方院长被林老板越绕越糊涂，许小寒也跟着被绕。各种迹象表明，字确实交给林老板了。

“那，现在怎么办？”许小寒强装镇定。她知道，越往后这极力表现出来的淡定，越会分分钟面临瓦解的可能。

直觉告诉许小寒，她的字回不来了。

“继续找呗！会找到的，你放心。如果在的话，一定能找到的。它只是在哪个环节上出错了，它没长脚，不会飞。”方院长耸耸肩故作轻松。他坚信自己会找到，只是他的这种坚定除了感人，对能否找到字没有任何帮助。

“现在是哪里都找遍了，光想想都心力交瘁！”许小寒感觉希望渺茫。

“一定得找，心力交瘁也得找。”方院长的这句话，似乎给了她力量。许小寒仿佛看到她的书名，又出现在眼前——霓裳羽衣舞翩跹。

傍晚的小城，恰逢下班高峰期，汽车喇叭声此起彼伏。

不会开车，也不会滴滴打车的方院长，一下班也顾不上吃饭，就站在书画院路口等出租车。半个小时过去了，街上连个出租车影子都没有，他只好徒步往前，边走边看有没有车子经过。

“哟，方院长，什么风把您给吹来了，瞧您这满头大汗的，是出来晚锻炼吧。”华文照相馆的老板笑着迎上来。

“华老板，我来是向你打听个事。前年年底，我有没有拿过什么字到你这里拍照片？”说起拍照，华文照相馆可是孔子书画院众多作品的御用摄影。除了这家，别处方院长还真没去过。

“哟，那么早的事儿。要说照片，我是铁定记不住的。要说字，那在我这里可新鲜着呢！我敢肯定地跟您说：没有。”一听是找前年的字，华老板立马摇头，表示找都不用找。

打烊后的逸草堂很安静，静得能听到人的呼吸。

“老公，这些年你的记性差了很多。”林老板的妻子静静地靠在丈夫的肩头。

“怎么突然这么说？”林老板边接话，边抚了抚贴在他胸口的妻子的短发。一年前，他深爱的妻子还是长发飘飘的软妹子，这一年来，她从老家赶来逸草堂帮忙，每天起早摸黑，硬生生成了一枚女汉子。

“老婆，辛苦你了。我们会过上好日子的。”林老板亲了亲妻子的额头。

“那一次，你弄丢的也是朱啸天的字，是方院长托你装裱的。好在，后来你找回来了。”林老板的妻子幽幽地说。十年前，也是在逸草堂，刚认识不久的方院长让他装裱朱啸天的四条屏。时间过得真快，这一晃，自己来台州已十几个年头了。

“怎会不记得。那是个初冬的傍晚，我把装裱好的四幅卷轴送到海之门饭店大堂总台，当时方院长喝醉了，并没有将字取走，直到第二天找到我。”回忆将林老板拉到十年前，那一夜可谓惊心动魄。那年，朱啸天的字行价三千一平方尺，如今这十年，又翻了将近十倍。

“傍晚，我在整理闲置的梳妆台时，无意间打开放首饰的抽屉。那些首饰是我刚来台州时你特地为我买的，你说，这才配得上你太太的长发和裙子。可惜，我一直放着没用过。”

逸草堂天花板上的灯光洒在林老板妻子的脸上，柔和而动人。

“老婆，把长发留回来吧！”林老板深情凝视着妻子。

“老公，这是一年前你让我务必放好的，说信封太小容易丢，你现在打开看看。”林老板疑惑地看着妻子递来的信封。

灯光下，醒目的七个字——霓裳羽衣舞翩跹。宣纸的折痕刺痛了林老板的眼睛，也刺痛了此刻回放着的真实的记忆。

小时候的许小寒喜欢撒谎。做坏事是因为好奇，而撒谎是为了不挨打。每次做坏事就算不被母亲李茹云抓个正着，事后也会知道，所以，许小寒经常挨打。犯错后的她，总是不打不招，结果招了会被打得更凶。

“坦白从宽，抗拒从严。你一开始为什么不招？”李茹云挥舞着小木棍疾言厉色道。

“你又不是老天爷，也不是土地公公，我做什么你怎么可能都知道？”许小寒小声嘀咕。明知做坏事会被打得很凶，而撒谎会被打得更凶，但深知这规律的许小寒依然做坏事，完了依然撒谎。

挨打的许小寒不到痛得怀疑人生，都是不招的。

有几次，李茹云实在打累了，居然蹲在地上号啕大哭，那时候的许小寒自然不知道她为啥而哭。

“你看看你，让你凡事别计较吧，你偏不。”许小寒恨恨地看着她，痛并快乐着。当然，打的次数多了，许小寒也会反省，不是反省错在哪里，而是自己明明在天知地知我知没人知的情况下做的事，她怎么就知道了呢？这时早时晚的东窗事发，害得许小寒都想不起自己到底有没有做过那件所谓的坏事，又从何招起？对，许小寒的记性不是不好，而是很不好，从小到大如此。这让她养成了随身带本本的习惯，也有了记日记的习惯。关于日记，喜欢写是一部分，生怕忘记一路走来所发生的一切是一部分，毕竟不管好的坏的，回忆总是珍贵的。

被打的次数多了，许小寒总觉得大人的眼睛无处不在。它可以长在后脑勺，可以长在头顶，可以长在背上，也可以长在脚底。除了人的身体，它可以长在山上、田里、草堆里、麦垛上，长在屋顶上、柜子上、床底下、棉被里，它甚至还可以长在那朵会下雨的云里，以及那说刮哪儿就刮哪儿的风里。

初秋，天气渐渐转凉。

“她娘，要起风变天了，可能今晚要降温好几度，孩子们的被子够盖了没？”许定远对着妻子说。

“她爹，你看那朵云，不出半个钟头就得下大雨了，我先回家收晾在外边的衣服，你和大伯们赶紧先收点稻子进来，等雨小点再下地，蓑衣带上穿好，别冻着了。”李茹云叮嘱丈夫。

这不就是一些很好的证明吗？大人的眼睛可以长在任何它想长的地方。

深秋，稻子跟着树叶一起黄了。庄稼不多，够吃就好；成熟的棉花白白的，本分地待在地里。它不像蒲公英那样从不满足于生养它的那片土地，而是喜欢到处闯荡，飞出大山，飞向更广阔的天空。

“你是蒲公英，没什么用，只知道到处跑；你姐姐是棉花，种在地里放心，做棉袄、棉被暖和。”李茹云故作一脸嫌弃地对许小寒说。

“都说‘女儿是爸妈贴心的小棉袄’，我们家本来有两件，现在看来，这另一件连是不是棉背心都成问题喽！”许定远朝许小寒眨了眨眼睛，继而哈哈大笑起来。

“等我长大了，我会买好多好多吃的给爸爸妈妈。你们就在家享福，什么事情都由我来做。”许小寒的姐姐靠着母亲的肩膀，甜甜地说。

“你呢？丫头！”许定远转过头问许小寒。

“有我在，坏蛋别想欺负你们。”许小寒扬着下巴，举起小拳头。

“瞧瞧，这就是咱家的小霸王。说实话，你不给爸妈惹祸，就谢天谢地了，还想保护我们不被坏蛋欺负？瞧把你能耐的！”许定远伸出手，捏了捏女儿的鼻子。

“别捏我，别捏我，我的鼻子已经很塌了，再捏就更塌了。”许小寒扭扭身子往李茹云身后躲，极不高兴地皱起眉头。

“你呀！”李茹云对着丈夫嗔怪道。

一家人笑作一团。

许小寒的额头上有个伤疤，那是做错事死不承认，被许定远砸过来的铁皮烟灰缸弄的。

“你是刘胡兰吗？学人家视死如归，也不知道偏下头。”许定远边说边走过来查看女儿的伤情。

“你都舍得砸我了，我还躲什么？反正我的命是你们给的，打、砸、骂的也是你们，坏了还赖我？”许小寒嘟着嘴说。

“你呀你呀，除了逞能还会干啥？”许定远心疼地处理女儿额头的伤口。“痛！”许小寒龇牙咧嘴道，心里却是暖暖的。

许小寒的背上有个月牙形的刀口子，那是五岁时留下的。

“我让你拿我的东西了吗？还藏起来不给。”

许小寒私自拿姐姐的蝴蝶结戴，被发现后就是不还。姐姐追着许小寒前院后院、楼上楼下地跑。

“我让你不给，我让你不给。马上还给我，听见没？再不给，我扎你！”最后，实在追不上许小寒的姐姐，凶巴巴地操了把剪刀。许小寒慌了，身体不听使唤一趔趄摔在地上。由于惯性，手持剪刀紧追不舍的姐姐也往她身上摔，剪刀便在许小寒后背心扎出一道长长的口子，瞬间鲜血直冒。

“哇——”许小寒没哭，胆小的姐姐却被吓得大哭起来。

李茹云闻声赶来，也被眼前的景象吓得慌了手脚。

“什么事，这么大呼小叫的？”许定远听到李茹云的呼叫，匆忙放下手头的活。

一家人手忙脚乱地抬着许小寒往村部飞奔。

“没事的，没事的，会没事的。”迷糊间，许小寒感觉母亲摸着自己的脸。她在哄她，她竟然在哄她。

“妹妹对不起，对不起，姐姐不是故意的。”一旁的姐姐哭得上气不接下气，嘴里一直念叨着对不起。

“都是你给惯的，她现在都能拿刀子戳自己的亲妹妹了。痛心啊！”

很少骂人的许定远在很凶地骂妻子，一声比一声响。

因为这事，薛宝钗似的姐姐平生第一次被打，打得要有多凶就有多凶。直到现在，她还老拿这事埋汰，说许小寒做错事却害她被母亲往死里打。为什么说她是薛宝钗呢？可能是觉得她喜欢做当面一套背后一套的事吧。小时候经常听大人们说“度头白”，会提到《石头记》里扎在女人堆里无法翻身的贾宝玉，整天哭哭啼啼哄都哄不好的林黛玉，还有就是做啥事都能得到夸奖的薛宝钗，那时候光知道有这些人物，却不知道“圆滑”是什么。

经村部土医生“妙手回春”，许小寒的后背没多久就缝好了。

“丫头，想吃什么？爸爸给你买。”见女儿睁开眼睛，许定远微笑着轻声问。

“爸爸，我刚才睡着了，梦见天上有好多好多星星。”

许小寒像是睡了好久好久，却怎么睡也睡不够似的。

“嗯嗯，等你好了，爸爸想办法给你摘星星。”许定远爱怜地摸摸女儿的脑袋。

“还有月亮。”许小寒咧开嘴笑了。

不久之后，许小寒背上的伤口成了一个月牙形的疤，倒像是被烟头烫的。实际上，她的手臂就不小心被父亲的烟头烫过，只是没留下永久性的疤。记性不好的许小寒，居然清楚地记得皮肤被烟头烫过的样子，这简直是奇迹。说是奇迹，也不全是。那些久远的事，或者说越久远就会记得越清楚，而眼下的事许小寒却是能忘则忘：无法储存太多东西的大脑，必须每天格式化，否则新的信息无法进入。

回忆是个好东西，它能让你觉得原来生活并不是那么无聊。

许定远是个烟棍，没命儿抽的时候，据说是一天四包打底。那时，许小寒还没出生。

“我说我咋这么黑呢，原来是打娘胎里给熏的。”许小寒说。

回忆起被烫这事儿，本来许定远也就是拿点着的烟想吓唬吓唬，结果见许小寒被吓得自个儿跟自个儿拳打脚踢，他手里的烟头一哆嗦，便掉到了她的手臂上。

“她爹，这下要留疤了，长大后可怎么嫁人啊！你咋这么不小心，要是掉头上，那不成尼姑了！”李茹云一遇到事就手忙脚乱，最后把料酒、猪油、菜油一并用上。此刻，闭上眼睛想象一下，那画面自然是不忍直视。

其实，除了生死，这世间什么事都不是大事。那时的李茹云不知道死是什么，许小寒也不知道。

那一年，李茹云走了，医生说是积郁成疾。

喜欢做坏事、喜欢撒谎的许小寒，已不再做坏事，也不再撒谎，可母亲回不来了。

“你娘她老跟我吵架，那是‘恨铁不成钢’；她经常打你，那是‘望女成凤’啊！”许定远抬头望着天空，眼泪即将掉下，却硬生生被逼回眼眶。

而后的十几年来，许小寒反复思考：积郁是什么？

每当写完一个长篇，但不是很满意时，许小寒便感觉有块巨石堵在胸口，掉不下去推不上来；又像是有口陈旧的血堵在嗓子眼儿，想吐却吐不出来。这时候，许小寒会跑到没人的地方大喊大叫，也会喝酒，喝得半醉，尽管手脚不受控制，脑子却异常清醒。想哭，大声哭，跟当年母亲打她打累了那样蹲在地上痛哭流涕。记得母亲总是在哭完之后，捡起揍她的小木棍，然后回家做饭给她吃。一家人围在桌边，母亲一边吃，一边用眼睛瞪她，又或者闷声不响地扒拉几口碗里的饭。如今，已看不到、听不到、觉不到母亲的一切，而思念却越来越浓。

因为这份思念，除了写小说、散文，许小寒还写诗，写母亲的诗，写长长的思念与深深的叹息。

“你的诗里怎么只有我的老伴，没有我啊？”对于许小寒的这种行为，许定远表示极度不满。

“会的。从明天起，不，从今天起，我就开始写您。”许小寒笑着对父亲说。

“好，那我希望丫头能将爸爸塑造成一个英雄。”许定远朝女儿眨了眨眼睛，像对着小时候的她那样。

“那我就在夜晚来临时，放个水盆在窗口。”说完，许小寒也朝着父亲眨了眨眼睛。

“放水盆干啥呀？”许定远表示不解。

“向您学习呀！还记得小时候，您问受伤后的我想要什么，我说想要星星和月亮。您答应了，最后却只在窗口放个水盆让我过过眼瘾。”许小寒忍不住笑。

“哈哈，那么记仇，难怪没人要。”许定远说完，顺手捏了下女儿的鼻子。

“别捏我，别捏我，我的鼻子已经很塌了，再捏就更塌了。”许小寒扭扭身子往旁边躲，极不高兴地皱起眉头。

“丫头，你还是小时候的样子，一点都没变。只是，爸爸老了。”许定远叹了口气，突然变得伤感。

“爸，您是我心目中的英雄，大英雄。”许小寒故作轻松地拍拍父亲的肩膀。

“写吧写吧，什么形象都可以，只要有爸爸，只要你开心就好。”许定远摸了摸女儿的脑袋，再拍拍她的手背。

“那，到时候可不要怪我丑化您哦！”许小寒扮了个鬼脸。许定远笑了，眼角含着泪花。许小寒也笑，整张脸笑抽搐了的那种，心却隐隐作痛。

“爸，当这个世界里的事，朝着反方向运行，而你却无能为力时，你会怎么办？”

“孩子，首先你要努力去扭转这样的局面，当你实在太累时，就停下来顺其自然。”

看着父亲正义而随和的侧脸，许小寒的目光久久无法挪开。

许小寒想跟父亲一样，拥有一双无处不在的眼睛。它可以长在后脑勺，可以长在头顶，可以长在背上，也可以长在脚底。除了身体，它可以长在大街上、办公室、工作室、裱画店、照相馆、书画院里，它甚至还可以长在别人的嘴里、耳朵里、眼睛里。

从小，父亲就告诉许小寒：钱财乃身外之物，生不带来死不带去。

许小寒做梦也没想到，她会为了一幅字——这身外之物而一夜未眠。打小就记性不好的许小寒，丢过很多东西，雨天丢伞，晴天丢帽子，怀里抱着一叠书坐公交车，下车后书便落在车座上了。除去这些，她还丢过好几个钱包，那是去吃饭或购物时丢的。名家的字，就好比钱包里的钱，丢了就是丢了。许小寒很清楚，她并不是因为在乎这身外之物，只是想起当初求墨宝时的艰辛，也后悔自己怎么就没留个照片。

“早安。昨晚问过华文照相馆的老板，没有见到字。我现在到金海西巷手工裱画店，让雷老板也帮忙找找。对了，小林昨晚下半夜发信息来，说有事让我上午过去一趟。”一大早，就见方院长发来的信息。

“不关手工裱画店什么事吧？”许小寒惊讶于他的执着，不，是偏执。

“只要还有一丝可能，我们都不要错过。这是最后一站，希望能找到吧！”方院长的语气中有明显的无力感，许小寒分明感觉到了。

“说实话，我已不抱任何希望。有就有，没有就没有吧！辛苦您了方院长。”许小寒发觉，无力感会传染，此刻真真切切。

“你的字，肯定在。”不管什么时候，方院长总是信心满满的样子。

“对，我的字，肯定在。”

紫堇有毒

公元 2017 年，5 月 31 日。京都文学院。

“韩紫堇，韩紫堇，你的名字不像真名。”对于紫堇的名字，宁枫不自觉地重复了一遍。

“宁枫！老师，您的名字也不像真名。”韩紫堇回敬一句。

紫堇，一种有毒的花。她的性格该是内向的吧！教室外走廊上，宁枫第一次见到紫堇，满眼都是她活泼好动的样子。不过，当时她没穿紫色的衣服，倒显得跟她的名字不搭。一头及腰秀发的韩紫堇，穿了条白色的长裙，墨绿色的披肩，合影时，她的头微微斜着，乍一看，她的脑袋就靠着宁枫的肩膀，不像师生，倒像父女。

宁枫，《京都文学》主编，评论家、报告文学家。他此次的任务是给京都文学院的学生们授课，为时半个月。韩紫堇作为他的学生，作为他第一节课“文学对话”中的五位青年作家之一，她的个人资料宁枫觉得有必要了解一二，当然，还有其他四位的资料。

韩紫堇，女，1987 年 5 月 31 日出生于浙江平阳。浙江艺术学校毕业。职业：舞蹈教师。家庭成员：母亲。

许若琳，女，1987 年 5 月 31 日出生于浙江平阳。中国美院毕业。职业：中学美术教师。家庭成员：母亲。

韩紫堇与许若琳，两个人之间似乎有着某种联系。

宁杋下意识地翻开手机查日历表：1987 年 5 月 31 日，农历五月初五。

当宁杋再一次看向韩紫堇时，她竟然也在看着他，只是眼神里多了丝忧郁。忧郁？这不刚才还叽叽喳喳、活蹦乱跳的呢！一定是感觉出错了，宁杋笑着摇摇头。

“此女娃乃彗星转世，她身边所有人都会因为她的存在而不安宁。唯有将她远送他乡，你等方能逃过此劫。”在韩紫堇出生百日那天，有个和尚闯入她家并掐指一算。

话说，孤儿是不知道自己如何成为孤儿的：双亲去世或身体不健全被遗弃？而紫堇，是多次被遗弃，甚至连孤儿院都将其拒之门外的人们口中的灾星。

“自从你来到我家，我老爹就病了，我娘要照顾我爹，硬把你塞给我。你看你这一来，鸡鸭都不生蛋了，我还指望这些贴补家用呢！”表姑瞪着三角眼，这眼神一看就知道是遗传的，但就算三叔婆跟病重的三叔公吵架那会儿，她的眼神也只是顺着一圈倒着一圈，没表姑这么凶神恶煞。

“你个扫把星，我是倒了八辈子血霉，才摊上你这么个怪物；你个扫把星，我这条命横竖要栽在你手里了；你个扫把星，你个怪物。”紫堇的远房亲戚，那个她叫舅妈的女人，此时正披头散发，一口一个扫把星、一口一个怪物地对着邻居们痛哭流涕。

“早前我们没有孩子，说是接你过来招个弟弟，这下糟了，明明该生男娃的变女娃了。唉，说你是扫把星还真是啊！”一个留着山羊胡的男人黑着脸。

“你就知道吃喝拉撒睡，什么活儿都干不像样。嘿，说啥白送给我们家当儿媳妇？买个童养媳都比你强！这下倒好，几天不下床，装病是吧？你能耐啊，你能耐啊！”随着飞舞的鞭子，紫堇本就不完整的皮肤，又经历了一场浩劫。

“老天爷呀，那是有眼的。活该你这灾星自生自灭。”紫堇被一只大手拎着扔到院子里，那扇门随即在身后“嘭”一声关上了。

“死鬼，她可是扫把星，你离他远点——”

“她是扫把星，你要给我犯糊涂，就甭回家了——”

“看来真是扫把星啊，碰到她会倒霉的，别看了，走吧走吧——”

“你说这孩子会不会死掉啊，下辈子投胎她还会不会是扫把星啊？唉，真可怜——”

邻居们一个个指手画脚、议论纷纷，却没有一双手愿意伸出来扶紫堇一把，或是帮她去拍开那一扇紧闭的门。

雨，越下越大，冲散了一拨拨的长舌妇，世界突然清净了许多。

紫堇挣扎着站起来，却跌回泥地里，再一次站起来，又跌倒。她咬紧牙，艰难地拖着身子往堂屋爬。

“姆妈我错了，姆妈开门。姆妈，姆妈开门——开门——”紫堇虚弱地拍打着紧闭的堂屋门。

“姆妈开门，开门——开门——”浑身湿透且几天粒米未进的紫堇，发着烧。她已经没有任何力气再去拍那扇纹丝不动的门。

“老爷，你当真想好了吗？她可是你的老来子，你唯一的骨血啊！”

“送，不送我们都得陪葬！苍天要我一生无子，奈何凡人不可与之作对！夫人，别怪我心狠，她是我的儿，无奈啊我！”男人悲从中来，继而咬牙上了马车。

“孩子，我的孩子！”男人的妻子扶着门框，看着远去的马车，心如刀绞。

头好烫，手疼、背疼，浑身都疼！谁在喊我？又是梦，梦里是那个咬牙驾着马车的苍老的爹；那个扶着门框，看着远去的马车心如刀绞的娘。自懂事起，这个梦，便纠缠着紫堇。那是我前世的爹娘吗？紫堇摇摇头，再摇摇头。我是不祥之人，生来没有父母，我是石头缝里蹦出来的压在五指山下几百年都死不掉的孙猴子。紫堇这么想着，咧嘴笑笑，身上似乎不疼了些。

紫堇属罂粟科，别名蝎子花、断肠草。

它很平常，几乎没人会注意它，但是，当你徜徉在田埂、山间、幽谷，定能发现满目都是紫堇花。

“是的，我就是紫堇花的化身。我与紫堇花一样有毒，因此命中注定无法普通。我没有亲人，没有朋友，更没有安生之所。”紫堇总时不时地独语。

紫堇在阁楼待了整整一个月。打小就觉得自己这一世时日无多，竟然奇迹般又晃过个把月。紫堇总笑笑，说是闭关，其实每次闭关都是她发病严重的时段。紫堇的手脚又开始不听使唤地抖动，剧烈的程度，是拿半杯水都会往外溢的。小样儿，半杯水而已，怎么可能难住我，我可是要强的韩紫堇。她知道，再过几日，她会连杯子都拿不动，坐着都困难。

紫堇和衣躺着，天很热，可能是饿晕了，她总是会在浑身无力的情况下睡去。迷迷糊糊的，耳边传来鸟叫的声音，紫堇的眼珠子转动了一下，细细倾听，金丝雀？哪儿呢？哦，在床头上方的空调内机里，鸟儿扑腾着，紫堇能感受到那种想飞却飞不出去的懊恼。紫堇喜欢金丝雀，之前养过两只罗娜种，取名品香、知味。

那时，紫堇在上海见习。中国的金丝雀主要有“山东种”“扬州种”和“罗娜种”三个品种。上海人以养“罗娜种”为主，此种金丝雀身体细长，羽毛有黄白、橙红、古铜、银灰等色，头颈有羽毛向四面外翻的凤头，翅膀上有两侧对称的羽毛异色，鸣声长而婉转、声调轻而柔。紫堇养的金丝雀品香、知味，身子都比较弱，紫堇会经常带着它们到室外走动，保证不让它们长时间受到阳光直射，因为暴晒会使金丝雀的羽毛褪色。

每当到了小区公园，品香总会高声鸣叫，谁让它吃得多呢，自然闹腾些。品香绝对是一等一的吃货，它不仅喜欢吃谷子、菜籽，还喜欢吃玉米面、窝窝头，外加成颗的玉米，那叫一个原汁原味。紫堇在做玉米青豆加松子这道菜时，总不忘给品香也来一份。知味倒是娇气得像个公主，除了苹果、青菜，别的一概不吃。它最享受的时候，便是紫堇将苹果切成小片，不厌其烦地一口口喂它。

那段时间，紫堇每天刷洗品香、知味的食罐和水罐，并换上新鲜的食物和新鲜的水；栖杠每三天洗一次；笼底粪便每周清除两三次；每周至少水浴两只傻鸟一次，适时修剪鸟爪。日子一天天度过，倒是惬意。

如今，这空调内机中的鸟儿，也算是乖巧。紫堇想着，挪了挪因生病而显得笨重的身子。

京都文学院报到那天。当看到许若琳的名字时，紫堇百感交集。

“我该和她打个招呼吗？说好的此生不再有往来，还算数吗？”看着学习指南上许若琳的房间号，紫堇犹豫了。

“紫堇，假如你是男生该有多好，那我就可以早点嫁给你，不用待在那个家，我想待在一个没有争吵、没有暴力的地方。”伤痕累累的许若琳虚弱地挤出一丝笑。

“就算我不是男生，我们也可以一辈子生活在一起呀！”紫堇接茬。

“这可是你说的，一辈子，我们要一辈子生活在一起！”许若琳眨巴几下眼睛，随后伸出小手指要跟紫堇拉钩，盖章。

“好，拉钩！”紫堇也伸出小手指。

“拉钩，上吊，一百年不许变，变了就是小狗汪汪叫！”两个人的小手指紧紧拉在一起。

“紫堇，你知道吗？跟你在一起的时候，我才是开心的。这辈子，我只想对你笑。”

此刻，紫堇回忆起十六年前的两个人，眼眶不禁红了。与此同时，许若琳十年前的那封信闪过紫堇的脑海。

当天晚上，文学院举行班会暨新生报到会。首先自我介绍的是班长，他是一名警察，严肃的表情下长着一张娃娃脸，平常写些关于警界的文字。

第二位是卓文君，型男，留着一支山羊胡的诗人，在他报上名号的后几秒，全班一阵哄笑。

第三位是肖遇，他说自己其实不喜欢女生，说完呵呵冷笑几声，惹得全场又一阵躁动。不用猜就是个写小说的，且是剧情怪异的那种。

第四位是钟子期，写言情小说的。正当全班同学七嘴八舌时，钟同学坦白这只是他的笔名，此行他带来了一把古琴，为的是等候伯牙的出现，共奏一曲《高山流水》。

大家建议女生也参与一下，就按照座位顺序来。

“我是陆依萍，没错，跟琼瑶小说《情深深雨濛濛》里女主角的名字一模一样。我喜欢文学，尤其是散文。”

“我是英俊王子，写网络小说的，目前刚从英国留学归来。再补充一句：其实我是个女生。”正说着，全班同学的眼睛齐刷刷地朝向她，不说还真没发现，这位从一进校门起，就备受女生注目的英俊小男生，原来是个漂亮的姑娘。

“我来自香港，名叫涟漪，目前在大陆发展。我总是幻想穿越到古代，成为大长今之类的宫廷女医官。”在紫堇看来，涟漪的美貌以及略显丰满的体态，完全有可能成为第二个杨贵妃，或是先成为女医官，然后在给皇帝就诊时被瞄上。

“喂，喂喂，这位同学。”正想着，紫堇发现有只手在自己的眼前晃了好几下，这才反应过来。

“哦，不好意思。我叫韩紫堇，来自温州的一名舞蹈老师，很高兴认识大家。”紫堇一阵慌乱地站起来。

“我叫许若琳，目前是杭州一所中学的美术老师。我不喜欢说话，也不喜欢解释——”许若琳停顿了几秒，看着刚落座的紫堇的后脑勺，接着说，“因此，我没有朋友。”说完，许若琳面无表情地坐下，谁都能感受到她的高冷，这种拒人于千里之外的形象像一只刺猬，且是受伤的刺猬。

或许，写作的人都是孤独的吧，然而，在场的所有人都喜欢这种孤独所带来的灵感。

三台道观坐落于浙江省温州市南雁荡山，地处平阳县南雁镇。

道观里，两个女孩在叽叽喳喳地讨论某个诗人。走近一听：哦，原来是在讨论席慕蓉——两个人的偶像。

“哎呀，不吵了不吵了。我是来找你玩的，不是来找你吵架的。我来一趟容易嘛我，你还老跟我吵，烦都烦死了！”许若琳皱起眉头。

“哼，谁爱跟你吵？还不是因为你总咄咄逼人。这架势，特像你妈妈，特像！”紫堇毫不示弱。

“她又不是我妈妈，我妈妈早就死了，死了你知道吗？”许若琳委屈地扁了扁嘴。

“没有妈妈总比爸妈都没有了好。”紫堇转身坐到板凳上，眼睛直直地盯着道观墙面上的画。

那是七年前许若琳画上去的。那年，她们俩初次见面；那年，许若琳的亲妈还没死，母女俩来道观上香，听说是因为大人身体不好。

“师太，你说，我要不要再去北雁荡山的灵岩禅寺上个香？”

许若琳的妈妈上完香，走到后院询问师太。

“佛道一家，都是普度众生，去去也好。”

“师太所言极是，我这就去。先谢过了。”

跟在身后的许若琳看到紫堇坐在院子里的大树下发呆，便走了过去。两个人一见如故，并说起了悄悄话。许若琳在道观的墙面上为紫堇画了一幅画：池塘边一棵大树，树下有紫堇还有她的爸爸和妈妈，一家人幸福美满。

“对不起，紫堇，我不是故意的。”

“对不起，紫堇，你别生我气，好吗？”见紫堇依旧看着别处不理她，许若琳急得连抽自己几个巴掌。

“我们来朗诵席慕蓉的《我是一棵树》吧！”紫堇将视线从墙面上收回后说。

“好，我先来。”许若琳连忙拍手称好。

“如何让你遇见我，在我最美丽的时刻，为这我已在佛前求了五百年。”许若琳深情地念道。

“求佛让我们结一段尘缘，佛于是把我化作一棵树，长在你必经的路旁。”紫堇边念边将手臂往头顶举起，装作一棵树的样子。

“阳光下慎重地开满了花，朵朵都是我前世的盼望。”自从紫堇变成了一棵树，许若琳便笑得直不起腰来。

“当你走近，请你细听，那颤抖的叶是我等待的热情，而当你终于无视地走过，在你身后落了一地的……”紫堇一本正经地继续念道，完全无视许若琳的花枝乱颤。虽然，那时候的她们并不知道“花枝乱颤”是什么概念。

“许若琳同学，请严肃点，还没朗诵完呢！”紫堇故作老练的样子，还真像个老师。

“朋友啊，那不是花瓣，那是我凋零的心。”

一旁听着看着的陈光静，微微笑着。她的脑海中闪过一些过往。

七年前的一天，下着大雨。陈光静下山到镇上办事，路过南雁村口，看见有个五六岁光景的女孩蜷缩在池塘边的大树下一动不动，走近时发现她发着烧，浑身滚烫。

“这是谁家的孩子，谁能救救这孩子？”陈光静朝路过的村民求救。村民的漠然激起了她的疑虑，再三过问后才得知：这孩子是半年前来的南雁村，是村民口中端午日出生的扫把星。她叫紫堇，跟紫堇花一样有毒，连孤儿院都不愿意收她。

陈光静默默抱起瘦弱的紫堇，两个人的身影消失在村口……

韩紫堇与许若琳一起长大，情同姐妹。因同一天出生，遂两个人时常举手对天起誓：既然同年同月同日生，但愿同年同月同日死，尽管小时候的她们也知道生死由不得人决定。直至有一天，在课本上了解到屈原投江的日子，竟然跟她们的生日是同一天，两个人起誓的内容便又多了一句：既然同年同月同日生，但愿同年同月同日死，跟屈原一起死。

屈原投江的日子，被后人视为九毒日里最毒的一日。因此，端午日出生的人，自然会被视为不祥之人。从小到大，许若琳所遭受的来自村里人的白眼，远比紫堇多得多。是的，多得多。不仅如此，自离开道观后，许若琳的母亲没过几日就抛下她走了。不多久，她的父亲许元康为了把日子过下去，便续了弦。继母带来两个半大的孩子，那男孩看上去很酷，女孩则比许若琳大一些，父亲让她叫哥哥、姐姐。

许若琳跑了出去，躲在村口石拱桥下的草堆里，看着桥头的太阳下山又上山，上山又下山。直到迷迷糊糊中听见，一次又一次经过桥头的父亲用沙哑的嗓音，喊着她的名字一遍又一遍，这才想起自己有好几天没吃东西了。

“等我长大了，一定会成为画家。”许若琳仰起头骄傲地说。

“等我长大了，一定会成为舞蹈家。”紫堇紧接着说。虽说两个人的生活环境不同、经历不同，但两个人进文艺圈的梦想却极其相似。

那一年，正逢许若琳小升初，父亲病重，继母不管不顾。她只好放弃考试回家照顾，直到父亲撒手离去。许若琳一滴眼泪都没掉，她觉得人的生老病死是一种自然规律，你哭，要走的亲人还是会走，就如当年母亲离开时一样。那时，父亲就告诉她：“等有一日，爸爸也走了，若琳可千万别哭。”许若琳点头再点头。她真的做到了不哭。不管继母如何折磨，她都咬牙坚持：我想念书，我想出人头地，我的梦想是成为画家。我不能就此屈服，不能就此倒下。

没多久，许若琳便被继母赶了出来，她也乐意被赶出来：终于远离了那个魔窟，还有那双魔爪，她松了口气，往即将笼罩在夜幕下的南雁荡山赶去。

三台道观散发着柔和的光，里边有她从小的玩伴——韩紫堇。

许若琳跟紫堇住到了一起。在三台道观，她随紫堇喊陈光静“师太”，两个人视师太如母亲，说好不管学分卡还是将来参加工作后的简历上，家属一栏都写“母亲：陈光静”。

六年后，打小喜欢在墙面上、马路上随处涂鸦的许若琳，幸运地考上了中国美院。紫堇学习成绩不理想，在中考那年作为舞蹈特招生进了浙江艺术学院里的中专部——浙江艺术学校。

翁昊然背着画夹出现在杭州第七人民医院的公园里，他推着轮椅，轮椅上坐着他的大伯——翁正海。翁正海患有严重的精神疾病，在翁昊然四岁那年，一场暴雨迎回了翁家出走多年的长子翁正海。当时，他抱着个钵，整个人瑟瑟发抖，嘴里还念念有词。

"爷爷，他就是出走多年的大伯吗？"翁昊然仰起小脸问道。

"唉，造孽呀！"爷爷不回答，只是叹气不止。直到后来，翁昊然才断断续续从父母亲那里得知大伯出走的来龙去脉。年轻时的翁正海多才多艺，尤其擅长吹笛子。有一次，他在河边选用制作笛子的金丝竹，遇见邻村来浣洗衣物的一位姑娘。姑娘边洗衣物边唱起了山歌，余音回荡在山谷，随着小河流淌进翁正海的心头，使得他无法自拔地爱上了这位姑娘。就这样，日复一日，月复一月，翁正海始终无法鼓起勇气向她表白，直到姑娘没再来河边。他急了，赶忙去邻近几个村打听，得知那姑娘早在几个月前便去了南雁荡山的一个无名道观里，从此不问世事。几天后，翁正海也不知去向。后来听村里人说，在北雁荡山的灵岩禅寺看到过翁正海，他当时正倚在寺院大门的门框上对着梅树吹笛子。又有人说，在小龙湫上方的山崖上看到过他在一遍遍地吟诵：

你是那一树一树的花开

我看不清你的脸，终于

我看清了你的脸，就像
那一树一树的花开
你是那被黑暗遮住一半的月
我看不清月的那一边，终于
我看清了月的那一边
就像黑暗遮住一半的月

想必是在北雁荡山无疑了，好歹没离开温州境内，家人也算是放下心来。

这几年来，翁昊然除了待在美院，每周还会去温州平阳第一中学给美术生上两节课，再就是去第七人民医院看望大伯。为了方便给医院的病人们画像，每次来他都会背着画夹。在他眼里，失去心性的人是最真实的，他们对现实中的世界没有防备之心，那一张张孩童般的脸，天真无邪。

近几日，紫堇看什么都是有颜色的，包括略有些漂白粉气味的自来水。

“你好，请问楼下的水是蓝色的吗？”紫堇吃力地将脑袋探出窗外问。

“没有颜色呢！”

“哦。”

“是住高层的缘故吧，水压上不来。又或者，你在抽水马桶的水箱里放洁净宝了？”

“洁净宝？”

是吧，这自来水有时还是红色的，像血，可能也是因为水压的问题。紫堇这么想着，便随手打开电脑搜索。几天不用电脑，桌面上的图标又跑错位置了，不，不是位置问题，而是紫堇试图让它们待在应该待的位置。

看着前几天写的两首小诗，紫堇感觉自己如分裂般，不对，她已经分裂了：一会儿深情款款，沉浸其中无法自拔；一会儿又思虑重重，直到喘不过气来。

她干脆跑到卫生间躲起来，却依然感觉有无数双黑手朝她伸过来。

“Stop！ Stop！ Stop！”她对着镜子大声喊道。那些手突然消失了，这让紫堇很得意，她的面部狰狞了一下。

紫堇开始一遍遍地在镜子前练习微笑，练习平静，可嘴角上扬的样子看起来很恐怖，她吓得将镜子摔得粉碎。她一时无法冷静，不，她一直无法冷静面对这个世界，打小如此。她拿起拖把拼命拖，拼命拖，地上全是玻璃碴儿，红色的染着血的玻璃碴儿；她一遍遍地冲刷马桶，她把手伸进去，幻想着那双手能被冲走，连同恐惧，红色的、蓝色的，甚至是无色无味的恐惧。

公元 2007 年，5 月 31 日。杭州第七人民医院。

紫堇抬头看了看天空，再看了看行人。刚参加工作不久的她，又回到杭城了。就在几个月前，她放弃了浙江小百花越剧团向她抛出的橄榄枝，毅然回到温州，成为平阳县特殊教育学校一名普通的音乐兼舞蹈老师，为家乡的特殊教育贡献自己的一份力量。杭州，这个有着她三年记忆的城市，却不承想，自己回来的第一站居然是医院，且是第七人民医院。

说好的来杭城跟许若琳一起过生日，一起逛旧书摊，一起去白堤上数星星。看来她要食言了，平生第一次，对许若琳。

“若琳，今天不能和你一起过生日了。”到了医院门口，紫堇给许若琳发了一条信息。

“为什么？我们可是每年都一起过的呀！我蛋糕都订好了。”许若琳秒回信息。

“我有很重要的事要处理。”紫堇不想解释，她不想让许若琳为她担忧，更不想师太为她担忧。

“什么事情比我们在一起还重要？”许若琳为此感到不满。

“有机会再跟你解释，好吗？”紫堇苦笑。

“不好，但也没办法。”许若琳嘟着嘴，紫堇能想象到她此刻嘴上能挂三斤葡萄的样子。

“这嘴嘟的，葡萄都能挂三斤。”记得小时候，陈光静总是这么形容许若琳和韩紫堇。

“那师太要不要吃呀，要不要吃呀？”每到此时，紫堇总能耍赖凑到师太跟前，而许若琳只是一个人静静地坐着，谁都不知道她在想什么。回想那些在三台道观度过的时光，紫堇心里是温暖的，哪怕她身在医院。

在杭城的三年里，每天早上都是紫堇最忙碌的时候，当然，也是舞蹈特招生最忙碌的时候。小伙伴们在东方还未出现鱼肚白时，便开始练功，特别是有演出任务的前几个月，练功房更是灯火通明。紫堇的忙碌通常是自找的，她从小到大有个早起练字的习惯。

来艺校的第一学期，是师太给她买的硬笔字帖，第二个学期她开始半工半读，在生活费上便没再让师太操过心。紫堇喜欢在周末逛旧书摊，她的第一拨战利品：一本颜真卿的毛笔字帖和一本张爱玲的《倾城之恋》。

“字，就那几个字，像一块块没味的豆腐，有啥好写的？为了它，你都不回平阳看我。”许若琳在平阳第一中学念高中，学业繁忙，却每次都主动来看紫堇。

“字如其人，我看你呀最适合写草书了，且是毫无章法的那种。要不也练练？”紫堇假装嫌弃地瞄她一眼。

“韩同学，幸亏我学的是油画，要是国画，不定被你整成十三癫了。”许若琳自然是一脸不屑。

“未来的你，极有可能变成十三癫！话说我正打算先练好书法，再自学国画呢，不好吗？”说这话时，紫堇刚写下“未来”二字。

“倒不如说：未来是个谜，未来是个谜一样的未来，我们都是为了这个谜而活着。”许若琳若有所思地说道。

“哈，这调调，越来越像个写小说的，且是哲理性小说。”紫堇打起了哈哈。

“这个嘛，你也可以有。记得上小学那会儿，你的作文经常被老师当成范文，让我在讲台上念给全班同学听。”许若琳回忆起多年前与紫堇同窗的日子。

“唉，师太命苦，养了两个不是东西的东西。一个学跳舞，一个学画画，却有着谜之梦想——书法家、小说家。”许若琳摇头叹气的样子，惹得紫堇狂笑不已。

“如此说来，我们的未来都不是谜，特别是你。据说，那个叫翁昊然的家伙帅到没天理，可惜我连照片都没见过。”紫堇打趣道。

“哎呀，偶像派画家都不喜欢拍照片的了，下次直接带你去他的工作室，让你看看庐山真面目？”许若琳歪着脑袋征求紫堇的意见。

“是你的偶像，又不是我的偶像，才不要去。”紫堇故作鄙夷状。

“哪有哪有哪有，只是老师了！”许若琳一脸娇羞。

离和医生预约的时间还有十几分钟，紫堇将思绪收回，拢了拢被风吹乱的长发，戴上遮阳帽往医院走去。

“大伯，今天天气不错，我给您画个像吧！”翁昊然推着翁正海从住院部大楼出来。

“不好。等下会有大暴雨的，妖怪们都出来了。不好。”翁正海喃喃自语着。

“大伯，天气预报上说是晴天，一整天都是，您别担心会下雨。”翁昊然笑眯眯地弯下腰，对着翁正海轻声说。

“您好，请问门诊部怎么走？”初次来第七人民医院，紫堇在绕了一大圈后，都没找到门诊部大楼，只得硬着头皮问路。

“门诊部啊，往右拐一栋楼，再往左拐两栋就是了。”翁昊然应声后，抬眼看了下紫堇。阳光下，一顶白色的遮阳帽有点晃眼，帽檐微斜着遮住了女生的半个额头，一头黑发不太服帖地披散在她瘦弱的双肩。肩膀过来一点就是美妙的弧线——锁骨。她的锁骨真的很美，特别是锁骨上的那一枚红痣。翁昊然咽了咽口水，这并不是他好色，这是作为一个油画家对美丽的躯体的一种本能反应。他居然想画她，居然。她穿了条白色连衣裙，雪纺的，配上她此刻凌乱的发型则更显飘逸。

“谢谢你。”紫堇冲着发愣的翁昊然不好意思地笑笑。

“不客气。”这下，翁昊然看到了她的脸。那细嫩白皙的脸上，一双清澈见底的眼睛，眼中却有着淡淡的忧伤，这是他从未见过的。一张标准的鹅蛋脸，鼻梁的高低、嘴唇的弧度都恰到好处，还有她抿嘴浅笑的样子。天哪，翁昊然发现自己说话时，竟然舌头打结。这是多么丢脸的事儿，要知道，在美院他可是出名的放浪不羁。自从进了中国美院，翁昊然就很受女生欢迎。毕业后留校任教，受欢迎程度更是一发不可收，但他从未对谁动过心，包括那些美到令人窒息的人体模特。

等他回过神来，紫堇已往门诊部方向走去，翁昊然就这样看着，直到她的背影在眼皮子底下消失。

这两日来，翁昊然都待在工作室魂不守舍的。

“这是怎么了呀？大才子！你大伯是不是又给你算命了，说你会遇上一只美丽的狐妖？”许适在一旁用胳膊肘碰了碰心不在焉的他。许适，翁昊然的大学同学，现已成为杭城知名画家。

“或者女鬼？”说完，许适一阵稀里哗啦笑倒的阵势。

“我去画画了。”翁昊然也不理会许适的嘲笑，径直朝画室走。

“你这人，真没劲。”许适边说边跟着进了画室。

画室的窗前，立着翁昊然夜以继日赶制的一幅画：一个戴着白色遮阳帽、长发披肩的女孩，正单手支着脑袋，眼睛看着远方。走近细看，女孩的手指呈葱白状，还未经过微处理。沿着手指下方看过去，锁骨上一枚醒目的红痣。

“新模特？好嫩。”许适嬉皮笑脸道。

“前天在第七人民医院见到的一女孩。”翁昊然的表情开始变得柔和起来。

“啊？原来你爱上的不是女妖，也不是女鬼，而是女精神病啊！”许适故作夸张地说。

“别瞎说，她只是路过那儿。或许是找人，又或许是看望谁吧！不过，有一点你说得对，我爱上她了，且到了疯狂的地步。”说着，翁昊然拾起画笔，顺手捡了几管颜料。

“你这家伙，都多少年了，还用这个牌子。抠不死你！”许适瞪一眼正专心作画的翁昊然。

“习惯了。帮我拿深蓝、佩恩灰和锌钛白。”翁昊然头也不抬。

“这么冷，打算用在哪里？”许适随口一问。

“她不冷的，她抿嘴浅笑的样子很暖也很美……”翁昊然看着画上的那张脸，呆呆地说。

“我说颜色，你个呆子。”许适狠狠地白了他一眼。

“说谁呆子呢，说谁呆子呢！门都不关。还有，你们刚才说谁很暖也很美了？”门口飘来一个清脆的女声。哦，原来是许若琳。

“老师不是呆子，你才是！”

“哎哟，师妹大驾光临，有失远迎，有失远迎。”许适忙不迭地拉开一把椅子。

“咱若琳什么都好，就是嘴巴不饶人。”许适继续自说自话着。

“老师又在画哪个模特，借我用几天？”许若琳正想把脑袋凑过去。

“不是模特，是一路人甲，没啥看头。呵呵！”许适不自然地说。

“是吗？我看看。”许若琳干脆跑过去看。

“小适子，你说，哀伤的眼神应该用什么颜色来表达，更准确些？”翁昊然抬眼问许适。

“咱先别说眼神，师妹来了，你看到没？我的师妹，你的师妹兼学生。”许适朝翁昊然使了使眼色。

“哦，若琳今天怎么有空来了？”翁昊然这才发现，他身后站着正看着画出神的许若琳。

“老师，你这画的是现实中的人物还是……”许若琳定定地看着翁昊然，等待答复。

“这重要吗？”翁昊然反问道。

“不重要，你开心就好。”许若琳的眼里闪过一丝失望，强挤出微笑说。

“那我先走了，你们忙。”说完，许若琳飞快地跑出了画室。

“明知道师妹喜欢你，你却总是不冷不热的，刚才还这样对她。”许适为许若琳打抱不平。

“我说过我喜欢她吗？再说了，她还是个孩子。你忍心欺负她吗？”翁昊然冷冷地说道。

“早知如此，我就不会在新生欢迎会上推那一把。”许适嘟囔着。

“你说什么？那一把是你推的？”翁昊然睁大眼睛看着许适。

“然后，她又刚好不小心亲到你，这里说明一下，她亲了你不属于计划内的。再然后，全美院的人都知道你们是一对。后来，后来就没有后来了。老实说，我甚至怀疑你们在平阳就好上了。”许适也不管翁昊然惊诧的样子，继续说道。

“现如今，若琳也跟随着你的脚步来美院了，看着她经常出入你的工作室，而你虽冷漠但也没有拒绝。”许适耸耸肩，表示无奈。

“好歹是学生，总不能赶她走吧！好了，我继续。你随意。”翁昊然面无表情地说。

“紫堇，你在哪里？”许若琳给紫堇打了个电话。

“我在平阳。”紫堇压低嗓音说。眼下正接受医生建议住院观察，她不想若琳为她担心。

“近期没来过杭州吗？”许若琳接着问。

“没有。若琳，你怎么了？”紫堇不免担忧起来：难道她知道我来杭州了？在第七人民医院，这个非正常人居住的地方。

“没什么，只是想弄清楚一件事。”许若琳冷冷地挂断电话。哦，只是怀疑，紫堇暗自庆幸。

一周后，紫堇出院。在经过血常规、心电图、脑电图、生化检查、病理检查、颅骨 X 线、脑部 CT、认知功能评定等一系列检查后，得出的结果是：在没有客观刺激作用于感觉器官而出现的感知体验，俗称幻觉。长期压抑导致的间歇性幻觉，正常人偶尔会有，但大多数情况出现于功能性精神障碍，也就是幻想症。不排除中毒、躯体疾病、脑部器质性病变等。紫堇是属于长期压抑导致的间歇性幻觉，只需注意休息，不过度劳累便可恢复。

出院后，紫堇拨了许若琳的电话，想跟她坦白自己这些天的状况，顺便向她道歉。

“对不起，您所拨打的电话正在通话中，请稍后再拨。”嘟嘟嘟嘟嘟嘟……相同的语音内容，无尽的嘟嘟声。紫堇不知道许若琳发生什么事了。她又拨了三台道观的座机，师太接的电话，说若琳三天前回过一趟道观，带走了一大拉杆箱的东西，还留给紫堇一封信。

匆匆回到平阳，已是黄昏。紫堇顾不上休息，连夜往南雁荡山赶。

近几年腿脚不便的陈光静拄着拐杖，站在三台道观门口等着紫堇，她每次都这样盼着孩子们的归来。就在三天前，她也是这样等着许若琳的。回来后的许若琳一句话都不说，只是在迈出道观门口后，又折回来，红着眼紧紧地抱住她好一会儿。

“师太，我回来了。”紫堇老远就看到陈光静杵在门口。

“回来就好，回来就好。还没吃饭吧？”陈光静关切地问。

“嗯，有点累。”每次回道观，紫堇总是这样对师太说。这次回来，紫堇看起来比以往更憔悴，也不知道在外边受了什么苦。

昏暗的灯光下，看着狼吞虎咽的紫堇，陈光静的眼角泛起了泪花。她的紫堇放弃了省城的工作，回到平阳教书；她不仅省吃俭用资助南雁村两个贫困儿童上学，周末还会去敬老院和孤儿院义务劳动；她每月将大半的工资交给她，说是给她买好吃的。紫堇，这个她养了近十五年的孩子，她是多么地了解她，她的无私、她的善良、她的乖巧……她太懂事，懂事得让陈光静的心隐隐作痛。

“紫堇，这是若琳留给你的信，你看看。”陈光静把信递给紫堇。

回到房间后，紫堇拆开了这封信：

紫堇：

我曾经的好姐妹，我曾经在这世上最亲最亲的家人（从此刻起已经不是了）。

我许若琳，对天起誓，今生与你恩断义绝，老死不相往来。我平生最痛恨别人撒谎，尤其是你，余生请不要再打扰我。好好照顾师太，往后我会每月汇款给她，以报答她六年来的养育之恩。

许若琳

许若琳的一字一句都触目惊心。紫堇想不明白为什么，只是因为她对她撒了谎？韩紫堇从小到大没有撒过谎，特别是对许若琳。谎言真的值得这么恨吗？住院的这一个星期，她也是在煎熬中度过的，她只是不想让她们担心啊。

宁枫八十多岁的老父亲生病住院，他回老家重庆看望。

在宁枫发信息给紫堇的时候，她正在武汉琴台大剧院观看理查德·克莱德曼的跨年钢琴音乐会，手机处于静音状态。看完音乐会已近丑时，习惯早睡早起的紫堇游魂般回到酒店后，将手机往沙发上一扔，脸也不洗，蒙头就睡。第二天醒来已是中午十二点，而紫堇预订的武汉至重庆的航班是下午三点，她以百米冲刺的速度往卫生间跑，洗漱，整理，一阵手忙脚乱。

直到登机，紫堇才看到宁枫昨晚发来的多条不同时段的信息。

“这几天一直没你动静，不知你在何地方？”

“你说三号要来重庆，也没你任何消息。这是你做事的风格，还是你行程有变？”

“有什么变化，你也应该告诉我。”

“你好像深海里静默的一艘潜艇，可怕或太神秘。”太神秘？有吗？紫堇扁扁嘴，不就没有及时回信息嘛！

“两小时后见！”紫堇故作平静地回了条信息。

事实上，从未有过的兴奋使得紫堇近乎失去控制，她感觉自己成了梵高，就算被割掉耳朵都不会觉得疼。她拿出手机照了照，耳朵还在，只是脸色看起来不太好，便顺势扮了个鬼脸，这让他想起了米开朗基罗，那个跟梵高一样伟大且疯狂的雕刻家。紫堇不自觉地哼起了曲子：已经约定一起过下个周末，是你让我看见干枯沙漠开出花一朵，是你让我想要每天为你写一首情歌，用最浪漫的副歌，你也轻轻地附和……

韩紫堇与宁枫的再次相遇，是在重庆。

意料之中地，宁枫没有出现在机场出口处。

“老师，我到了。”

“自己打车或坐轻轨，昨晚发你那么多信息都没有任何反应，可别指望我去机场接你！”很明显，宁枫在表达他的不快。

“早猜到你不会来接我了，真小心眼！”紫堇做嗤之以鼻状。

“知道就好，快去打车！重庆号称‘中国第一堵’，你可别晚饭都赶不上。”宁枫催促。

“谨遵师命！”紫堇嬉皮笑脸道。

“公馆前面修路，麻烦您下车走几步。”到渝中区解放西路时，司机将车停好，扭头对车后座的紫堇说。与此同时，一双大手拉开车门。

“老师！”紫堇欢快地跳起来。

“老师，你还是那么俊秀，骨子里透出来的，就连两鬓的白发都那么迷人。”紫堇生怕被宁枫数落，嘴抹了蜜般先拍上一轮马屁。

“当然，只有我会这么说。老师曾说，男人不能用‘好看’来形容，那么就换个词儿。”说完，紫堇朝宁枫吐了吐舌头。

“你看看你，总没个正经。要说有白发，那也是被你气出来的，就让它留着吧。”宁枫边说边接过紫堇的背包和拉杆箱。

走了有两百来米，便见一栋民国风小洋楼跃入眼帘：泊联汇公馆。

“这是原重庆日报大院，我父亲工作过的地方。”宁枫边介绍边领着紫堇往公馆大厅走。

“喔，原来爷爷也是编辑，这都能遗传呀！”紫堇嘻嘻笑着。

“就你贫！”宁枫忍不住跟着笑起来。

饭后，夜幕降临的解放西路，宁枫与紫堇一会儿并排走着，一会儿前后错开。坑坑洼洼的路面让紫堇回想起与宁枫一起散步的场景。那时的校园，熟悉的清晨与夜晚，熟悉的小河，河上的小桥，还有桥上彼此等候的熟悉的身影。

重逢的场面如此相似，如分离时那般。

“终于见到丫头了！”宁枫眼里闪过一丝欣喜，随即归于平静。

“哇哦！老师终于见到丫头了！”紫堇故作夸张地喊着，继而开心地在宁枫面前转了个圈。

“没心没肺。”宁枫说着拍了拍紫堇的脑袋。

“对，我没心没肺，我只能这样。当我躲在通往文学院门口的站岗亭里，偷偷看着送你去机场的车子消失，仿佛我已习惯了别离，却为何如此经不起重逢？”紫堇想着，眼眶不禁发酸。

“想什么呢？一声不吭的，像个闹情绪的小老太太。”宁枫看不清紫堇的脸，只能猜。

“我在想，要不要送您礼物？”

“你这孩子，不是让你别带礼物的嘛！”宁枫嗔怪道。

“也不是什么礼物了，就是在校园里捡来的无患子，我将它串成手串了。”

“无患子？”宁枫抬头看了看黑暗中那棵大树，只是这个季节它并没有结果子。

“无患子果核坚硬，可做成佛珠，被列入‘十八菩提子’之一，佩戴身上可辟邪消灾，带来吉祥，故名之。”紫堇晃着脑袋说。

“李时珍《本草纲目》之中记载，用无患子洗头可去头屑，洗脸美白、祛痘。”紫堇继续说道。

“得了吧，这祛痘功效是你加的吧？话说，古人有痘痘吗？”宁枫笑着说。他有个口头禅，那就是“得了吧”！也不知道这是重庆老腔调，还是到京都后学来的。

古人当然有痘痘！痘痘？没有汽车尾气污染的世界，恐怕只有“豆豆”。

“我提前离开文学院那天忙着收拾行李，没有陪你散步，这欠你的一天八千步，现在就算还给你了。”宁枫呵呵笑着。

“你可知道，早、晚陪你散步是我的一大功课，不然吃不香、睡不着。”紫堇想起两个人在校园时的约定。

“没办法，要赶去参加女儿的硕士研究生毕业典礼。”宁枫说。

“我在等你，一直等。等到送我去机场的车子出发了，都没等到你。你这孩子，就喜欢闹情绪，也不听我解释。”宁枫继而说道。

“我舍不得你，舍不得，我知道你回去了就不再回这里，只有我还在原地。”紫堇想着。泪，夺眶而出。她抬头看树，看枝枝丫丫，看天空，那儿什么都没有。

“在文学院，我最大的收获就是认识了丫头。你的快乐与忧愁无时无刻不感染着我。记住，无论将来如何，都不要刻意改变自己，直到遇见那个对的人。”宁枫若有所思地说。

幸好，在新年伊始，在人来车往中，还会有相遇。“相遇”这词，很伤感，却是不可否认的美好。

“老师，这段日子我拼命写诗，都快写吐血了，而且诗风完全不在一个频道。”

“怎么，身体不舒服吗？你这孩子，够让人担心的，赶紧去医院看看！”

“老师，我没有吐血，只是似乎有一万只蚂蚁在啃咬我的手指、脚趾，还有我的神经。我以为我拼命写诗，就能克制蚂蚁啃咬的疼，我错了，蚂蚁还在动。老师，我疼，钻心的疼。”

“你写什么诗了，竟如此怪异？我看看。”宁枫被紫堇搅得心慌意乱。

滴滴，滴滴。宁枫点开微信：

心，如麻
不敢说出的话

我夜以继日
勾勒，你脸上的惊讶

只言片语，很假

如赵本山的马甲

“老师，我不仅要为你写诗，还要为你出一本诗集。诗集的题目我都想好了，就叫“枕流”！”紫堇得意地说。

“哦？说来听听。”宁枫饶有兴致地接茬。

“不受生活的羁绊，如一路潇洒闯江湖的郭襄，枕着溪水也能入眠。”紫堇解释道。

“不错，有思想，有见地。”宁枫表示赞同。

“关键是又跟金大侠扯上了！”紫堇打着哈哈。

“嗯，看来中金大侠的毒不轻啊！”宁枫故作烦恼道。

“老师，我也有毒，你怕不怕？”紫堇突然问。

“傻瓜，那是迷信，老师怎会害怕？就算是真的，我也不怕！”宁枫想起在京都文学院的林荫小道上，紫堇向他和盘托出自己的身世，还有与许若琳的一切过往，包括她们俩十年前的误会与前几天的冰释前嫌。

“老师，假如，我是说假如我爱上你了，怎么办？”紫堇鼻子发酸。假如，没有假如，她是真的爱上了她的老师，只是不敢直接告诉他。

“傻孩子，你知道什么是爱吗？”宁枫莫名悸动。他眼里的紫堇，似乎还是个孩子，却又不是。

“爱是总为对方着想，爱是可以为之付出一切。”紫堇愿意为宁枫付出所有。是的，所有。

“老师，你眼中的爱是什么样子的？”紫堇想知道，她太想知道了。

“无性则无爱，有性未必是爱。”宁枫说道。

“你有你的未来，可别犯傻。”宁枫重重地吸了口气，说完后又重重地吐了口气。

“老师，我……我……”紫堇欲言又止，压抑的情绪和着眼泪瞬间冲出眼眶。她知道，在宁枫面前她永远无法做到拒绝，哪怕是拒绝他的拒绝。

“紫堇，你在哭吗？”宁枫看不见，紫堇也不会让他看见自己掉泪，但他分明能感受到。

公元 2019 年 5 月 28 日。京都人民医院。

紫堇的病情越来越严重，三个月前，医生给她下了病危通知单。她不敢告诉宁枫她之前来过京都了。这一次，紫堇还是犹豫要不要告诉他。

那天，宁枫去京都人民医院探望生病住院的好友，在医院病房的走廊上，碰见许若琳。

“你是许若琳吧？”

“哦，宁老师，您也在这儿啊！”许若琳尴尬地笑笑。

“家人病了？”宁枫问。

“是的。”许若琳应声后慌忙转身离开。她支支吾吾的样子，让宁枫有所怀疑：许若琳跟紫堇一样都是孤儿，哪儿来的家人？莫非师太病了？那紫堇是否也来了呢？

宁枫提着一篮水果，心不在焉地往好友病房走。

“您好，请帮我查一下这层楼是否有位名叫陈光静的病人？如果有，麻烦您告诉我在几号病房。谢谢。”探望完好友，宁枫去护士站询问。

“好的，请稍等。不好意思，没有您要找的病人。”护士面带微笑地说。

“哦，再次感谢。”

当宁枫走到楼梯口时，看到正对着楼梯的病房门半开着。

“31 床。”

“唉，医生好。”

“今天体温正常吗？”

“还是低烧，体温跟昨天一样。”

房内传出医生和病人的对话。好熟悉的声音，是紫堇吗？怎么可能是她，我怕是出现幻觉了。宁枫摇摇头，迅速下了楼梯。

“原发性颅内肿瘤，院内中西医专家会诊过了，三天后动手术。待会儿记得跟家属说一声：这几天，饮食清淡些。”住院部责任医师过来通知紫堇，正赶上许若琳从外边进来。

“哦，家属到了。”

“我认为，这种病是由于病人意识过于强烈，导致脏腑功能失调，加上外邪侵入，寒热交替，痰浊内停，才使其长期聚于脑部。所以说，凡事想开些，身体才会无碍。”临走前，责任医师还不忘叮嘱一番。

“原发性颅内肿瘤，三天后动手术。”许若琳的脑袋一阵嗡嗡作响。

“紫堇，不是说可以保守治疗的吗？医生怎么出尔反尔？”在许若琳的一再追问下，紫堇才将病情详细告知。

“我刚才怎么就让他走了呢，我应该告诉他的。”许若琳一屁股瘫坐在床边，喃喃自语道。

“谁？若琳你说谁？”紫堇感觉到了异样。

“还能有谁？那个根本不懂什么是爱，一直以动物的本能感官判断所谓爱的那个混蛋！”许若琳愤怒地说。

“是宁老师！你看到他了，他现在哪儿？”紫堇话一出口就后悔了，她怎么可以在这个时候想他，她怎么可以？纵使爱有无数种解释，无数种理由，更有无数种选择，而紫堇的选择是没有选择。

“是你不让我告诉他的，这下又想见了？”许若琳嗔怪道。

“没有。”紫堇真的不想见宁枫，经过这次复查，无法控制的病情让她不得不如此选择。

“这爱而不见的不只你吧，他要知道你病成这样，该对自己的逃避作何感想？”许若琳将紫堇这段感情看得透透的，确切说是看透了紫堇不敢爱、不敢恨的个性。

从京都人民医院回来后的几天，宁枫做什么都能想到韩紫堇。

看着厨房里黑白相间的大理石墙面，宁枫仿佛又听见紫堇在文学院的琴房里为他弹奏的那首《梦中的婚礼》，他伸手触碰，跳跃的琴键瞬间消失了，连同紫堇纤细的手指。这会儿，对面最高的那栋公寓屋顶上方盘旋着两只赛事鸽，身影看起来很像紫堇在校园里的小桥上，那翩然起舞时飘飞的衣袖。

晚饭后，一身运动装备的宁小枫约好友出门打球。

“鞋带松了，小心摔跤。”在看报纸的宁枫假装头也不抬地提醒道。

“行啊，老爸。虽说您这些年当爹又当妈的，可也没见您这么细腻过呀！”宁小枫边弯腰系鞋带，边小声说。听着宁小枫关上门，噼里啪啦往楼下跑的脚步声，宁枫将视线从防盗门的猫眼上收回，继而呆呆地看向窗外。

“老师老师，你看那边的残荷好美呀，我马上画一张送给你好不好？”紫堇欢快地往湖边跑。

“鞋带松了，小心摔跤。”宁枫边说边走过去，蹲下身子帮紫堇系好鞋带。

“我准备摔个四仰八叉，跟网红熊那样。”紫堇咧开嘴，露出一排雪白的牙齿。

“还网红熊呢，你不摔都像网红熊！”宁枫满眼宠溺。

“不许嫌弃我，我会生气的。”紫堇故意朝宁枫翻了翻白眼。

“好了好了，不嫌弃。”在宁枫眼里，紫堇那一张毫不做作的笑脸，便是这世间最赏心悦目的。

天边的最后一抹赭色渐渐下沉，使得月牙格外显眼起来。

那年，京都文学院窗外的月牙也是这么亮；那晚，是宁枫与韩紫堇第一次散步在校园里；那时，校园湖中的睡莲开得正好。

当天晚上，宁枫做了个梦，梦里是孱弱的紫堇，却对着他一直笑一直笑。

“‘如何让我遇见你，在我最美丽的时刻。’在席慕蓉说那句话时，在我来到这个世界时，你已经有了你的情感。那年你三十一岁，我一岁。咱俩差整整三十个年头，你不是可以做我叔叔，也不是爸爸，而是大伯嘞！这情形堪比金庸和林乐怡，要知道他们俩不过相差二十六岁呢！”靠在病床上的紫堇对着宁枫说道。

“你是武侠小说看多了。”宁枫取笑紫堇。

“‘飞雪连天射白鹿，笑书神侠倚碧鸳’，好在金庸先生的这副对联质量还不错。”紫堇摇头晃脑地念上了。

“金老封笔，也只能这么一直老掉牙下去了。”宁枫打着哈哈。

“那孙中山和宋庆龄呢，或者梁实秋和韩菁清？”紫堇追问。

“论双剑合璧，那还是孙中山和宋庆龄吧。”宁枫做沉思状。

“双剑合璧！这不又回到金庸了？”紫堇笑倒在病床上。宁枫过来坐在床沿，用手指摆弄紫堇散乱在枕边的长发。

“过不多久，这头发就保不住了。”紫堇说。

“没事，你不管怎样都好看。”宁枫怜爱地看着紫堇。

“那年，我是三台道观里最年轻貌美的小道姑之一。”那年，紫堇十六岁，那年她离开了道观，离开了陈光静师太，赴杭城念书。

“等我病好了，就回三台道观继续修行。”

“你那么善良，病情会得到控制的。不要老想那些没影的事儿，不怕，有我呢！”宁枫一脸不舍。

“回去，那也是为赎前世的罪孽。人有罪，才会与道家有缘。”紫堇看起来更加虚弱了。

“紫堇！紫堇！”宁枫睁开眼睛。周边一片漆黑，他开灯坐起来，轻轻摸了摸床沿和被子，似乎那儿也留有紫堇的气息。

紫堇花的花语：至死不渝的爱；沉默不语。

至死不渝却沉默不语，是爱得过于深沉吗？紫堇歪着头陷入思考：似是命中注定，一个不懂深沉，甚至不懂爱的女孩，却深深地爱上了她的老师。

“每个人都有爱的权利，但要清楚是否可以爱。”对于老少恋这个话题，宁枫不说支持也不说反对。

“世上多少对老夫少妻，他们都爱过，且爱得死去活来。”紫堇一语双关。

“你是小说家，说话要有腔调，这叫爱得深沉。”宁枫打趣道。

“不对，你是评论家，你爱得更深沉才是。”紫堇争辩。

紫堇认为，自古以来爱得深沉的背后必定是一段老少恋，如沈从文和张兆和。

沈从文说：“我行过许多地方的桥，看过许多次的云，喝过许多种类的酒，却只爱过一个正当最好年龄的人。”

在情感上，紫堇最佩服的是巴金，巴金一生的爱情，只和一个叫萧珊的女人有关。

萧珊曾对巴金说：“你永远是我的神，我的心与你同在。”

巴金也没闲着，他说：“你是我生命的一部分，你的骨灰里有我的血和泪。”都扯到骨灰了，打游戏打到骨灰级的都是大神，这会儿巴金不仅是萧珊一个人的神，还是所有希望男人忠贞不渝的女人们心目中的神。

2019 年，5 月 31 日。

这一天，距离韩紫堇与宁枫的相识日两周年；

这一天，是紫堇和许若琳的生日；

这一天，是紫堇最后一次进手术室。

“错过了你，在我错过美丽的时刻。待你两鬓发白时，可曾记得有个我，在最美丽的时候和你一起错过了最美丽的时刻。你说你的白发为我而生、为我而留，而我能给你什么呢？一记笑靥？

一个回眸？都没有了。”紫堇艰难地拿起手机，用最后的力气给宁机发了一条信息。她想，这便是她在此尘世间留下的最后一句话了。

2020年春，许若琳又看到了那首诗，只不过是译文：

May Buddha let us meet
in my most beautiful hours
I have prayed for it
for five hundred years
Let us ask him "a destiny"
Buddha made me a tree
by the path you may take
……

席慕蓉在1980年10月4日写下这首诗，那时，应该是她人生中最美丽的时刻。二十世纪八十年代初，韩紫堇和许若琳还未出生，但她们俩都能读懂席慕蓉诗句中的意义。

“如何让你遇见我，在我最美丽的时刻，为这我已在佛前求了五百年。”许若琳深情地念道。三台道观里，许若琳和紫堇一起朗诵《我是一棵树》的情景恍如昨日。

“求佛让我们结一段尘缘，佛于是把我化做一棵树，长在你必经的路旁。”紫堇边念边将手臂往头顶举起，变成了一棵树，而许若琳笑得直不起腰来。

“如何让你遇见我，在我最美丽的时刻。”当许若琳追着人生这趟单程绿皮火车，拽着青春的尾巴继续奔跑时，她遇见的不再是韩紫堇，而是两个人永不逝去的一切。

1987年，她们一起来到这世上；

2007年，许若琳起誓，与韩紫堇永不相见；

2017年，十年后的再次相遇，两个人互道一句：你还好吗？

许若琳在微博上写下：2017，我们遇见。感谢上苍。

韩紫堇在心中默念：2017，我们遇见。但愿，不再分离。

2017年的高考结束，网络上各种折腾，炫耀版、哭诉版、抽象版……怎么吸睛怎么来。书评、周刊自然是不放过这些蛛丝马迹，继而展开话题，从这个话题延伸到另一个话题。

议论声四起，许若琳和紫堇在朋友圈自然是看到了的。

某报纸书评周刊冒出一篇文章，称：写作是一种迷幻的脱离，让人在这个过程中摆脱现实身份，除了艺术的创造者之外，什么也不是。相比于其他的艺术工作，写作是技能限制最低的一种，它不需要像音乐家那样从小勤学苦练掌握技巧，不需要像建筑师那样受制于材料资金和环境状况，它只需要拥有一份书写的意志，一支笔、一张纸。

在中国，鲁迅、余华、毕淑敏等都是弃医从文的作家，其中以鲁迅的经历最广为人知。话说，医术只能延长人的生命，而无法改变人类所谓的灵魂，于是医生们纷纷将手术刀换成了笔。

“如此看来，‘不想当作家的医生，不是好医生。’这句话，听着倒在理。”许若琳哈哈大笑道。

“若琳。”

“嗯，怎么说？”

“还记得咱俩高考那年的糗事吗？哦，不对，确切说是你的高考。”是的，紫堇并没有经历过高考。

“勉强算你一个呗，不然没人陪我高考呀！”许若琳嘻嘻笑着。

“你呀，什么都让我陪你，死性不改。”紫堇说着趁机刮了一下她的鼻尖。许若琳不甘示弱地去挠紫堇的胳肢窝。

“不许提死，咱俩说好的，永远不说死。”两个人紧紧相拥。小时候的韩紫堇和许若琳，也是这样抱在一起，相互取暖。

2019 年 5 月 28 日，京都人民医院。

宁枫翻开韩紫堇的诗集《枕流》，他浑浊的眼珠停在第六十八页。一首题为“武装”的小诗映入眼帘：

我总在你面前蹦跶
那是因为，你在我面前晒你的牙
为何我找不到你了，我怕

爱而不见，是一种勇气
抹去，你的逢场作戏
你可以不见我，我自然不会找你
且是一辈子

把诗寄给你吧
收好

别再像丢了我一样，丢了它

宁枫的手开始不听使唤，他颤抖着翻开下一页。那是《丁香姑娘》，宁枫觉得安静时的紫堇其实更像丁香：

我不知道，时光能否带我到那个时候
我不知道，岁月是否可以走回那个时光
我只知道，那个撑油纸伞的姑娘
还在

宁枫眼前一亮，思绪将他拉到他和紫堇初识那一天。那一天是哪一天？宁枫已记不清了。在京都文学院教室外走廊上，他第一次见到她，满眼都是她活泼好动的样子。一头及腰秀发的韩紫堇，穿了条白色的长裙，墨绿色的披肩。

“韩紫堇，韩紫堇，你的名字不像真名。”对于韩紫堇的名字，宁枫不自觉地重复了一遍。

“宁枫！老师，您的名字也不像真名。”韩紫堇回敬一句。她不依不饶的样子，宁枫不会忘记，也不敢忘记。那会儿，韩紫堇就差朝他翻白眼了，不过，就算她翻白眼，也是相当可爱的。宁枫想着，咧开嘴笑了。

“爸，你还好吧？”宁小枫在一旁轻拍他的后背。

“唉，那一天是哪一天？我记不清了。”宁枫嘟囔着，摇摇头后闭上眼睛。

风往南吹

扫过我们俩熟悉的长街短巷

抹走了你的笑

多了惆怅

风往南吹

走过的回廊

独留我

每一步都是落叶

叶子上还有我们俩

风往南吹

走过的每一级台阶

三只小翠猪与五只小白猪的撞击声

越来越长

风往南吹

玉石之声

清脆

一如呼唤的心房

宁机的紫堇，他心心念念着的紫堇，他想用余生呵护却又不忍伤害的紫堇在呼唤他。

“老师，过来抓我呀！”

“老师，不许当着同学的面批评得太厉害，我自尊心强。”紫堇嘟着嘴，强烈要求道。她一嘟嘴，就表示她不高兴了，而宁杋无时无刻不希望她开心，一辈子平安、健康、喜乐。

“老师，我为你新作了一首诗《咫尺天涯》。我念给你听，好不好？”紫堇也不管宁杋什么反应，自顾自念起来：

你在我梦里，近在咫尺
我是否也在你梦里，随你浪迹天涯

都说，风华是一指流沙
可否用我的苍老，换回你的年华

你说你老了，你的爱不再发芽
你说你又添了白发，再也不会雪月风花

“喔，你用你的苍老换回我的年华，那我回到你这个岁数后，你怎么办？”

“那就换个十五年呗！咱俩一样一样的。”

“老师，假如，我是说假如我爱上你了，怎么办？”紫堇紧闭双眼，睫毛上还挂着泪珠。

“紫堇，不哭不哭啊！”宁杋很想伸出手去擦，但不管怎么擦都无济于事。

“爸，你说什么？大声点说，我听不见。”宁小杋将耳朵凑近，却发现父亲的呼吸越来越弱，他甚至怀疑父亲的心脏已停止跳动。

“老师，我有毒，你怕不怕？”

“傻瓜，那是迷信，老师怎么会害怕？就算是真的，我也不怕！”

“老师，说好的不想你，可是又想你了！我每天只想你一次，却维持了二十四小时。老师，你有没有一个不小心就想我了呢？”紫堇眨巴着那双会说话的大眼睛。

“要是你想老师了，就默念几声阿弥陀佛，老师会有心灵感应，知道你想老师了。”宁枧说。

“不行不行。虽说佛道一家，但我是在三台道观里长大的小道姑，怎么可以随口念阿弥陀佛呢？要不，就默念几声‘慈悲’吧！”紫堇一本正经道。

“紫堇，要是老师想你了，也会默念‘慈悲’，你会知道老师想你了吗？”

“紫堇，老师在，一直都在。”

默笙时代

一束半马尾，耳边碎发不太服帖
执拗，如少年

相比俄罗斯姑娘，这鼻梁
不算高，但骄傲又内敛

是的，眼
像丢勒，或者伦勃朗
大苦难小苦难，如画架、纸笔
躺在墙角边

描摹我，一遍遍
一寸寸，白
与黑的脸

——《自画像》

在默笙得意于刚完成的自画像，正准备接着画另一个人的肖像时，费思南弹了个小窗过来。

“我这里，你不要有任何压力。我想通了，没什么，只要你开心，最好，最重要。真正的爱不一定要拥有。就是说，你可以做任何你想做的事，只要你开心快乐幸福。”是终于醒悟了，还是又一场咒骂的开始？这下可把默笙整糊涂了，以至于画架往她身上倒都没及时发现，等反应过来，手已被砸伤。

手腕和手背在一阵疼痛后，变得又麻又肿。默笙扁了扁嘴，一股强烈的酸楚感，直往鼻子里钻。

“这江南的雨，伤感，又延绵不绝……”

对伤口稍做处理后，默笙发了条朋友圈。其实，伤感没用，这行为矫情得很。不过也没什么，她本来是想发一条：“生无可恋啊生无可恋！”于是，她便又不觉得那伤感是有多矫情了。

“怎么了？”

正当被画架弄伤手后的默笙处于惊慌、沮丧中时，顾非羽突然弹过来的三个字无疑成了一根救命稻草。默笙想哭，泪在眼眶里打转了好久，愣是没掉下来。是的，这江南的雨，伤感又延绵不绝，如此恨——默笙恨死那个让她画画的人了，同时也恨死那个让她走神的人。

就在昨晚，那个该死的费思南还在朋友圈幽怨，这次不是关于他与默笙的小说，也不是恨自个儿瞎了眼悔不当初的诗歌，而是电视剧《夜市人生》的插曲——《领悟》，辛晓琪唱的。并配文：“啊！多么痛的领悟，你曾是我的全部，只愿你挣脱情的枷锁、爱的束缚，任意追逐。”费思南的每一次幽怨，似乎都跟默笙有关。默笙不得不这么想，因为过后，她总会收到他从小窗里弹过来的信息，不厌其烦地一条又一条。这不，依旧是老套路：先破口大骂，然后道歉，深刻道歉。默笙说，道歉有用，还要警察干吗？你身边那么多警察朋友，难道他们都没有好好劝过你吗？费思南的毛病还不止这一点，除了无所不用其极地骂人，他还暴躁。之前，默笙总觉得那只是幼稚的一种表现，又或者是太怕失去。他的暴躁里除了幼稚，还有无知、天真、自卑。默笙并不想研究他的自卑源于什么，事实上，他骂人，她被骂，就够了。

“老师，那不叫文学，我只是在玩。”默笙说。

“玩才是文学的本质。会玩的人才聪明，才精力充沛，才生命力旺盛。而会玩，最大的原因来源于自信。可以是美貌，可以是才气，可以是与生俱来的优越感。”非羽对文学的赞美溢于言表，不排除有卖弄的成分在内。

何默笙与顾非羽的初次聊天。既然是初次，那么卖弄也是应该的。

“人家都叫我小东邪，我可能不是好人了。”一听人提起美貌、才气、优越感，默笙便本能地冒出这句话。从小到大，身边这种无休止的赞美，让她在每次听到后都有种想撇清的感觉。

“小东邪？何出此言？”

“金庸小说《射雕英雄传》里的人物——黄蓉。美其名曰：小东邪。”

“我从不看武侠小说。不过，这个黄蓉的爹黄老邪倒是名声在外呀。”

“是的呢，东邪、西毒、南帝、北丐。”

“哦，那你是精灵了。”刚还说自己不是好人的默笙，在非羽眼里转瞬成了精灵。那就精灵吧。

好会说，也好懂女生心理的一个男生，哦不，是男人。默笙有一点点排斥，一种说不上来的感觉：不像中年油腻男的调侃，也不像刻意讨好，是漫不经心，只是漫不经心吐出的句子。

“今天手好些了吗？以后有心事了，就在家听听音乐或看看书。找朋友们微信聊天也可以，尽量不要出门。晚上上街不太安全，特别是长得好看的女孩了。”在非羽的问候下，受伤第二天的默笙立马自我感觉好了很多。

“为什么呢？会被人拐走吗？”默笙突然想起元宵节去海口，费思南来接她时也这么说。或许，海口的治安真是不好。

“海口的治安很不好，经济也上不去，相比温州可能是十五年的差距。”

“人，一旦没法生活下去，势必会有偷抢拐骗的行为发生。‘人穷志不穷’这种鬼话，都是说给缺少社会经历的人听的。”

“老师，我面临了一个选择。”

“遇到什么事了呢？”非羽总是不厌其烦地听默笙吐槽或者诉苦，在他面前，默笙显然是个话痨。

“是关于未来的，跟情感无关。我想离开温州去北京，一直想。”

“在北京找工作没？有人接应或者是有人照顾吗？”非羽问了一连串问题，话说出去后，又感觉有点唐突。他不知道自己是因为着急，还是着急想知道答案。

“对你来说，温州确实太小了……”

“嗯。”这里的人和事，一度压得默笙喘不过气来。她抑郁了，时刻感觉自己被黑暗笼罩着，想喊却喊不出声。她甚至多次想从二十八楼的窗口一跃而下。特别是保存文档不当弄丢小说的那一次，若没有强大的理智支撑，现在的她已然成了一堆火化的粉状白骨。

“这种感觉，老师不会明白。”

“其实，我又何曾明白。”默笙苦笑。

“如果在温州发展基础很好，可否先不要轻易放弃。可以以温州为基地，向外边发展。处理好温州这边的关系，跟单位和熟人都若即若离，不要让他们太了解你，更不要让任何力量拿捏你。神秘一点没什么不好，有更大更自由的空间，才不会被动。你在外边有发展了，老家只会抬你、捧你。关键是如何处理关系，以此赢得自由发展的空间。

“世间很多事，当时觉得非常重要，过些日子才知不是那么回事。遇事尽最大的努力争取，结果顺其自然，这样就会少一些烦恼。任何事情都存在多种可能性，失去一种，别的未必不是更好，一切取决于怎么看。当然，我是局外人，或许不管用。

“其实，我也经常有各种烦恼，遇到不开心的事，为了工作还得挺着。如此，有个说话的人，心里的结才不会越缠越紧。”非羽无疑被感染成了话痨。

“老师是佛陀吗？为我解惑，如此度我。”感动之余，默笙幽幽地说。

“也是度我。”隔着手机屏幕，非羽甚至能感受到默笙身上所带的独特气息。他用力吸了口气，仿佛那股迷人的气息已被吸入肺部，与此刻的他融为一体。

“6·12，与某人的相识纪念日。十七年前的此时此刻，你我在瓯江边谈人生、谈理想、谈未来。太多的第一次，我都记得。命运多舛，时光不易。你若安好，便是晴天。”默笙在朋友圈里写道。

6·12，一个特别的日子。一个，一夜未睡的凌晨。

“人生要不断做减法，把不愉快的记忆删除掉，生存经验才会被优化，最后只剩下美好的。”非羽朝默笙的小窗弹了条消息。他不习惯在朋友圈点赞。

“那时，我们还不懂事，却谈起了未来。现在懂事了，却回忆起往事。可往事，终究无法回头。”默笙淡淡地说。

“念旧，并不是坏事。说明，你善良、重情。”

“嗯，但这是病，得治。”默笙轻叹了口气，幽怨得像个生活在冷宫的妃子，对着一堵看似千篇一律的宫墙说话。

“其实，那个人已经模糊了。我都记不起他是双眼皮还是单眼皮。”默笙不禁发出一声冷笑，她怎么可能忘记他的样子。

“你喜欢过的人，肯定非同寻常。”非羽无法想象默笙口中的那个人的样子，事实上，也无法想象那份喜欢。

“是个书法家。以至于如今我看到个写字的，都唯恐避之不及。”默笙冷哼了声。

“因为他家里人反对，他说他可以为了我终身不娶，没错他是终身不娶了，那又怎样？毕竟没娶我，不是吗？”默笙又冷哼了下，“不过是个懦弱的男人。”

“那说明你在他心目中很重要，如果你还喜欢他，就不要放弃。”非羽心下纠结。是劝还是不劝？劝分，不地道；劝和，那么默笙就离他更遥远了。他们，本就遥远。

“回不去了。他的父母认为他离开我之后，会正常起来，结果他更不正常了。”默笙的思绪飘起来，一时难以落下。

“这恰恰说明你们俩心中只有对方，失去后无法填补空缺。”非羽不知道他的引导是对还是错，他只知道自己的心在此期间收紧了好几次，多年来，他几乎忘了这感受。

“整整十七个年头，什么都变了。我们已不是当年的我们，而我，显然是个老人，麻木了。”默笙吃力地抬了下因一夜未睡而显得异常沉重的眼皮，在打出这排小字时，这份沉重感让她觉得自己已奄奄一息。

“只要没有移情别恋，复合就有可能。你还这么年轻，还没到爱得如火如荼的年纪。”说到这里，非羽的心揪了一下：如火如荼的可能是爱，也可能是债。婚姻里也好，爱情里也罢，就算谁都没有移情别恋，复合真的就有可能吗？他的爱情时代和默笙的爱情时代，隔的可不仅仅是二十年，还有无数理不清、还不完的债。他想到了远在美国那个一个月不汇给她五千元人民币，便无法好好活下去的似乎永远长不大的女儿。当然，还有咄咄逼人却时刻想跟他复婚的前妻。

“我若移情别恋，那也是移到老师这儿了，呵呵！”疲惫感使得默笙的玩笑一点也不像玩笑，只得继续呵呵几声。

“我生君未生，君生我已老。假如有下辈子，我一定要跟你同时代出生。”非羽安慰默笙，更是安慰自己。

“君恨我生迟，我恨君生早。但这一切跟时代无关，只跟是否喜欢有关。”默笙道。

“那你喜欢我吗？”

“喜欢啊！”

冥冥之中，似注定了什么。默笙又伤感了，泪在眼眶打转，没有掉下来，也不准备掉下来。眼泪这东西，一旦掉下来，便会从咸的变成苦的。

是受够了伤害吧。当遇见一个性格脾气、言谈举止都非常入心的人，默笙就挪不动脚步，如一枚卡在门缝里的钉子，哪怕错了也不会回头。她是真的被人伤到了骨子里，这辈子都无法痊愈。

顾非羽，默笙至今未见过他。他比她大好多好多，她甚至可以喊他一声“叔叔”。可她就想跟他说话，每天说，每晚说，没日没夜地说。她说什么，他都觉得好，从不反驳，更不会朝她发脾气，因为他没有脾气。忘了是谁说的，找到一个好脾气男人像中彩票，五百万的彩票。而默笙不需要中彩，她只需要一个好脾气的男人，与她共同走过这并不算漫长的一生。是爱了吧，还是只是太需要这样子的一个人，一个理想中的完美的男人？默笙爱过一个人，她想：我是不会再爱了，心里住着一个人，又怎会让别人住进来？他不肯，我也不肯。那就喜欢吧，不爱。嗯，不爱。

自从喜欢上顾非羽，这个能言善辩的老男人，默笙寻思着让自己成熟些，再成熟些，好让他不觉得自己是一个时代性的负担，虽然默笙并不觉得他们的时代隔得有多遥远。默笙变得沉默，看着这个世界：残月、孤灯、绿植、花朵、鱼缸里只有七秒念想的鱼、书架上一排排尘封的记忆。网上充斥着戏剧般的新闻，新闻般的戏剧。眼前的青瓷杯，金色茶汤上的氤氲热气模糊了视线。偶尔沉思，更多时候是什么都没有的等待，理查德·克莱德曼的琴音陪伴着。

默笙总在凌晨三点醒来，然后埋头码字。貌似做作的勤奋，导致她与这个世界格格不入。

“人的一生都是由一天一天构成的，每一天都同等重要。可是很多人都这么想：我一定要努力奋斗，将来有一天就能过上好日子。可是即便有一天过上了所谓的好日子，难道那些过好日子的每一天就比现在的每一天更重要吗？将来的日子是自己的日子，当下正在过的日子就不是自己的日子了吗？如果今天跟此前此后的每一天一样，都是人生的一部分，跟其他任何一天相比，都同等重要，那我们有什么理由不格外珍惜呢？”这是第二天非羽看到默笙的朋友圈后，小窗发给她的。他在担忧默笙的同时，也着实觉得人的一生太短暂，没必要如此勤奋。

“一天，便是一生。”默笙的回复，不偏不倚击中了非羽的思想：这小妮子，我废话一箩筐，她倒好，六个字便戳中要害。

“真调皮！”非羽有点尴尬，但这并不影响他的心情。谁让他是个历经沧桑的老男人呢。“嗨，在吗？老男人！”默笙总是喜欢这么跟他打招呼。

“嗯，特调皮！”默笙回道。

“不好看的人，才不会调皮呢！”非羽故意强调。

“是吗？”

“外表美会沉淀自我意识，不知不觉中以调皮的形式表现出来。

这意识也是雕刻，把对象雕刻成自己希望的样子，也使得爱她的人有了用武之地。”

“原来，你那么了解女人呀。”

“文学是人学，了解人，才能评价文学作品。”

“我看过你评方格子的小说《像鞋一样的爱情》：小说以爱情为题，但故事的意义却溢出了爱情，指向人生。用鞋来比况爱情，揭示的不只是爱情哲理，而是穿透人生哲学——爱情对生命的不可抗拒的占有，结果正说明爱情作为生命所渴望的经验，最终显现出的是人生的空旷与虚无。鞋譬如爱情；爱情等于女性；女性代表人生；人生意味着虚空与疼痛。”

“你太了解女人了。不对，是人性。”

“没有吧，小说家才更懂人性。”

“你是个危险人物。我要离你二十米以外那么远。”

“你才是危险人物，我隔着山和海都逃不出你。”

默笙种了两年的幸福树奄奄一息了，如默笙的心情。默笙托人将它搬到了楼顶，也不知道它什么时候会活过来。

“带伤写稿子、看稿子，然后饿着肚子一只手写字、画画的我，都是为了什么？是的，为了那几个臭钱！”

“少赚一点不行吗？”非羽的心疼很明显，在默笙的感慨发出去不到一分钟。

“不赚钱，难道你养我啊？”默笙朝他抛了个白眼。

“好，养你！这是我即将负起的责任与义务。”非羽开心地想把默笙抱起来左右各转十圈，直到她朝他撒娇求饶为止。

“又不是我爹。凭啥呢？”

“可以是你孩子的爹！”

“那是冯唐说的。”默笙忍不住大笑。

冯唐说：想生个女儿，头发顺长，肉薄心窄，眼神忧郁。用牛奶、豆浆、米汤和可口可乐浇灌，一二十年后长成祸水。

在这尴尬的年纪里，默笙何尝不想有个女儿。此处的尴尬，当然可以理解为：已不年轻，却又不想结婚；想有个孩子，却又不愿意生养。又想，用什么浇灌也不能用可口可乐啊，长大后充其量长成汽水，而绝非理想中的祸水。额，理想中的祸水。

默笙一直在等待一个人，却不知道他有没有在等她。她不敢打扰，不敢诉说，不敢想起曾经爱过的样子：我中有你，你中有我。默笙时常想念，不知道他过得好不好。想去看他，不管有没有风雨，不管阳光是否过于炽热，只想知道他是否还记得她。

哦，不是她，而是曾经的他和她。

默笙开始胡思乱想。想从前，想现在，想或许永远都触摸不到的未来。此刻，她猛甩脑袋，一直甩一直甩，像个重度羊角风患者。一个多小时了，她停不下来，也不想停下来。在默笙小时候住的那个村子里，就有这样一个病人，确切讲是一家。羊角风，是会遗传的。默笙希望病情不要蔓延，它只是暂时性的，在他爱她比她更爱他时，病才会好。可是，他很忙，是真的忙，不是借口。默笙总觉得自己在打扰他，在打扰他工作的同时还消耗着他，消耗着他的热情、他的理想，甚至他的生命。

那是一种罪恶。

“我这么黏人，你为什么不生气呀？”默笙问非羽，她知道她又忍不住犯罪了。

“我喜欢你黏着我的感觉，好像回到了青春时代。当我和你一般岁数，我便不再为‘我生君未生，君生我已老。我离君天涯，君隔我海角。我生君未生，君生我已老。化蝶去寻花，夜夜栖芳草’而烦恼得整夜整夜睡不着。就这样子吧，不管是否有暴风雨来临，不管别人会不会放过我们。为了你，我下地狱都甘愿。”

“君生我未生，我生君已老。恨不生同时，日日与君好。”

“这可是你说的，我都记住了。”非羽开始较真。

“嗯。从此，你的世界里只有我，我的世界里便不再有别人。”默笙的幸福感似乎又回来了，如那棵刚从屋顶搬回来的复生的幸福树。

我们有未来吗？会不会只是一次不生不灭的擦肩而过？

默笙不知道自己怎么了，回复时一边笑一边掉泪。都说，固执的青春是下雨不撑伞，冷了不多穿，病了不吃药，爱了不放下。而默笙以为，固执的青春应该是雨天撑一把透透的伞，就算世界变了，还能抬头看看天空的颜色：由浅变深，或是由冷变暖。

默笙的个性签名更新了，在十秒之内——

我只是，在跟你不熟或者很困的时候，有点高冷。

枕 流

墙角的紫藤花怒放着，撒满一地的红，给这个盛夏增添了几许诗意。录音棚在紫藤的庇护下，带来丝丝凉意。这录音棚是一个朝南临街的四合院，坐落于台州市商业中心地段开元路上。这开元路开发于十五年前，是台州市主城区椒江南部一条东西走向、富有休闲气息的商业街区。椒江位于浙江沿海中部台州湾入口处，旧称“海门”，从滨海小渔村发展成为台州市主城区——椒江。

此时的录音棚北边间，秦晴正倒上一杯柠檬茶，手摇椭圆形蒲扇，与她的一帮好友围坐在茶桌前闲聊。秦晴是“80 后”文艺女青年，家境普通，好在严格的家教养成了她正直宽厚、勤劳朴素的品性。通过后天不断地学习，秦晴无疑是知书达理、举止优雅的。

刚到米兰花园家门口，赵秋阳兜里的手机铃声响起。

“赵秋阳，到开元路录音棚来，我在这里等你。”电话那边传来秦晴温和的声音。赵秋阳马上拦了一辆的士，往开元路赶。赵秋阳同样出生于八十年代，父亲赵博是台州医学院教授，母亲陈兰是台州医学院高级实验师。如此谨慎的家庭使赵秋阳养成了好静、外柔内刚、善于独立思考的性格。

秦晴早早地立在录音棚外，等候赵秋阳的到来。

赵秋阳，身高178厘米，体重70公斤，堪称国际标准身材。一对秀气的剑眉下，一张典型的韩国正太脸：薄薄的单眼皮、薄薄的嘴唇、高挺的鼻梁，两个浅浅的酒窝。赵秋阳混迹于文艺圈，套用他说的一句话：那绝对是个深不见底的江湖。他写得一手好字，是毛笔行书，他总说自己不适合写楷书，因其太方正，又极耗精力，而自己生性急躁。不过随着年龄的增长，这些年脾气倒是收敛了些。除了书法，赵秋阳还写评论，近几年在台州也算是小有名气。

从的士下来，赵秋阳走向秦晴。灯光有点暗，他看不清紫藤架下秦晴的脸，更看不清她第一眼看到他时的表情。两个人一番寒暄后，秦晴领着赵秋阳往录音棚走去。

秦晴的小说集就放在茶桌上，赵秋阳仿佛看见几片红得发紫的花叶随风摇曳，飘落在封面上，已分不清哪片是红枫，哪片是紫藤了。红枫与紫藤花不期而遇，紧紧相依，在紫藤的衬托下，红得有些发紫，花叶交叠在一起，恰似一幅了却凡尘的静物油画。

“好漂亮的封面呀！”赵秋阳被自己的想象牵引着。几道目光齐刷刷朝他射过去，继而投向那本小说集。

有人不自然地干笑几声。秦晴捂着嘴巴吃吃地笑起来，一边歪着脑袋看赵秋阳，刚巧他也在看她，两个人不经意间相对而视。赵秋阳不由得打量起秦晴：虽说与刚过而立之年的赵秋阳同岁，她却是保养极佳，肤色白皙光滑，一双丹凤眼，两弯柳叶眉，身材高挑，气质优雅，再加上一头黑长发，一身蓝色连衣裙装扮的她，看上去倒像是二十出头的少女。

“我会好好拜读你的大作，尽努力写好这部小说的评论！”赵秋阳微笑着双手接过秦晴递过来的书。

“这倒是好的，小说集终于有评论了。赵秋阳，这些天得辛苦你了，非常感谢！”秦晴连声道谢。

“呵呵，咱们秦晴的粉丝可是越来越多了！”秦晴的朋友杨木易从录音棚外走进来。杨木易，四十来岁的样子，只见高个子的他戴着一副金丝边眼镜，头戴休闲式棒球帽，身穿最新款白色耐克运动套装。帽檐下，线条清晰的鼻子，轮廓分明的嘴角微微扬起，写满自信。

“杨木易，你来得正好，送我回家吧，顺道带上赵秋阳。”秦晴浅笑着。

三个人边走边说，继而一起坐上杨木易的奥迪跑车。

“旁边这位是我多年的好朋友杨木易，高级工程师。后排的赵秋阳是我的文友，评论家、诗人，出版过一本诗集。”坐在副驾驶位置的秦晴，将他们俩相互做了介绍。

“哦，诗人啊！鄙人不才，闲时一口打油诗。”杨木易打着哈哈。

色彩 / 从灼热中沉淀下去 / 极为乏味单调 / 树叶 / 孤苦伶仃地打着哈欠 / 街上的脚步零星在移动 / 然 / 太阳从天外走来 / 精神抖擞

“我就喜欢打油诗，图个自在！”杨木易出口成诗，念完后又打了个哈哈。杨木易，本姓杨，可能是那个年代风靡拆字名，于是就有了李木子、何可人、贺加贝、庞广龙等名，秦晴曾笑言杨木易疑似拆字辈之一，却被他矢口否认父母跟风。

车外依旧艳阳高照，没有一丝风飘过。街道两旁的法国梧桐使劲地喘着气，朝地面看去，热气直直地从地底下冒出来，给这座滨江城市带来了燥热。

经过两夜的阅读、琢磨，《在蓝雨中漂泊》这篇评论随赵秋阳半个不眠之夜产生了，隔天便被刊载于一家报刊的人文栏目。赵秋阳在写这篇评论时，并不了解秦晴：不了解她的家庭，不了解她的感情世界，更不了解她是如此坦然的一个人……

“当一切不复存在时，我，便不再是我。我是一片不会下雨的云，不来自天涯，不来自海角，就算遭遇电闪雷鸣，我也会用特有的方式感化它，让它变得晴朗。”这是秦晴对自己名字的特别解释，有点无厘头，但秦晴并不是人们眼中的秦晴，她外表开朗，骨子里却是忧伤的。这忧伤大部分来自父亲对这世界的不辞而别。

周末，秦晴约上赵秋阳往“海岸风情”茶餐厅喝下午茶，目的是见一位来自杭城的朋友——林夕。

林夕，男，本名王林。中国散文诗学会会员、知名诗人、词作家、资深媒体人，七十年代中期出生在人杰地灵的嵊州。九十年代起，先后出版诗集《冬天抒梦》《生命之绿》《爱无终极》等。在天台县开会的他，顺路来看好友秦晴。从杭州到台州市区椒江，途经萧山、绍兴、上虞、嵊州、新昌、天台、临海，说是顺路，事实上小心机一目了然。

秦晴将刚打印好的一沓A4纸递给对面的林夕，然后支着脑袋摆出一副洗耳恭听的模样。一旁的赵秋阳不服气地撇撇嘴，碰巧被林夕瞅见，便打击道："评长篇，评中篇，评短篇，瞧把你能耐的。"

"这么说，得给你个机会了？"赵秋阳转过头，用嘲笑的眼神看着林夕。

"秦晴，他这是挑衅，赤裸裸的挑衅知道不？"林夕说着，轻蔑地瞄赵秋阳一眼。

"我不管，反正大后天我要看到评论。至于谁写，貌似与我无关。"秦晴故意虎着脸，强忍住笑。

"看在你不远几百里跑来看秦晴的分上，本公子就把拍美人香香的大好机会让给你了。"赵秋阳收起不屑的表情。

"嘚瑟！"林夕将眼珠子朝上45度角翻了翻。

"捧着高产美女作家秦晴滚烫的文字，似乎还有油墨的芳香在我的鼻尖缭绕，连同稿子中弥漫的台州小吃一起吸进心肺。"林夕不无夸张地说。

"是打印的好吗？哪有油墨的芳香。"秦晴话音刚落，一旁的两个人已笑作一团。

中篇小说《十年》是秦晴为初恋写的，林夕为此作了评论。除去评论，对于小说本身，赵秋阳是在意的：《十年》里有他——陶然，而男主角并不是他。

"我很在意，真的很在意。你说咱俩这么铁的朋友，居然我只能在你的小说里打酱油，这太不公平了。本人强烈要求小说家秦晴，特此为她的好友我写个中篇，否则天地、鬼神共泣。"赵秋阳一副嬉皮笑脸的样子。

“可以啊，你等着哈！假如，你不怕我将你塑造成超级无敌大坏蛋的话。”秦晴说完朝赵秋阳扮了个鬼脸。

“题目叫‘紫藤花开’，你觉得怎样？”赵秋阳给秦晴提建议。

“我已经想好了，就叫‘枕流’吧。不仅这篇小说，就算有一天我要出诗集，题目也叫‘枕流’。原因是我住在椒江边，夜夜枕着江水入眠；我还喜欢自由自在的生活，梦里我在流浪。其实，‘紫藤花开’也不错。你还记得吗？咱俩初次见面就是在紫藤花架下。”秦晴说。

“记得，怎会不记得！”赵秋阳呆呆地看着秦晴完美的侧脸。其实，那次回去后，赵秋阳便迫不及待地为两个人的初识写了一首《花祭》：

祥云吐翠在空旷的午后 / 花的影子 / 在录音棚下成长 / 钟声划过心房 / 我听到盛开的花儿 / 在远方 / 喊了我一声 / 往前走 / 一枝黄金菊 / 似开未开 / 黄彤彤的脸 / 在风中低吟 / 如今 / 秋风来了 / 我照样不能低头 / 我的身影埋在花中 / 只成长思想 / 不长翅膀 / 风 / 每一喘息 / 肖邦的音符 / 便会从花儿的身体里长出 / 带着我的心 / 还有我的耳朵

——以此献给一个女孩

赵秋阳默念着《花祭》，回忆初见秦晴时的样子，思绪有点恍惚……

初秋，临海国贸大酒店望江厅座无虚席。台州市书协终身名誉主席卢老应王子轩名家书法工作室的邀请，在这间能容纳二三百人的小型会议室里，举行《楹联与书法创作》的讲座。台前并拢放置着五六张写字台，赵秋阳与前来听课的同学们里外围坐成几圈。

临海是中国历史文化名城，唐朝之后设台州府，城墙位于临海市区，被誉为“江南长城”。临海府城拥有众多文物古迹，素有“小邹鲁”和“文化之邦”的美誉，形成了名城、名人、名迹、名特“四名”之城。宋朝时，曾被文天祥赞曰：“海山仙子国，邂逅寄孤篷。万象图画里，千岩玉界中。”

年逾古稀的卢老，身穿淡黄对襟短袖衫，右手一把折子扇，在讲解楹联知识与书法创作的联系。卢老从容地说：“对联的历史源远流长，相传起于五代后蜀主孟昶。他在寝室门桃符板上的题词：‘新年纳余庆，嘉节号长春’，谓文‘题桃符’（见《蜀梼杌》）。这算是我国最早的对联，也是第一副春联。”

“对联，又称楹联或对子，是写在纸、布或刻在竹子、木头、柱子上的，语句言简意深，对仗工整，平仄协调，是一字一音的中文语言独特的艺术形式。”卢老停顿了下，喝口水接着说。

此时此刻，秦晴就站在国贸大酒店门口。名头上是过来听书法家卢老的讲座，实际上却是为了看十年未见的朱老。没错，两老一块儿来的，卢老是大师，这讲座秦晴倒也乐意听。

秦晴想再要一张与朱老的合影。十年了，那张旧照片开始泛黄，照片上是不苟言笑的朱老、阳光十足的秦朗，和稚气未脱口口声声喊着“朱爷爷”的秦晴，还有展开的挡着她大半个脸的朱老刚为她题的两个字——枕流。记忆的匣子打开时，秦晴脸上洋溢着的不仅仅是幸福，还有心酸。十年前，哥哥秦朗带着涉世未深的秦晴去杭城拜访朱老，当时的朱老六十来岁，却已是两鬓斑白。朱老希望长大后的秦晴能不受生活的羁绊，如一路潇洒闯江湖的郭襄，枕着溪水也能入眠。那时的郭襄还未遇见杨过，秦晴还未遇见赵秋阳。

中篇小说《枕流》的框架，在秦晴的一念之间形成——

初秋的台州，依然酷热。似火的骄阳几乎烤焦了行人，地面上，热气一波未平一波又起。

那天，恰逢赵秋阳休假。

“都快九点了，我这宝贝儿子还在睡懒觉。”陈兰嗔怪着。此时，赵秋阳的确还沉浸在昨晚与秦晴在台州新时代影院看《霸王别姬》的梦里。

“你也老大不小了，该考虑考虑终身大事了。”在会客厅，陈兰面对刚起床的赵秋阳喋喋不休。

“秋阳，最近看你心不在焉的，是不是有啥心事，跟妈说说。”陈兰又上前唠叨几句。

“妈，有句话不知该不该说。”赵秋阳欲言又止。陈兰见赵秋阳吞吞吐吐的，心中不免疑惑：“小子莫非喜欢上哪家姑娘了？”

“你是不是在谈恋爱？”陈兰紧追不舍。俗话说：知子莫如母。看来什么都瞒不过母亲的一双“火眼金睛”。于是，赵秋阳便和盘托出他与秦晴之间的交往。

“什么时候把秦晴带来，让妈瞧瞧这未来媳妇儿长啥模样？”陈兰笑着说。

“知道了，妈！那我有事先出去了！”赵秋阳开心得像个孩子。

入夜的老赵家，陈兰和衣躺在床上，思绪飞到了二十五年前的台州医学院。那时的陈兰，正值桃李年华，在收到台州医学院医学检验系的录取通知书后，怀着对未来的憧憬，从温岭高龙镇街浦岙村跨进台州医学院的大门……

思绪中的陈兰，突然被一连串的电话铃声吵醒。

“谁呀？”陈兰随手拿起话筒，心中难免不悦。

“妈，是我，秋阳。告诉你一个好消息，秦晴过几天可能会来咱家。”赵秋阳开心地说。听着电话那头儿子兴奋的语气，陈兰方才被打扰的不悦一下子缓和了许多。

自从在台州论坛认识赵秋阳以来，他的高个子与单眼皮形象，在秦晴的脑海里挥之不去。特别是他的行事风格，发帖发到刷屏的程度，以及让论坛的人心生“厌恶”的个性，对秦晴来说，都是十分吸引的。奇怪的是，一个这么有个性的人居然脾气超好，做事也勤快，包括写文章的速度。对于赵秋阳，秦晴是打心眼儿里喜欢。

为了能过陈兰这一关，秦晴特地拉着赵秋阳，跑遍了台州的女装店，买来一大堆名贵衣服与首饰，精心打扮起来。在阳光明媚的日子里，赵秋阳如约带着秦晴推开自家别墅前的栅栏小木门。

赵秋阳的家坐落在台州白云山脚下，米兰花园 1 号，一幢三层别墅。这米兰花园临近台州东环大道，别墅区内红瓦绿树交相辉映。别墅区东北面游泳池旁一字排开的躺椅，是供人休憩用的；西南边是一大片草坪，四周拉着尼龙网绳，据说是网球场。沿着这片网球场外围的道路往西进去，就会看到一幢盖着红瓦、墙壁为橙色的别墅，门前还种有一株百年老柏树，那就是赵秋阳的家。

“秦晴，来，屋里坐。”陈兰热情地拉着秦晴的双手说。自打从娘胎出来，秦晴头一回到别墅做客。好奇、羡慕的神情溢于言表，这丝毫没有逃过陈兰的眼睛。

时值夏秋之交，紫藤花倒挂在回廊，绿叶与藤蔓之间，瘦长的荚果迎风摇曳，别有一番韵致。

“今年的紫藤有些特别，在夏末秋初之际再度开花。”米兰花园的物业老孙对着迎面走来的赵博说道。赵博在接到陈兰的电话后，匆忙从台州学院办公室赶回，刚要推开别墅的栅栏小木门时，碰到老孙在附近巡视，就上前聊了几句。

秦晴坐在会客厅的沙发上，见赵博推门进来，立马起身道：“伯伯好。”“你就是秋阳常提起的秦晴吧！”赵博笑着朝秦晴点点头。

陈兰坐在赵博身旁，随手削起了苹果，一转眼，四条长长的苹果皮呈螺旋状叠成一堆。陈兰麻利地将苹果切好盛在水果盘中，让大家享用。夫妻俩与秦晴拉起了家常，当了解到秦晴幼年丧父，母亲一人拉扯着兄妹艰难地生活后，赵博禁不住长叹一声：“不容易的一家人啊！”

“秦晴比同龄人多了几分成熟，我敬佩她。刚认识她时，我就被她特立独行的品性与多才多艺所吸引。”赵秋阳马上接过话茬。正说着，陈兰轻捏了下赵博的手，在他耳边窃窃私语道：“论容貌与气质，也就一般般，而且她家与我们家有些门不当户不对的。”

“我们家秋阳就知道玩，什么都不会的，秦晴你可别瞧不起他啊！”陈兰的嘴角划过一丝不屑。

“伯母，您言重了。我哪敢瞧不起秋阳呀！”秦晴听着她话里有话，便知趣地说。说完，滑开手机屏幕看看时间，起身道：“伯父、伯母、秋阳，我还有事，就先走了。”

“我送你回去。”秋阳上前拉住秦晴说。

路上，秦晴压低嗓门对秋阳说：“伯母见我去你家，是不是不高兴了？”

“我妈就这样的，你别往心里去。说不定，过几天就没事了。”赵秋阳思索了一下说。

“我看她根本就是瞧不起我，话里明显带刺。”秦晴一脸无奈。

赵秋阳看着秦晴，心急如焚，不由得把车速调到一百二十码，车子顷刻间在公路上飞奔起来。他想起了秦晴的约法三章：一、凡事不可自作主张；二、答应的事要做到；三、不许撒谎。

那时，两个人刚认识不久，赵秋阳不知从何处得知秦晴感冒了，想去看望她，便独自来到秦晴的住处。他站在小区门外，意想不到的是拨通的电话却无人接听，于是就坐在长椅上等她回来。秦晴所处的环翠名苑小区后边是凤凰山，闹中取静，静中有幽，真正体现了台州不仅是创业的乐土，且是宜居的家园。小区前边是海门河，特别是近期刚通过五水共治，海门河变得清澈许多。

“你来看我，经过我同意了吗，请不要自作主张好吗？倘若让人看见你一个大男人坐在长椅上老半天，多丢脸。”秦晴气不打一处来。在她的思想里，眼前没有意外惊喜，只有擅作主张的没有教养且不懂得尊重是什么的人。

自认识以来，赵秋阳与秦晴的第一次争吵爆发了。

“是是是，都是我的错，是我自作主张，是我不好。”面对秦晴的指责，赵秋阳像犯了错的孩子，在边上唯唯诺诺。他害怕因此而失去秦晴。

“对不起，我也不是故意指责你。”最后，秦晴选择原谅赵秋阳的鲁莽。只是，在往后的日子里，赵秋阳不管做什么事情，但凡与她有关的都得主动与她沟通，在双方观点达成一致后，再付诸行动。

除了工作，秦晴喜欢在家写写、涂涂、画画，很有文艺青年的“范儿”，还不时有“豆腐块”发表在市区级报刊上，至于国家级的大型刊物，却是望尘莫及。而赵秋阳近几年通过多种渠道，不放弃任何一个可以发表作品的机会，目前他已在全国各大报刊发表多篇散文与评论，并数次获奖。

那天，秦晴像往常一样打开电脑，以每分钟一百五十字的速度在键盘上敲击，这如同她在优雅从容地敲击钢琴的黑白键。每次开始码字，她都会习惯性地打开 QQ 聊天框，发一个微笑给赵秋阳，用她的话说：这表明我来过。

“秋阳，能否帮忙打听一下，在国家级纯文学刊物发表作品有什么要求？我想努力做到在大刊露个脸，也好为今后出散文集做准备。”秦晴以留言的方式敲下几行字。

赵秋阳回到家打开QQ，看到秦晴这一留言后，马上回复：“好的，我会尽快联系我所熟悉的纯文学刊物编辑。”赵秋阳深知如今的文学早已市场化，由于僧多粥少，以至于造成在纯文学刊物发表作品难的困境。

过不多久，秦晴的散文《远方》如愿登上了大刊。直到后来，她才知道是赵秋阳把自己发表作品的机会，让给了她。

金秋的台州市府大道，车来车往。机动车道两旁的行道树，片片黄叶挂满树梢。走在人行道上，溯风而起的落叶给市府大道增添了几许秋意。秦晴挽着赵秋阳的胳膊穿过这片行道树，朝市民广场走去。

市民广场位于台州市开发区西区西北部，沿葭沚泾建成一百亩左右的人工湖，以此点缀市级公共文化机构：台州文化馆、图书馆、博物馆、科技馆与各机构之间的草坪、绿化，构成了一幅人与自然的生动画面。市民广场与台州老城区仅隔一座白云山，随着白云山隧道的开通，开发区与老城区的联系正在不断加强。这是台州人民在园林上的一个伟大创举，其格调完全融合自由、奔放的现代元素，是典型的以车带路的设计理念，宽广、舒朗、大气的视野与老城区的拥挤、紧凑形成了鲜明的对比。

“一年四季，我最喜欢的还是秋天，红彤彤的树叶，看得人心里暖洋洋的。”秦晴将脑袋靠在秋阳的肩膀上。

“我不仅喜欢秋天，还喜欢秋天的阳光。这不，我的名字就是个很好的例子。”赵秋阳一本正经地说。

“瞧把你得意的。”秦晴被他假装正经的样子逗乐，笑得前俯后仰。

“我昨天刚从宁波回来，宁大校园的秋桂香气袭人。平生第一次去宁波，居然找不到宁波大学。只好请家在宁波的女同学吴燕帮忙，之后请她吃了餐饭。”赵秋阳顺口提起昨天去宁波学习的事，刚说完就后悔了。之前吴燕有事没事老打赵秋阳的电话，被秦晴撞见好几次，为了打消她的疑虑，赵秋阳答应她去宁波学习时除了上课，私下概不与吴燕见面。

“什么？你们还一起吃饭？你不是说过私下不见那个女同学的吗？我最讨厌说话不诚实的人。”秦晴面露不快。

“我不是有意要去见她的，实在是人生地不熟，没有办法呀。”赵秋阳连忙解释。

“假如一开始就说去宁波要见她，我也不会介意，我只是讨厌你的表里不一。我还有别的事，先走了。”秦晴没好气地说。

到了晚上，赵秋阳在 QQ 上主动跟秦晴道歉。

“我们以后还是不要见面为好，在这也有事说事吧！”秦晴回复后便下线了。

“那天上午是美术专业面试，我找不到地方，怕迟到才联系了她。”赵秋阳连忙拨通了秦晴的手机。

“你这人，我总算是知道了。往后我不会再相信你，我们也没有往后，麻烦你离我远点！”秦晴冷冷地说。秦晴的嗓音嘶哑，赵秋阳的心揪在一起。

这晚，米兰花园周围没有丝毫噪声，静得令人窒息。

“难道我们就这样结束了吗？”赵秋阳躺在床上翻来覆去，一遍又一遍地喃喃自语着。秦晴的一切早已烙在他心里。突然，一个想法在他的脑海里划过。

赵秋阳简单地用过早餐，与母亲话别后，开车往预定的地点新明半岛会馆赶去。片刻，一辆熟悉的蓝灰色雷克萨斯徐徐驶入会馆的院子，在门童的引导下，胡渊朝会馆大厅方向走来。

这新明半岛小区开发于二十一世纪初期，是台州主城区为数不多的配套设施齐全的高档社区之一，布局陈设彰显奢华。欧式风格的新明半岛会馆供小区业主社交、休闲、商业洽谈之用。

在一曲《春江花月夜》的古筝声中，赵秋阳与胡渊一前一后来到会馆的“兰轩居足浴”二号包厢。包厢里摆放着三张躺椅，躺椅的间隔处放着两张茶几。服务员将刚拆开的一包芜湖“傻子”瓜子分别倒入两个盘子，再往装有杭白菊的两个杯子里注入开水。舒展开的菊瓣，随着几颗水泡浮起后缓缓往下沉。这多么像台前的观众，看着台上的演员登台，然后谢幕的样子，也像秦晴跟他的交往，赵秋阳的心随着菊瓣往下沉。

“赵兄近来可好？”胡渊将沉思中的赵秋阳拉回到现实。

“我，挺好的。胡兄近来忙什么？”赵秋阳讪笑着问道。

“近来忙国庆的一个画展，是台州心海书画博物馆主办的‘喜迎国庆，台州书画六人展’，老弟的事我自然是记在心上的。”胡渊扶了扶金丝边眼镜说。

“先生，水温还适应吗？”这边兰轩居足浴工号为26的足浴按摩师对着赵秋阳问道，一边手很麻利地在他脚上来回反复地捏搓。

“还好。”赵秋阳轻声回应。此时，对面墙上37寸的液晶屏里正播放着根据麦家同名小说改编的电视连续剧《暗算》。

胡渊从贴身的挎包里取出一幅三平方尺的《牡丹》图递给赵秋阳。胡渊跟赵秋阳上下年纪，台州人，毕业于湖州师范学院美术系中国花鸟画专业。他的画作以写意花鸟见长，近几年不时有作品在全国及省里的画展中崭露头角，目前在台州已小有名气。

赵秋阳从躺椅上坐起来，细细欣赏作品。眼前这幅写意牡丹，构图恰到好处，以书法的笔触入手，线条质感张弛有度，在一笔一画之间扭转乾坤；从色彩上看，浓、淡、枯、湿，可谓水墨淋漓，特别是点睛的朱红，彰显生命的无限与充沛。

再看《牡丹》题图诗：

国色天香彩，无意媚谄蝶。
自重堪风雨，冰清永葆洁。

相比《牡丹》图，这首五绝《咏牡丹》，更是让赵秋阳对胡渊的文字功底拍手称绝。看着这幅写意牡丹，赵秋阳陷入沉思：自从跟秦晴闹别扭后，两个人就没再联系过。秦晴喜欢收藏字画，这幅画本来是为她准备的，理应交给她，说不定借此可以缓和两个人目前紧张的关系。

赵秋阳试着拨打秦晴的手机，无人接听。

“秦晴好。本无意打扰，之前你托付的写意牡丹图已完成，不知你什么时候有空，我们见个面好吗？地点你定。”赵秋阳发了条信息给秦晴。

“可以。这个周六18:00，红旗桥头林家铺子见。”秦晴秒回信息，好像忘记了之前两个人的不愉快。

说起林家铺子，赵秋阳再熟悉不过了。这是一家专业经营中式餐饮的商业连锁店，在椒江、黄岩 、路桥三区均设有分店。林家铺子的特色在于店面装饰民族风格浓郁，让人产生一种回到乡村田园生活的感觉，以此唤醒内心深处失去的某种记忆：在林家铺子上一道食饼筒，就会想起小时候母亲包的食饼筒。

食饼筒又称麦油脂，类似于天台的饺饼筒，两者都是浙江台州特有的传统小吃。将面粉加水调成胶糊状，倒入平底锅中，顺时针方向均匀地摊开、烙熟；再将面皮平摊，铺上炒粉丝、蛋丝、豆芽、土豆丝、肉片、洋葱等，再卷成筒状，即可食用。这食饼筒的来历有两种说法：一是相传在戚继光抗倭时期，家家户户都做了菜肴想要犒劳大军，但是这么多菜怎么送去军营着实是个难题，于是聪慧的渔家女就做了饼皮，将菜都包到里边，再送去给将士们。二是话说天台那个疯癫的道济禅师，他见每餐剩下不少菜，就把剩菜裹入面饼，留着下一顿再吃。因此，在上海世博会期间，食饼筒又被叫作“济公卷饼”，作为中华名小吃登场。

秦晴早早等候在解放北路紫罗兰形象公社门口。在某种程度上，良好的形象无疑是置竞争对手于险境的武器，爱情自然也不例外。因此，秦晴约上闺密，捯饬起自己的形象来。又或许，秦晴是在乎赵秋阳的吧，她希望周六这天能以最好的面貌出现在他眼前。

周末的林家铺子自然是忙碌的，里里外外都是宾客。秦晴上楼挑了个靠窗的位置坐下，打开手机给赵秋阳发了个信息：“我到了，在二楼西面 08 座。”“稍等几分钟，我随后就到。”赵秋阳心怀喜悦地给秦晴回了短信。在接到秦晴的短信时，赵秋阳恰好开车路过银河商城地段——一条开满鲜花店的小巷里，家家店门口摆满了各色玫瑰。赵秋阳想着给秦晴挑些鲜花去，而玫瑰太俗，又怎能配得上秦晴的气质呢？最后他挑了十一朵郁金香，叫花店员工用金纸包起来。郁金香的花语：不期而遇的爱情，十一朵代表一心一意。

“秦晴，好久不见，你还好吗？”赵秋阳手捧郁金香来到秦晴面前。

“好久不见，秋阳。”秦晴鼻子酸酸的。幸福，却在两个人心间流转。

“喜欢吃什么？你来定吧。”秦晴把菜单递过去。

赵秋阳点了一份三文鱼刺身、一份白灼西兰花、一份芦笋、一份芥菜芋头豆面羹，还有几样点心。除了三文鱼，都是秦晴喜欢吃的。

“让你点，怎么倒是成了服务我。”说着，秦晴抿了一口红糖水。

不一会儿便开始上菜了。

“这鱼片，真要生吃？不怕寄生虫吗？”秦晴鄙夷地指了指摆放在冰盘上的三文鱼。对于老家在仙居的她来说，生吃海鲜是不可思议的事。

“三文鱼是生长在加拿大、挪威、日本和美国等高纬度地区的冷水鱼类，可作为生鱼片或加工成寿司食用，其肉质细嫩、颜色鲜艳、口感爽滑，近年来已成为家庭餐桌上的美味，也可采用煮、炸、烤方式加以烹制，香，但口感就没那么好了。生吃三文鱼片要蘸点酱才入味，芥末、生抽、米醋等调制的酱杀菌，吃后能给人一种‘他乡遇故知’之感。我点这道菜就是为了偶尔让你换个口味。”赵秋阳瞬间化身美食家，细心地引导。

“真的吗？既然吃后能给人一种‘他乡见故知’之感，那我也尝尝看吧。”听赵秋阳这么一说，秦晴打消了方才的疑虑。

“来，看看我给你带来的礼物。”正说着，《牡丹》图变戏法似的出现在秦晴面前。

“欣赏画作一般从构图开始，然后是技法、色彩、题款等。”赵秋阳指着眼前的《牡丹》图说。

“喜欢吗？”赵秋阳接着问道。

“牡丹是中国的国花，素以富贵、祥和的面貌，深受人们的喜爱。我自然是喜欢的，不过我对画可是一窍不通，你得慢慢教我。”秦晴满脸惊喜。

“这得靠平时积累，临时抱佛脚是行不通的，关键是要多看、多比较、多分析。我们先吃饭吧！”赵秋阳朝走廊看了看说。

“你们的菜上齐了，请慢慢享用。”服务员端来最后一道菜。秦晴拿起勺子，随手在赵秋阳面前的青花瓷碗里盛起豆面来，嘴里说着：“这豆面很滑嫩，我就习惯吃这些。”

饭毕，两个人沿着中山西路逛。

“今天的风好大。”秦晴捋了捋额前被风吹乱的刘海，哆嗦了下身子。赵秋阳伸出胳膊，将她往自己的怀里紧了紧。

“七点了，大部分店面都关门了吧？”秦晴仰着脸问。

“先去看看再说。”赵秋阳说着，顺势亲了一下她的脸颊。

“你真恶心。”秦晴咯咯咯地笑着，将脖子缩成一团。

丝路饰品店大门朝东，店内陈设装饰简单。看有顾客推门进来，老板娘笑盈盈地上前：“最近新到一批款式时髦的水晶饰品，看看有没有合适佩戴的？”

柜子里依次摆放着各款式的项链、手串、坠子，材质有紫檀、蜜蜡、水晶等，色彩或庄重或绚丽。

“老板，你戴着的佛珠可卖吗？”秦晴被老板娘脖子上的佛珠吸引。

“店里有，你要几颗的？”老板娘领着秦晴往店里最后一排柜子走。

“佛珠挂件有 14 颗、18 颗、21 颗、27 颗、36 颗、42 颗、54 颗、108 颗、1080 颗之分。根据藏经的记载，极品的佛珠是 1080 颗，这种佛珠因为太长，只供极少数大德高僧和潜修者使用，上品的佛珠为 108 颗（密宗行者为 110 颗），中品为 54 颗，其余有 42 颗、21 颗、14 颗及净土宗的 36 颗、禅宗的 18 颗等。”老板娘介绍着，人已走进那一排柜台最尽头那个柜子边上的小门。那小门不细看，是不容易被人发现的：此时它呈半开放状态，随着人的身子摆动几下后慢慢恢复到紧闭状态，虽不起眼，却不像敞开的大门，来了便是客。

正说着，一串金丝楠木上品小佛珠便戴在了秦晴的左手腕上，108 颗珠子足足绕了四圈。“你的手腕太细，感觉一用力就会断了似的，多吃饭多锻炼。”打小，秦朗就总是以一副大老爷们的姿态，藐视他的小妹秦晴细胳膊细腿，私下里却是浓浓的呵护。想起哥哥时常为逗她开心而表现出的夸张样子，秦晴不禁咧嘴笑了。

“我觉得这串也不错，帮我包起来吧。”顺着赵秋阳指的方向，老板娘打开柜台取出那串黄水晶。

“任何水晶在正式佩戴前，都得消磁，这样人与人的磁场才不会乱。你们稍等几分钟。”老板娘微笑着说。

赵秋阳在旁边一直没闲着，这会儿东瞧西望又看中了一块墨绿色的石头。见此石头，他不由想起多年前在昆明选购缅甸翡翠玉石的经历。那是 2006 年的五一，赵秋阳随购物旅游团去昆明旅行。大家从最便宜的 20—30 元的玉看起，一直到 5 万—6 万元甚至几十万元的极品缅甸翡翠玉石。顾客每看中一件，必然是通过鉴定，再发一张鉴定结论书的，以此消除消费者对购物的疑惑心理。当然，对于此鉴定书也是众说纷纭，各唱各调，甚至有些鉴定者自己也不在行，却披着专家的外衣。

赵秋阳手里拿着的墨绿色石头叫黑曜石，又称“十胜石”，用来辟邪、护身，是一种常见的宝石。黑曜石是佛教制作佛珠和工艺品的原料之一，在中国传统民俗中，通常采用黑曜石结合貔貅图案制成各种饰物和摆件，用于佩戴或安置家中，以此达到招财、辟邪和镇宅之功效。

“男戴观音女戴佛，看来它跟你有缘。”老板娘说。

“有缘千里来相会哈！”秦晴见赵秋阳上下摆弄这块已经被雕刻成观音的黑曜石，便在一旁插一句，然后朝他扮了个鬼脸。

“缘分是可遇而不可求的风。”赵秋阳喃喃自语着。世上有很多事可求，唯缘分难求。茫茫人海，浮华世界，多少人能真正寻觅到自己最完美的归属，又有多少人在擦肩而过，即便有正确的选择却站在了错误的时间和地点。

“一念之间呀，一念之间。缘如风，来也是缘，去也是缘。已得是缘，未得亦是缘。”秦晴见赵秋阳在发呆，便摇头晃脑调侃道。

“对，所以我们一定要把握住缘分，珍惜咱俩的感情。”赵秋阳深深地看着秦晴。

“小两口儿在撒狗粮吗？”老板娘调笑道。被这么一说，秦晴的脸一下子烫了起来。对秦晴和赵秋阳来说，两个人的相识就是一种缘分，一种天意。从陌生到熟悉到无话不谈，再到彼此的手紧紧相握。

黄昏的中山西路，早已华灯初上。各式各样的广告牌在霓虹灯的作用下，散发着迷人的光彩，丝路饰品店被两个人远远地抛在了身后。

“找个地方坐坐吧。我走累了。”秦晴指着中山广场的长廊说。赵秋阳从挎包里取出若干张抽纸巾垫在长廊的座椅上，扶秦晴坐下。

广场上的人渐渐多了起来。这是一个露天舞池，劳累一整天的市民约好了似的从四面八方赶来，在此找寻精神的寄托与慰藉，让心灵得到舒展、释放。在低缓的乐曲中，夜幕笼罩下的广场上，不时有脚步在来回移动。秦晴与赵秋阳被眼前的情景所吸引，两个背包族也站起来加入了这个队伍，脚步随着音乐滑进舞池。

“你没觉得咱俩很怪异吗？嬉皮装，跳的却是华尔兹，还背着个包。”秦晴说着，将手搭在赵秋阳的胳膊上。

“不奇怪呀，大不了让人觉得是两只乌龟在谈情说爱。”赵秋阳搂着秦晴的腰嬉皮笑脸道。

“你想笑 S 我啊，我偏不！”说完，秦晴忍不住哈哈大笑起来，惹得舞池里的人们朝他们俩看了又看。

两个人的舞步时而太快，时而过慢，时而踩到对方的脚尖，直到一支舞曲结束，才渐入佳境。

第二支舞跳到一半时，秦晴下意识地将手从赵秋阳的胳膊上挪开。

“我接个电话。”她从背包里掏出手机，往舞池边上的梧桐树下走。

“喂，喂喂，哦，是高总。好久不见，近来可好？”音乐声太响，秦晴的声音接近吼叫。

“什么时候有时间？可否约你到兰庭会馆喝茶谈合作？”话筒里传来高平低柔的声音。

“你说什么？我听不太清楚，能否大声点说？”秦晴意识到此时说说是没用的，只能喊话。

“怎么了？打个电话跟着了火似的。”赵秋阳随后跟过来。秦晴微张着嘴，拿手机的手悬在半空。

“好吧，那下周二晚见。”直到对面的高平也用喊的，秦晴才终于听明白了内容。挂断电话后，秦晴这才意识到自己的失态，对方可是一位如假包换的绅士。

“没什么，跟人约好下周二晚谈个事情。你要一起吗？”秦晴用征求的语气问赵秋阳。

“谈工作还带着我，不妥的。”赵秋阳看着秦晴，两手交叉在胸前故作沉思状。

“高总，高总，有什么需要我帮助的吗？”高平的秘书在听到他的大喊声后，敲门进来。

“哦，没什么，忙你的吧。”挂断电话后的高平，不禁哑然失笑。平生第一次喊话，这经历居然给人一种异样的感觉。平常看着弟弟高原一副唯恐天下不乱的样子，他都觉得不可思议：一个男人，怎能如此放肆？

话说，这高平与高原的父亲高山，白手起家，是典型的“草根”。二十世纪八十年代初，勤劳的台州人民靠“两水一加”，积累了“第一桶金”，在此基础上以股份合作的形式发展成社员联营集体，民间把合作股份俗称成“打硬股”。

据资料记载：1983 年，温岭县工商局颁给该县牧南工艺美术厂的营业执照上，首次将企业性质登记为“社员联营集体”，而不是“社队集体”。新时期后，第一家股份制企业诞生。1978 年十一届三中全会之后，在浙江沿海一带，特别是多山少地、资源贫乏的温州、台州地区，出现了农民自谋出路、扔下锄头集资办厂的苗头；到了 1982 年，这种情况变得十分普遍，胆子小的就悄悄干，胆子大的连工商手续都不去办了。牧南工艺美术厂成为社员联营集体一事，就像一把烈火点着了整个温岭。没想到的是，后来各乡镇原本悄悄干的农民们纷纷跑到县社队企业局，要求改成联营性质的企业。

高山领导的新希望集团也是从“社员联营集体”企业发展而来。一开始，高山凭借台州得天独厚的海洋优势，办了一家水产品冷冻厂，经营带鱼、大陈黄鱼、墨鱼、梭子蟹等经济鱼类的加工、销售，实行产、购、销一条龙服务。高山既是这家水产品冷冻厂的管理员，也是业务员。为了跑业务，高山受够白眼、讥讽、辱骂、挨饿等种种遭遇，睡过北京阴暗潮湿的地下室旅馆，挤过长途运输车狭窄的驾驶室，尝尽人生艰苦，硬是把这家水产品冷冻厂发展成本地粗具规模的综合大型企业——新希望集团。高山把集团经营管理权转交给了两个儿子——高平与高原，自己每天带着根鱼竿穿梭于温岭各大小河道。当然，高山早些年就有意识地培养两个儿子，从他们懂事起便灌输了如何为人处世的道理。

高平从新希望集团的最底层干起，业务员、销售科长、部门经理、集团副总，一步步上来，成为这家有三千员工的企业决策者之一，主管集团水产加工这块。由于他谦虚谨慎，善于发挥团队合作精神，从而将企业经营得风生水起，在台州水产加工行业里小有成就。

高原的性格跟高平完全不在一个频道，他玩世不恭的态度让高山很头疼，特别是在生意上，能推的都推得干干净净。唯独对新希望集团旗下的艺术培训学校这块，他貌似还有点兴趣。

“高平，你知道为什么高原对艺术培训学校这块特别上心吗？”黄伟总不忘讥讽高原，在高平面前如此，在高原本人面前更是如此。

“不知道啊。不过，他能对公司上心，那是好事。我爸知道了，也很高兴。”高平静坐着，边看办公桌上秘书刚送过来的资料，边跟黄伟有一句没一句地聊着。

“那是因为艺术培训学校不仅美女老师多，美女学生更多。高山叔要知道是这原因，你说他会不会一言不合操起鱼竿，就往高原大腿上猛抽一顿。”黄伟贼笑着。

“你呀，也是个唯恐天下不乱的主。”高平轻声笑着，露出两个浅浅的酒窝。

“你小子，总是一副波澜不惊的样子。能不能有点激情？你一个人忙着吧，走了！”说完，黄伟摇摆着他那肥大的身体，头也不回地朝办公室门口走去，胳膊配合后脑勺朝身后的高平挥了挥。

秦晴与高平、高原两兄弟便是相识于朋友黄伟的生日 Party。

那是初夏的一个纳凉夜晚，云顶佳苑会馆灯光辉煌，红男绿女尽情欢娱。高原举着高脚酒杯，不时地与朋友们来回敬酒、寒暄，高平坐在宴会大厅一角独自喝酒，偶尔抬头看一眼穿梭在人群中的高原，随后陷入深思。

“各位来宾，下面有请我的好友秦晴为大家演奏一曲。”黄伟对着麦克风，星光闪耀地站在宴会厅台上。随着生日序曲的响起，大家不约而同把目光投向宴会厅上方正在弹奏钢琴的秦晴，此时的秦晴早已沉浸在她的音乐世界里，纤细的手指在琴键上跳跃着，琴声时而舒缓，时而奔腾。

此番，秦晴是应朋友黄伟的邀请，出席他的生日 Party，顺便为嘉宾弹奏一曲。随着社会经济的发展，人们的精神需求是越来越广泛，不仅在举止谈吐上，且在情感共鸣上也有了更深层次的要求。因此，文化消费日趋繁荣，去画廊、讲堂、教室的人便越来越多。在生意洽谈会中，大家会时不时把商谈地点定在茶馆、度假村、高尔夫球场等，相比桑拿室、麻将馆、按摩院，倒是显得文雅、有品位多了。从某种意义上来说，经商是在经营一种文化和思想。

从表面上看，高原玩性很大，其实不然。近几年来，他明显感受到文化对于经商的作用与意义，也清醒地认识到自身的不足，在思想上、品位上，特别是在对商机的把握上，都需要更深层次的学习、锤炼。新希望集团近年来全面引进了质量体系 ISO9000 国际认证，副总经理高平在审时度势后做出了重大经营策略调整，从量的扩张转移到质的提高，从粗放经营走向集约经营，这无疑是新希望集团的二次创业。为了企业发展的长远利益，高原觉得有必要对企业来一次脱胎换骨式的改造，所谓浴火重生，而旗下的艺术培训学校尤其需要像秦晴这样的专业人才。

当他看到温文尔雅的秦晴，仿佛看到了一丝曙光。待秦晴演奏完毕，从台上下来朝跟她招手的黄伟走去时，高原快步上前，将事先准备好的红玫瑰献给秦晴。

“哦，谢谢你送的花！”秦晴微笑着朝高原点点头。

“秦老师，我叫高原，可以交个朋友吗？这是我的名片，你可以随时联系我。”高原双手递上名片。

“能够认识年轻有为的高总，甚感荣幸。请多多关照。”秦晴不无礼貌地说。

“我们现在是朋友了，朋友之间相互帮助、支持是理所当然的。我公司有计划开拓学生演奏培训，想聘请你做我们的艺术总监，负责老师的招聘，组织、辅导学生等工作。不知你意下如何？”高原的表现，呈趁热打铁之势。

“这……让我考虑下，再答复你好吗？”秦晴犹豫了一下说。

“这家伙追女孩子真是一套一套的，还拦住不让走了是吧？我实在看不下去了。”不远处，迟迟未见秦晴过去的黄伟，以解救员的身份出现在两个人身边。

“你这是狗熊救美吗？哈哈哈哈。”高原说完大笑起来。

“什么鬼话？我已成功减肥20斤。再说了，你在美人面前寒碜我几下，就能追到了吗？想得美！”黄伟故作生气地朝高原翻了翻眼珠子。

“来，秦晴。我带你去认识一位商业翘楚，保准比这家伙好上一万倍，不对，岂止万倍。关键是，单身！”黄伟朝高原调皮地眨了眨眼睛，随后带着秦晴往高平所在的位置走去。

“喂，兄弟，你可不能这样！是我先认识的，好吧？”高原气急败坏道，像是演戏，又像是真的。

周二晚，秦晴如约来到兰庭会馆。

关于合作事项，她提出自己的两点要求：

乙方理论著作权属本人所有，未经授权、允许，不得出售、转让、复制、镜像。

乙方享有优先发展权。

“这些都是小事，好商量。”高平坐在对面的沙发上，右手摸了摸左腕上的金表，随即吐出一句。两个人达成合作意向。

面对秦晴事先准备好的合同，高平不由朝她多看了几眼。此时的秦晴借着泡茶的工夫，也抬头看了看坐在对面的高平。这让她想起电视剧《蜗居》中宋思明的扮演者张嘉译。没错，秦晴是张嘉译的粉丝，且是铁粉。

“太像了！”秦晴心里有种莫名的触动。无论是气质还是内在，高平都是上乘的。心下难免将他与赵秋阳做起比较来：虽说高平是富二代，但他身上呈现的果断、刚毅、沉稳，恰恰是赵秋阳所不具备的。这使得她不禁多看了高平几眼，恰巧高平也在看她，事实上，从秦晴开始发呆那会儿起，高平的目光就在她脸上没挪开过。

在两个人对视的几秒里，秦晴似乎，不，她看懂了高平眼中的内容。

回想两个人的初次见面，那是在共同好友黄伟的生日 Party，高平的目光也是如此，从未挪开过。从宴会厅门口到台上，从台上到台下，从玩世不恭的弟弟拦住她又送鲜花又递名片，还自我喧哗，再到她朝自己款款走来。高平无不感叹这女子的才貌双全，他甚至想到了大学选修课上的那些模特，不对，那些空有皮囊的普通女人，又怎能与眼前这女子相比？她不只动则秀色可餐，静则堪比雕塑维纳斯，她还是蒙娜丽莎，对，那个微笑着朝他走来的蒙娜丽莎。

“你知道吗？你的微笑，像极了蒙娜丽莎……”高平喃喃地说。

何时 / 我成了蒙娜丽莎 / 我的微笑 / 时时被你牵挂 /

你说/艺术家要的是一份感化/笔在你手里/而我是达·芬奇的画/你说/世间少有绝色/才华横溢不多/集美貌与智慧的你/云淡风轻/那是曾经的林徽因/隔着如许烟波岁月/隔着那些男子的深情/美成书页中/一个剪影/可叹/金岳霖的苍白/悲哀/徐志摩的无奈/何处归来/再别康桥的风采:“悄悄的我走了,正如我悄悄的来,挥一挥衣袖,不带走一片云彩”

秦晴在日记本上这样写道。

“蚂蚁和大象结婚了，可是没几天大象就死了，蚂蚁非常伤心，一边哭一边骂：亲爱的，你怎么走在我前面了呢？这辈子我他妈不用干别的，就埋你了！”说完，高原满怀希望地等着秦晴的评价。

“男人可以不帅，但必须幽默。”这是高原的座右铭。因此，他与秦晴的第N次会面，便以他的笑话集锦为主线，而目的很明显，那就是借合作的名义博美人一笑。

“这个笑话，我听过不下十遍了，为什么每个人都会将它翻出来？还有，这个笑话带脏字。”虽说蚂蚁与大象结婚蛮好笑的，但秦晴还是觉得这个笑话一点都不好笑。

“不是吧，是你太过无动于衷还是我太失败啊？”高原不无夸张地叹了口长长的气。

“还是我给你讲个笑话吧！如果刚好你没听过，保准你会笑！信不？”秦晴还没开始说，自己就先笑了。说笑话并不是秦晴的强项，她是通常没开始说，想着想着就忍不住笑起来的那种。

“假如我不笑呢？可以惩罚你吗？”高原坏坏地说。

“笑不笑的决定权在你身上，这种毫无意义的惩罚真的好吗？”秦晴反问。

“只是开玩笑，逗你开心的！你说吧，我会发自内心地表达自己的情感。”高原总是喜欢装得一本正经。对，装，这是秦晴给他下的定义，用在此刻更恰当。

“昨日一梦，主说可以实现你的一个愿望，你拿出地球仪说，希望世界和平。主说太难了。你拿出你的照片说，把这个人变漂亮吧。主满头大汗道：把地球仪拿来，我再看看。”这次秦晴算是进步了，直到说完整个笑话，都忍住没笑出声。

“这个笑话精简而有型，以后我就将这则笑话当作镇山之宝了。”高原一副似笑非笑的样子，不知是在夸秦晴的笑话好，还是夸秦晴表演精彩。

“冒昧地问一句，你有男朋友吗？”高原前言不搭后语道。

“这个问题好像不应该出自你口啊！”秦晴淡淡地回应。

“你未嫁我未娶，为什么不能问？我，我还想追你，跟你共度一生呢！”高原竟然有点紧张。

“你是没见过女人，还是一见未婚女人就想与之共度一生？我跟你属相不合，会命犯太岁，你属狗，我属猪，没听说过‘猪狗不如’吗？所以，我的属相注定不适合跟人过日子。”秦晴觉得自己胡编乱造的功夫已到了登峰造极的地步。

“你这叫什么逻辑？不想结婚是因为你没遇见相爱的人。至于你说的什么属相不合，难道你介意这种迷信说法？再说了，我打小只听过‘鸡犬不宁’的，可从没听过什么‘猪狗不如’。”高原并不赞同秦晴的这个观点。

“你不介意，不代表老天爷不介意。”秦晴继续着自己的迷信观点，心下却一个劲儿地偷笑。

“怎么会呢，命运全由自己掌握。”高原倒是很会开导人。难道真有想法？秦晴恍惚，继而摇头。

“你说得对，命运确实掌握在自己手中，可天知道掌握命运的那只手被谁掌握着？我信命，在我的思想里，上天不同意的事情，若要违背就会遭遇不幸。”秦晴发觉哪怕自己刚才的一番话只是一时托词，到如今也是一个说法了。命运，还真有那么一回事。

“男子汉大丈夫，生死不过是等闲事尔，生有何欢，死有何惧。我若是怕了就枉为男子汉！”不知是对秦晴的命运之说气恼还是怎么的，高原突然愤愤不平起来。几秒钟后，高原恢复安静。

“让我们彼此照顾好吗？我一定不负你，且给你一辈子自由。”只是前后几秒，他一下子又从安静变得深情。此时此刻他是多情且容易满足的，秦晴想。

“有一个问题，我还是希望你如实回答。你有没有男朋友？”说完，高原开始脸红。哦，原来，男孩也会脸红。不过，天哪，怎么又是这个问题！难道他的脑子里除了男欢女爱，就没别的东西了吗？

“我觉得人生就好比圆与方，它同时存在于你的生活中，而最理想的生活，便是经过不同角度深思熟虑后调整的状态，邂逅一段感情亦如此。我时常左手画圆右手画方，却始终难以达到炉火纯青的地步，致使自己有时候活得很糟。感情就像喝开水，有冷的、凉的、温的、烫的、烫到嘴巴起泡的。找男朋友就要找温水一样的，他会知冷知热了解你的所需所求，你开心的时候和你一起疯，你不开心时他会默默守在身边。开水虽然很热情，但会灼伤人，如果不了解的时候就爱了，最终定是伤得体无完肤。假如，我要找一同走过这一生的伴侣，看中的不会是他的事业有多成功，而是在意他能陪我‘倚楼听风雨，淡看人生路’。”秦晴并没有正面回答他的问题，只是不知道这番话他是否能懂。

“你大学读的是什么专业？说话水平那么高。”高原的语气明显在抬高秦晴。对于他总是喜欢吹捧的个性，一开始秦晴差点就怀疑他是搞业务出身的了。

“谢谢你的热情，过奖了！我学的不是汉语言文学。”秦晴如实回答，并不想学他那样去吹捧对方。

“唉，事实上我是外表热情，骨子里忧伤。”高原对秦晴说。

“你告诉我的未必就是，说不定你故作忧伤呢！人好比水，无色无形，你将它装在什么样的容器里，它就会成什么形状。人想要在这个社会求生存，就得将自己变成水，让你圆就圆，让你方就方。方圆方圆，人生只要有方有圆，什么事情都好办。”秦晴如实说了自己的看法。

“这简直是无上佛经，无上佛经呀！我学到了！”高原依旧喜欢夸张，刚奉承完秦晴，这会儿又开始得意起来，生怕别人不知道他很好似的。他用胳膊支着下巴，看着她，眼神像一个忧郁的流浪汉。秦晴又一阵恍惚。

想起“流浪”这词，秦晴一直认为，别人出去玩是旅游，她出去玩就是流浪。而区别在于，他们有钱她没钱；还有另一种说法，快乐的人叫游山玩水，忧郁的人叫流放千里。遗憾，我是后者，秦晴自嘲。因为没有多少积蓄，就连每月的工资都是上半月光鲜下半月穷荒的她，并不介意自己是个穷光蛋，光鲜亮丽的背后便是衣衫褴褛，因此她依然一遍又一遍地流浪着自己的独家心情。只是，眼前这双眼睛总是让人恍惚，她猛吸杯子里的水，却发现杯子已见底。继“流浪”之后，秦晴又想到了“忧郁”，眼前这孩子气十足的大男孩的忧郁。若是人们都那么矫情，这辈子恐怕就只剩顾影自怜了。

古往今来，排解忧郁的例子屡见不鲜。古人好赋诗作词，忧郁时就有了《红豆曲》《声声慢》《凤凰台上忆吹箫》《满庭芳》之类的诗词。尼采还写有歌颂忧郁的诗：“忧郁啊，请你不要责怪我，我削尖我的鹅毛笔来歌颂你，我把头低垂到膝盖上面，像隐士般坐在树墩上歌颂你。你常看到我，昨天也曾有多次，坐在上午的炎热的阳光里：兀鹫向谷中发出贪婪的叫声，它梦想着枯木桩上的腐尸。”而现代人解压的方式各种各样，选择去 KTV 或是音乐酒吧的人为多，那些地方既可以喝酒又可以狂吼、癫舞。人开心是一辈子，不开心也是一辈子，那干吗不过得开心点呢？当你看到自己前面有阴影时，何不回头看看身后的阳光，换个角度看世界，那是很精彩的。秦晴又何尝不希望自己能做得比想得更轻松，可她终究只是那个站在台前说书的人。

毋庸置疑，秦晴是伤感的。她经历过一些事情，伤得很痛也很重，好在都挺过来了。人都有过去，活的却是现在和未来，虚度三十载，见过、看过、听过的事情不少，思来想去实在没什么重要的。

赵秋阳坐在“海岸风情”茶餐厅的三楼，不远处江滨公园的浙东千里海塘纪念碑，正好对着赵秋阳所在的窗户，但他的心情丝毫没有因为美景而欢快起来。他刚刚得知：秦晴最近跟新希望集团少东家高原走得很近。转念一想，貌似自己也有些冷落了她。又或许真如人家所说，秦晴已被高原迷住了。

想到此处，赵秋阳接连按了三次呼叫铃。见服务员迟迟未来，便又重重地按了三次。

“给我拿瓶白兰地。”面对姗姗来迟的服务员，赵秋阳表情僵硬地说。

“秦晴，你什么时候有空，我们见一面。”他拿起手机，一反往常温和的声调。

“今天没空，要不周五吧！”秦晴接了电话。

赵秋阳不知道自己是如何回到家的。

“咱儿子是不是出什么事了？”陈兰看着闷闷不乐的赵秋阳，心里直犯嘀咕，忙扯了扯赵博的胳膊。

“谁知道呢？现在的年轻人，跟我们那时可不一样，冷漠、自私、没有责任心。”赵博头也不抬地说。

秦晴坐在出租车上思绪万千，音响里不时传出《情深深雨濛濛》的主题曲：“情深深雨濛濛，多少楼台烟雨中。记得当初你侬我侬，车如流水马如龙。尽管狂风平地起，美人如云剑如虹。啊，情深深雨濛濛，世界只在你眼中，相逢不问为何匆匆……”眼下，关于赵秋阳与高平这两个男人，秦晴必须做一个选择了。

椒江依旧，海岸风情茶餐厅依旧。赵秋阳给秦晴沏了杯大红袍，大红袍是武夷岩茶的代表，品质优异，独具特色，香气馥郁，回味甘爽，被人称为“岩韵”。秦晴深谙茶道，自然是喜欢的，而赵秋阳至今没有忘记她的喜好。

“我们两个人就一直这样下去吗？”终于，赵秋阳打破了沉寂。

“这不我刚刚接受新希望集团的聘用嘛，挺忙的。”秦晴接话。

“我听到了一些闲言碎语，也知道那些都是谣言，不足为信。可你难道就不想跟我解释一下那个高原吗？”说着，赵秋阳皱起眉头。

“高原？你开什么国际玩笑？就算他会喜欢我，我也不可能喜欢他。你不要想多了好吗，以免影响我们的交往。”秦晴表示不快，而此时，她的脑海里却飘过另一个人的身影，那个长得像极了张嘉译的男人。

“谢谢你的坦诚，的确是我想多了。”赵秋阳讪讪地说。

新希望艺术培训学校坐落于云西路台州贸易中心大厦后方，一幢十八层的写字楼，重新装修成目前的培训机构。

走近门口挂着的牌子，秦晴驻足了几分钟。她仿佛看到了希望，对，希望，且是未来所有的希望。秦晴总是感叹时间飞逝，她总是觉得人生还没开始便即将结束，她总是担心未老先衰的那个人就是自己。忙的时候，她甚至不敢照镜子，她怕皱纹已悄然爬上眼角和额头，如树的年轮，一圈又一圈。

“我要多赚钱，让妈妈过上好日子，并为我感到自豪。”心下想着，秦晴加快了脚步。

冬至过去没多久，台州接连下了几场雨，整座城市给人一种湿漉漉的感觉。天放晴那日，陈兰接到了好姐妹田丽的电话。

“阿兰，晚上要不要约沙姐、桂华他们聚聚，地点就渔家乐吧，听我家老公说，那里的海鲜不错，价格也蛮公道的。”电话里，田丽用商量的口吻问陈兰。

“阿丽呀！我老早就想着出去了，无奈这倒霉的天气，只好作罢！晚上我参加。”陈兰拿着话筒笑眯眯地回复。

傍晚时分，陈兰如约来到椒江大桥公园边上的渔家乐，还没进包厢门，就听这拨女人在唠叨她们的家事。但凡女人们在一起，除了未婚的八卦已婚的，已婚的八卦未婚的，就剩下各自世界里的人生观、价值观了。没男朋友的，就谈自己的工作，分享美食、美妆、美体等；有男朋友的，除了谈自己的工作，分享美食、美妆、美体，还会谈男朋友的工作，最近她的他形象上的变化，最近他又出差哪里了，给自己买什么礼物了等。归根结底：攀比，除了攀比，还有羡慕嫉妒恨。而每个女人最怕提起的，是最近又遭遇小三，又被分手了。那些聚会时不言不语的，八九不离十又失恋了，只有重新开始一段感情时，才会侃侃而谈，好像担心别人不知道她过得有多好。比起未婚的，已婚女人们倒实在些，谈的无非是老公和孩子，还有就是近段日子去百货商场挑了几件打折的衣服，或者上手几件首饰之类的话题。到了这里，对于麻将，女人们是暂且不提的，反正提与不提，麻将都在那里，不来不去。

坐在渔家乐三楼，随便哪个包厢都可以一览椒江大桥的雄姿，特别是华灯初上之时，别有一番风采。那些凌空而起的马尾灯，将椒江大桥装扮得如同一条彩虹镶嵌在江面上，从而成为一道靓丽的夜景。

此时的陈兰无心欣赏夜幕下的美景，她正感受着另一道风景——沙姐激情演讲般唾沫横飞的场面。只见席间的沙姐，眉飞色舞地夸着自己的儿子马良和儿媳妇小乔。

“你们有所不知，我家儿媳妇小乔，是国安局的公务员，与我儿子是警察学院的同学，两个人相识于新生联欢会上。这一谈，就是四年啊！你们晓得吗？”说到动情处，沙姐还扯扯旁边田丽的胳膊，生怕人家不知道她有儿媳妇似的。

“因为是台州老乡，又都喜欢声乐，两个人一来二往不经意间就产生感情，建立了恋爱关系。到大学四年级时，小乔先于我家儿子马良通过人民警察专项政法干部编制考试，被市国安局录用，而马良被学院保送到刑警学院继续刑事法学专业研究生深造。去年暑假，马良也算是学成归来，被中级人民法院录用为法官。”说完，沙姐端起桌子上的茶杯，咕噜咕噜猛喝几口。在座几位听完她的介绍，纷纷投去羡慕的眼神。

“沙姐，你这是几辈子修来的福呀！也不晓得啥时候才能轮到我呢！”桂华酸溜溜地说。

“就是，就是。”大家异口同声，纷纷竖起大拇指来。一边的陈兰边说边夹着河鲀肉往嘴里送。这道菜名叫：白汁河鲀，渔家乐新近推出的系列菜“海八碗”之一，深受顾客的喜爱。在点菜的时候，渔家乐营销经理每次都会极力向大家推荐这份招牌菜——白汁河鲀。

“这白汁河鲀目前是渔家乐的招牌菜，大家尝过之后就知道我说的对不对了。”经理笑着说。

河鲀在江浙一带叫“气鼓鱼”，营养丰富，肉味腴美。不仅中国，朝鲜、韩国、日本等地，均喜爱吃河鲀，但凡品尝过的人都会禁不住赞美：“不吃河鲀，不知鱼味。”浓白鲜美的白汁河鲀，绝对是上等浓汤，可以与任何珍贵的汤汁媲美。

“这白汁河鲀果然名不虚传。”陈兰赞不绝口。沙姐用餐前的那番演讲，她是有些嫉妒的。想想自家不懂事的秋阳，还有最近他往家里带的乡下姑娘秦晴，陈兰顿时皱起眉头，气也上来了。这一举动，恰恰被对面的沙姐看在眼里。

“阿兰，咋了？有心事还是不舒服？”沙姐问道。

“没什么，可能要来大姨妈了，休息下就好。”陈兰感觉自己有些失态，连忙掩饰道。嘴上这么说，心里却仍然想着：要是儿子真娶了那乡下姑娘，我这脸往哪儿搁？

“秋阳，是妈。什么时候有空，我跟你爸找你谈谈？”在去洗手间的途中，陈兰拨通了赵秋阳的手机，她怕姐妹们知道秋阳跟秦晴谈恋爱的事，所以显得小心翼翼。

“妈，你与爸定时间吧！我抽空回家一趟。”赵秋阳回应道。

在陈兰的心中，秋阳的个人问题是到该解决的时候了。对于未来的儿媳妇，她心里自有小九九，起码对方的家庭背景能够配得上赵家，相貌倒是其次，在社交场合能够带得出去就行。事实上，暗地里陈兰一直在托人找，这可是目前赵家的头等大事，牵动着的不仅是她和赵博的神经，还关乎给赵家列祖列宗的交代。因此，赵秋阳的一举一动，陈兰都是细细观察，默记在心，生怕有个闪失。

转眼到了所谓“商量大事”的日子。陈兰像往常一样，倚在赵博的肩上，随手剥开一根香蕉递给赵博。

“秋阳爸，前些天我接到大学同学田丽打来的电话，她说给咱家秋阳介绍了个姑娘，这姑娘是市里领导的千金，今年二十六岁，全额拨款事业单位的。就是不知道秋阳喜不喜欢，他跟秦晴最近好像没在谈了，我的意思是先让秋阳见见那姑娘，你说呢？”陈兰说着看一眼赵博。

“他跟秦晴没在谈了吗？没见他说呀！哦，找个合适的时间，让两个年轻人见见也无妨。我来和秋阳沟通下。”赵博点点头说。

“爸，我已经有喜欢的人，你们就不要给我添乱了。”刚开门进来的赵秋阳听到了两个人的谈话。

“儿子，就是见个面，不是一定要你娶她。这是你田丽阿姨张罗操办的事儿，你总得让妈在面子上过得去吧？”陈兰显得有些不高兴。最终拗不过两个人，赵秋阳只好先答应双方见个面。

周末，台州迎来了久违的艳阳天。田丽精心挑选了约会地点。在她看来，什么样的地点，适合谈什么样的话题。于是，她把约会地点选在心海文学艺术博物馆旁边的茶室。这是台州高教园区一家集艺术品鉴、休闲为一体的高档文化会所。

作为介绍人的田丽，早早来到茶室。如同今日的艳阳天，田丽梳了个传统的反绾式发型，着贡丝锦职业套裙，显得华丽高贵。

赵秋阳与罗亚芬几乎是同时跨进那家茶室的。

“来，我介绍下，这位是市中心医院的赵秋阳医师，这位是质量技术监督研究院的罗亚芬工程师。具体情况就交给你们自己了，我还有事先走一步。”说完，田丽便笑着起身。

“谢谢田阿姨，改天我请你喝茶。”罗亚芬礼貌地对着田丽点头微笑，并起身送田丽出了包厢。

小小的空间里，只剩下赵秋阳与罗亚芬。

眼前的罗亚芬看上去很端庄，端庄的五官、端庄的穿着、端庄的发型、端庄的表情。哦，还有端庄的语调。

“请教罗老师，你如何评价时下流行的邵川川的散文《文字里的此情可待》？”为了缓解尴尬的气氛，赵秋阳先挑起话题。

“我是读理工科的，平时工作比较忙，没时间去关注文学艺术之类的。就算有时间，也会去阅读社科类等带有思想性的著作，如法国思想家卢梭的《社会契约论》。在我看来，文艺就是一种小资情调，生活总会回到柴米油盐酱醋茶的，再说文艺只是属于少数人的爱好，像我本身就没有多少文艺细胞，既谈不上兴趣，也不反感。”罗亚芬不紧不慢地说着。

“我说话一向比较直率，请别介意。”罗亚芬接着补充道。这让赵秋阳不禁用另一种或许是疑惑的眼光，重新审视起对面这个女子来。她的思维几乎断绝了赵秋阳的所有话题，却又成功吸引着对方的眼球。

“秋阳，能否告知你的联系方式？”临分别时，罗亚芬微笑着大方地问道，赵秋阳当然也没有拒人于千里之外。

“说不定，过几天我就会骚扰你的。”罗亚芬朝他眨了眨眼睛，俏皮地丢下一句话。

事后，田丽当着赵秋阳的面对陈兰说：“亚芬对秋阳很有好感。在我面前老是夸他，却也埋怨他不给机会。”

“阿兰，亚芬已经对你家儿子有那个意思了，这姑娘无论是条件还是长相都没什么好挑剔的。兰，你私下再做做秋阳的工作。”说完，两个人又耳语了一阵。

“阿丽，也不知秋阳中了什么邪，就是咬着那乡下姑娘不放。每次想起这事，我的胸口就堵得慌，上气接不住下气。”陈兰苦着脸说。

“阿兰，不急不急啊！你慢慢开导他，今天就到这吧！”田丽一脸无奈地看了一眼赵秋阳，往门外走去。

假日的台州市民广场人头攒动，葭沚泾从西边缓缓流过。广场和谐路的水池中，新台州大厦的倒影在池中闪闪发光。

秋阳和秦晴划着桨，泛舟在台州市民广场文化长廊的水面。

“你好像有心事，能说说吗？”秦晴望着秋阳问道。

“我爸妈让我去相亲了，可是我心里只有你，任何人都不可以拆散我们。”赵秋阳说着握住了秦晴的手。

“你不会真丢下我，独自一人去寻欢吧？要是这样，我变成鬼都饶不了你的。”秦晴似笑非笑着，继而陷入沉思。

“不敢不敢，那样子我会遭五雷轰顶的。”赵秋阳信誓旦旦的，眼中满是柔情。

夕阳下，白云山麓的米兰花园显得格外宁静。巍巍白云阁在落日余晖下是那么壮观，傲然屹立于白云山上，成为台州的地理坐标。随着太阳渐渐地远离地平线，大地似乎从一片喧闹中回归平静。而米兰花园 1 号别墅里正波涛汹涌，且全然没有停下来的迹象。透过紫色窗帘往里看，只见陈兰边说边比画着，表情很激动。

“秋阳爸，依我看，解铃还须系铃人，这孩子心还在秦晴身上。要不我们抽空去趟她的单位，让她的领导做做工作，也许会有效果。”这时的陈兰满脑子都是罗亚芬，无人可以代替，她做梦都在想如何把她娶进赵家。

随后，两个人压低嗓门儿。

“看来也只能这样了，希望秋阳能理解咱们的良苦用心。”赵博叹了口气。

窗外，下起了雨，一阵哗哗声，扯破椒江上空的夜幕。

“该来的终究会来。”陈兰躺在床上久久无法入睡，近几月来，她几乎每晚都要借助安眠药才能合上眼。

“再这样下去，也不是个办法。”躺在一旁的赵博，也在思考着同样的问题。

这一夜，注定是不平静的。

第二天一早，陈兰挽着赵博的胳膊，搭上 108 路公交车往秦晴的单位赶去。赵博在车上神经紧绷，唯恐车开过了头。陈兰则四处张望，看着道路两旁的变化，仔仔细细地一站站比对着。下车后，一路询问，两个人终于到了秦晴所在的办公楼。

当徐局抬头看到一前一后走进办公室，继而走向自己的两位老人，他连忙上前招呼：“大伯、大妈，请问有什么事情需要我帮忙吗？”

“这位领导，我们是有一事请求你们帮助。事情是这样的，我儿子赵秋阳被你们局一个叫秦晴的勾搭上了。请组织出面找她谈话，让她不要再来纠缠我们家儿子了。她配不上秋阳，一个乡下来的姑娘，要素质没素质，要教养没教养的。再说了，我们家秋阳是打着灯笼都难找的小伙，要气质有气质，要相貌有相貌，无论谈吐与能力都是数一数二的。因为这事，我们吃不好睡不好的……”陈兰一边数落着秦晴的不是，一边扯了扯赵博的袖子。

“对对对，领导，事情就是这样子的。您看……”赵博赶忙接话。

“这是个人感情问题，人家有追求幸福的自由，我们不好出面干涉。如果没有别的事情，你们还是请回吧！”没等赵博说完，徐局便下了逐客令。对于他的手下秦晴，他是很了解的。一个才貌双全又有上进心的女孩，怎会被人说得如此不堪？

自从在秦晴单位碰了一鼻子灰后，陈兰想来想去，实在咽不下这口气，对秦晴更是咬牙切齿起来。

“有我在，她休想踏入这家门半步，更别说嫁进赵家了。”陈兰说着浑身发抖，情绪坏到极点。

“都这样了，如果你还要娶秦晴，除非爸妈都不在人世了。两条路，你任选其一。”陈兰继续愤愤地说。

面对抉择，赵秋阳心急如焚。

他很了解生养他的母亲，他更清楚，即便能说服父亲，到最后父亲还是会顺从他深爱的妻子。

在赵秋阳艰难抉择的当儿，秦晴因为赵博与陈兰大闹单位的事，被领导叫去谈话。她从紧张转为愤怒，再从愤怒转成忧虑，最后，她选择了冷静几个月，也是为了平息这场闹剧带来的风言风语。

秦晴去了北京，并将与赵秋阳有关的所有联系方式删除。

“等我回来，一切或许会有转机。秋阳，我们都要好好的，保重。”站在登机口，看着即将消失的台州小城，秦晴默念着。

秦晴：

冬天好！

之前，我已通过各种方式与你联系，均无果，只好用这最古老的方法找你。我想跟你说很多很多话，却不知从何说起。尽管“曾经沧海难为水，除却巫山不是云”，但现实告诉我，忠孝不能两全。我们不得不成了两条无法相交的平行线，让我们看着它们沿着各自的轨迹走下去，好吗？既然无法相守，那就放手吧！或许，这对于你我，都是一种解脱。忘了我，去寻找属于你的幸福。

秋阳

现实总是这样，它从不依照人的意志。赵秋阳无奈接受了罗亚芬抛出的爱的橄榄枝，仓促的程度如他写给秦晴的分手信。两个人的这份所谓的爱，是符合大多数人意愿的结局，是天赐的好姻缘，无论是声望、门第、权势，都很般配。而赵秋阳非常明白，这不是他要的爱。

那封信，静静地躺在秦晴家的报箱里，直到三个月后她从北京出差回到台州。那天，正是赵秋阳举行婚礼的日子。

对于秦晴来说，赵秋阳的这封绝交信，无疑是可笑的。她实在想不通：两个相爱的人，为什么会被人左右？即便那个无可挑剔的高平，都无法拆散这段情感，它怎么就被一个普通的女子活生生拆散了？

“我心里只有你，任何人都不可以拆散我们。”赵秋阳的手似乎还紧紧握着她的。秦晴不敢相信，她要多久才能忘记这双手曾经给予的温暖。

“你不会真丢下我，独自一人去寻欢吧？要是这样，我变成鬼都饶不了你的。”秦晴嗔怪道。

“不敢不敢，那样子我会遭雷劈的。”赵秋阳信誓旦旦着。誓言还能当真吗？秦晴拼命摇头，泪水夺眶而出。

“他也许是有苦衷的，这一定不是他的本意。我要找他认认真真地谈一次，了解事情的真相。”秦晴自说自话。

“秋阳，我们吵了那么多次，都没有分开。即便我一直一直地犯公主病，到最后，你都会原谅我。只因你的那份不舍得，也因我的这份舍不得。我要在你们互换戒指前赶到婚礼现场，我要问个究竟，究竟为什么要平白无故毁掉承诺？那是你和我两个人的承诺，你不可以单方面毁掉，不可以，就算你已成了别人的新郎，也不可以。”秦晴几近疯狂。

路上行人稀少，出租车更是没影。天下着大雨，已分不清脸上是雨水还是泪水的秦晴，往婚礼现场奔跑。

一对新人，在众人的祝福下走向庄严的神父。

“罗亚芬女士，你是否愿意嫁赵秋阳先生为妻，按照《圣经》的教训与他同住，在神面前和他结为一体，爱他、安慰他、尊重他、保护他，像你爱自己一样。不论他生病或是健康，富有或贫穷，始终忠于他，直到离开世界？”

“我愿意！”罗亚芬一脸幸福地回答。

“赵秋阳先生，你是否愿意娶罗亚芬女士为妻，按照《圣经》的教训与他同住，在神面前和她结为一体，爱她、安慰她、尊重她、保护他，像爱自己一样。不论她生病或是健康，富有或贫穷，始终忠于她，直到离开世界？”

“我不愿意！因为，我爱的人不是她！”说完，赵秋阳往教堂门口奔去。这辈子，他宁愿背弃所有，也要去找秦晴。在上帝面前，他再也无法欺骗自己。

秦晴也奔跑着，奔向秋阳。

离斑马线不远处的一条巷子里蹿出一辆宝马，司机低头在看手机。当他发现快速穿过斑马线的秦晴时，已来不及刹车。而秦晴继续飞奔着……用，她的身体，她的灵魂，她的仅有的鲜血。

草　花

草花，是我奶奶的名字。我从来没见过我奶奶，但从老一辈口中听过她不少的故事。这些故事，主要是听我的堂太公说的，堂太公是我奶奶的父亲的堂兄弟，活了一百零一岁，走过的桥比别人走过的路还多，肚子里的故事比东海里的鱼虾还多。

孩提时与小伙伴们玩耍，一遇到磕磕碰碰，便有小伙伴冲着我瞪眼，嘴上叫着“草花炒年糕”“草花炒年糕”，算是骂我。等我涨红脸急起来，捡起地上的小石头砸他们，小伙伴们便一哄而散，嘴上依然叫着“草花炒年糕”“草花炒年糕”。

这“草花炒年糕”，其实是浙东沿海的一种名小吃。草花是乡间的叫法，就是豆科植物紫云英，春天的江南乡间地头到处可见，猪呀、牛呀、羊呀各种家畜都喜欢吃，适口性很广。嫩叶刚长出的时候，农家也会割了来当菜蔬，用它炒年糕特别配，鲜嫩可口；谁家孩子有个咳嗽喉咙疼和疱疹出血之类，用新鲜草花榨的汁液喝一喝、洗一洗，病痛也就好了。在它还没开出一朵朵紫色的小花前，农家常会割些来切成段晒干储存，以备粮荒。

堂太公姓胡，大名叫胡江海，但四邻八舍都叫他“弹糊公”，背地里常称他“老弹糊”，甚至“弹糊米”。弹糊公就住我家隔壁，小时候我一有空就往隔壁钻，缠着弹糊公，要他讲故事。弹糊公无儿无女，老伴也早已过世，那时候虽已八十开外，但身体很硬朗，家里家外的都是自己拾掇。要是忙碌着，弹糊公就会瞪起那双圆鼓鼓的眼睛，轻轻呵斥一句：忙着呢，自己玩去；要是正好闲着，他会拉我过去坐在小竹椅上，让我用小拳头给他敲膝盖。弹糊公有痛风的毛病，主要在左右膝盖，把他敲舒服了，他就会眯着眼睛给我讲故事，主要讲我家祖上胡大成追随民族英雄戚继光在海门卫城打倭寇的故事，以及与倭寇有关的前前后后的故事。

弹糊公的故事讲得非常遥远，我常常听着听着就靠在他的膝盖上睡着了，醒来的时候，经常会是在自己家里。只有在弹糊公讲我奶奶的故事时，我从不打瞌睡，把耳朵竖得尖尖的，小手也往往停止了敲他的膝盖。

按照弹糊公的说法，在我祖上打倭寇二百七十多年之后，当年被打得落花流水、哭爹叫娘的倭寇的后代，又一次争先恐后地跑到中国来抢宝物。他们先是占了东北的大片疆土，继而炮击宛平城，又封锁了沿海所有港口，在海门港外海轮船上当水手长的我奶奶的父亲只得歇业在家。那时候，弹糊公在离码头不远的一所叫作海葭国民小学的学校里教书。

我奶奶的父亲胡江河就住在离海门卫城四里地的岩屿村的东头，有个独门独户、古色古香的小院子，那是先祖留下来的，胡江河是长房长孙；胡江海，也就是后来的弹糊公就住在小院子西边，他的爷爷就是胡江河的爷爷。胡江河媳妇死得早，膝下没有儿子，只有一个独生女儿叫草花，也就是我奶奶，那一年，她刚满十六岁。

草花出生在阳春三月，正是紫色的草花盛开的时节。胡江河当时刚从上海跑船回来，在码头附近碰到刚给学生上完课、正要到渔船码头上捡点小鱼小虾回家的堂弟胡江海。堂弟说他媳妇昨晚生了个女儿，胡江河一听，便兴冲冲地一路小跑着回村。路过村口草花地时，初为人父的他还折了一大把紫色的草花，喜滋滋地抱回家。

胡江海当时在码头边对胡江河隐瞒了一件重要的事情：草花的母亲在生草花时难产，原因是胎儿脐带绕颈，生了半日生不下来，久拖下去恐怕大小两条性命都难保。在那个年代，女人生孩子被比喻成过鬼门关。无奈之下，接生婆用一把大剪刀剪开草花母亲的会阴和阴道，在声嘶力竭中，失血过多的她拼尽了最后一丝力气。

胡江河抱着一大把紫色草花回到家里时，看到妻子躺在床上，已气若游丝，命悬一线。胡江河的堂弟媳，也就是胡江海的老婆守在床边，手里抱着哇哇直哭的草花。看到当家的回来，草花的母亲嘴角抽搐了几下，很想说点什么，但最终一句话也没有说出来，她用柔柔的目光看了眼胡江河和他手中抱着的草花，便撒手人寰。

胡江河一脉虽是长房，但一直人丁不旺。胡江河七八岁时就没了爹，十多岁时遇到一场罕见的洪潮，平地海水涌涨丈余，又把胡江河的妈给吞没了。胡江河是靠自己下河摸鱼虾吃长大的，因而也练就了一身好水性，能在八月十六涨大潮时游过五六里宽的滔滔椒江。胡江河长大后，先是以讨小海为生，后来贩过海鲜、挑过私盐，孤零零一人倒也无牵无挂。海门港开埠后，当地富商组建振市公司购买轮船经营海门到上海的航线，闻得胡江河是有名的“浪里白条”，便请他当了水手长。当水手长十来年，他不仅为轮船排除了不知多少的海上险情，还救援过无数海上遇险的船只，草花的母亲也是他前些年从海上救回来的。草花的外公外婆都死在了海上，草花的母亲无依无靠，索性就跟了胡江河。

胡江河要跑外海船，没得工夫照顾草花，就在同村找了个奶娘，每月一块大洋把草花完全托付给了她。奶娘有个儿子叫黑根，一周岁不到一点，那时刚刚断奶。

“叫啥名字？”胡江河把草花抱给奶娘时，奶娘问。

“就叫草花吧！”胡江河忖了忖说。

奶娘家境不太好，奶水不多，但照顾孩子蛮细心。胡江河心疼一出生就没了娘的女儿，每次跑船到上海，总是会到广东路上的爱兰汉百利公司买一包代乳粉，带回来交给奶娘，生怕草花饿着。

年复一年，草花出落成亭亭玉立的大姑娘了。也许是从小吃进口代乳粉的缘故，草花的皮肤白得惊人，身上该凸的地方凸，该凹的地方凹，一张俏脸恰似盛开的花儿，成了海门卫城周边十里八村出了名的美人。

由于草花出奇的漂亮，打从她十五岁开始，上门提亲的人就踏破了草花家的门槛。可不知道为什么，尽管上门的媒人走马灯似的来回不断，草花就是不松口。

草花十六岁那年春天，也就是胡江河歇业在家的时候，海门卫城里的头号大财主、振市公司董事长黄楚卿托媒人说合，想让草花做他的三儿媳妇。媒人说，只要草花同意，主家就会给胡江河三十亩好地，外带三百块现大洋。黄楚卿也是胡江河当水手长的轮船的大股东，人称“黄百万”，黄家托媒人来说合，胡江河自然兴高采烈，又听说给三十亩好地、三百块大洋，更是眉开眼笑，做了一碗有五个鸡蛋的点心给媒人吃，这在当地是最盛情、最客气的一种表达。

可任凭媒人说破了嘴皮子，草花就是不同意。

“你这个丫头片子，咋这样不知好歹，咱一个跑船做水鬼的人家有啥了不起呀！你要是跟了人家，穿金的戴银的，吃香的喝辣的，这一辈子都有享不完的福！”胡江河生气地说。

“不同意就是不同意，阿爹你再逼我，我就跳海去！”草花粉脸一红，脖子一扭，斩钉截铁地说。知女莫若父，自己闺女啥脾气自己最清楚，胡江河深知女儿说到做到，尽管三十亩好地和三百块大洋十分诱人，他还是没敢再说啥。

又过了两年，草花十八岁那年的冬天，经常有倭寇后代的飞机到海门卫城扔炸弹，挂着烂膏药旗的兵舰也时常开进椒江口横冲直撞。海门卫城驻军和船业协会便动员水手和劳工，在椒江口草坦浦一线用杉木和石块修筑起了一条封锁线，还在主航道上挖沉了十几艘旧机帆船，对海门港实施封港，那些日本兵舰就只能在椒江口外耀武扬威了。

转年春天，又到了紫色草花盛开的季节。一个深夜，两千多倭寇后代分乘小汽艇和橡皮船，偷偷地在海门卫城东门外当年戚继光将军操练“戚家军”的外沙登陆，前锋悄悄摸上岈庵岭，杀死了正在巡防的驻军指挥官蒋志英，占了海门卫城。从第二天一大早开始，倭寇的后代便大肆烧城，还捣毁了上年秋天海门卫城各界人士建造在市中心城门头的抗日阵亡将士纪念碑，把跪在纪念碑前的大汉奸汪精卫、陈璧君石像丢进卫城小北门旁边的一口深井中，又把深井填得铁铁实实。几天时间里，居民们死的死、伤的伤、逃的逃，繁华的海门卫城一下子变成了一座空城。

又过了些天，倭寇的后代开始到卫城周边的村庄里抓村民，让村民给他们修建岗楼。没多久，海门卫城东南西北四个城门的敌台都被加固成了高高的岗楼，离卫城西门四里地的岩屿村村头也赫然出现了一座岗楼。

岩屿村岗楼里住着二十多个倭寇的后代——那时候，中国人暗地里都称这些倭寇的后代为“鬼子”。岩屿村岗楼里的鬼子头目嘴上长着两撇小胡子，包括胡江河在内的岩屿村村民背地里给他起了一个绰号：两撇毛。

再过了一些日子，两撇毛带着鬼子在周边村庄到处抓壮丁，说是要将壮丁拉上轮船，运送到东瀛岛国去做劳工赚钱。一时间，岩屿村里人心惶惶。岩屿村的人心里都明白，不是“兔子不吃窝边草”，而是晚一些吃罢了，等到邻村的壮丁抓完，就会轮到岩屿村。

果然，这一天，两撇毛带着一班鬼子大摇大摆地进了岩屿村。刚刚当了村维持会会长的胡江海村前村后地敲锣鼓，好不容易将岩屿村的男女老少集合到了村前的操场上，草花和胡江河也在其中。操场的四周都是广阔的田垄，紫色的草花正开得一望无际。

胡江海那时三十多岁，是前阵子被拉去修建岗楼的村民之一，鬼子看他虽然长得斯斯文文，但干活很是卖力，又见其他修岗楼的村民对他恭恭敬敬，一问知是文化人，就让他当村维持会会长。胡江海先是不从，吃了两撇毛的两记耳光和另一个鬼子的三枪托子，只得勉强应承了。等胡江海回到村子里，就看见胡江河怒气冲冲地站在路旁。

“汉奸、狗腿子，辱没了杀倭寇的祖宗！”胡江海刚想说点什么，胡江河就左右开弓给了这个堂弟几记耳光。

两撇毛、一个胖墩墩的鬼子和一个塌鼻子的翻译站在人群对面，后面有十几个鬼子端着枪，枪上都是明晃晃的刺刀。

“乡……乡……亲们，请静一静、静一静，太……太君有事要跟大家说。”胡江海站在一旁，牙齿打战，一副战战兢兢的模样。

那两撇毛清清嗓子，站在人群前哇里哇啦地说了一通，到底说了些啥，村民们谁也不知道，胡江海也不知道。

“刚才太君说了，凡是三十岁以下的男人，统统地站出来，否则死啦死啦的有！”旁边的那个塌鼻子翻译说。

等了有五六分钟，人群中不见一点动静。

“我现在数数，一数到三，大家快快地站出来，要不……统统死啦死啦的有！”两撇毛用生硬的中国话说，然后重重地吐了口气，吹得嘴上的两撇小胡子一抖一抖的。

“一……二……三……”

两撇毛数完了，人群里还是没有一点动静。两撇毛气得鼓圆了嘴、瞪圆了眼睛，嘴上的两撇小胡子突突地跳个不停。

两撇毛气呼呼地朝旁边那个胖墩墩的鬼子努了努嘴，胖墩墩的鬼子点点头，随后抽出了长长的腰刀，走到排在前面的四十多岁的光棍汉曹阿狗跟前，高高地举起刀。

一道弧光闪过，只听“咔吧”一声，血光飞溅，胖墩墩的鬼子手起刀落，曹阿狗的一只胳膊硬生生地被砍了下来，掉到了地上。曹阿狗惨叫一声，昏倒在地。

人群中立马发出一阵惊叫，随后便开始骚动起来。都说鬼子到处祸害人，原先岩屿村的人也只是听说罢了，至于究竟怎样祸害人，大家还是第一次看到。

“老……老……少爷儿们，兄……兄弟们啊，快……快……快站出来吧，我求……求……你们了，快……站出来吧，我求……求……求你们了！”站在两撇毛旁边的胡江海双腿直打哆嗦，声音更颤抖了。于是，刘二站出来了，张三站出来了，李四站出来了……

很快，岩屿村的人们分成了两部分，一边是三十岁以下的精壮男人，一边是老老少少们。两撇毛得意地笑了，继续冲着人们哇里哇啦了一番。

“刚才太君说了，明天就来卡车，将你们这些年轻人先送往海门卫城，然后送上轮船到日本做工赚钱，听明白了吗？”塌鼻子翻译说。

“太君叫你造好名册，明天点名上车，少一个拿你是问。”塌鼻子翻译又指着胡江海说。一时间，场上很静，听得见田垄里风吹草花的瑟瑟声。村人们都沉默不语，胡江海站在一旁也不敢吭声。

“就是死也不能去日本做工！”忽然，年轻人群里冒出一个粗粗的声音，紧接着，一个敦实的小伙子站了出来。大家定睛一看，是黑根。

草花奶娘的儿子黑根长大后便一直在海门港码头做搬运工，海门港封港后，南来北往的船只都停了航，他便没了活路。

“我听别人说了，去日本做工，说到底就是卖苦力，不是啥好事体，别说赚不到钱，最后恐怕连国也回不来，累死在日本算完。

叫我说，宁可死在家门口，也比死在异国他乡好。死在日本，那可就成孤魂野鬼了！”黑根挥舞着拳头说。人群中顿起一片嗡嗡声，大家开始议论纷纷。塌鼻子翻译狠狠地瞪了黑根一眼，然后凑近两撇毛，哇里哇啦地说了一通。

“八嘎呀路！”两撇毛恼羞成怒，咬牙切齿地冲上前来，双手左右开弓，狠狠地扇了黑根两个响亮的耳光，鲜血立马从黑根的嘴角淌了下来。

黑根横眉怒目，破口大骂，一点也不示弱。

两撇毛摸摸小胡子，歪歪脑袋，晃晃屁股，听不懂黑根说的是啥。但他好像来了兴趣，腾出一只手和黑根比比画画，并示意旁边的塌鼻子翻译，好像非得弄明白黑根刚才说的话的含义。塌鼻子翻译有些尴尬，犹豫了一会儿后，还是和两撇毛哇里哇啦了一通。

“八嘎呀路！你的……你的良心的……大大的坏，死啦死啦的有！”两撇毛气得暴跳如雷，猛地抽出了长长的腰刀。只见他双手握刀，狞笑着向横眉怒目的黑根逼过去，恶狠狠地举起了刀。

“住手！”这时，一个清脆而有力的女人的声音突然响起，随后大家看到一个女人不顾一切地从人群中冲了出来。众人惊愕万分，睁大眼睛细看，见是村里出了名的漂亮闺女草花——我奶奶。

“你跟他说，只要放过黑根，放过岩屿村的人，不再祸害咱岩屿村，我可以长期伺候他！”草花走到两撇毛面前，露出了洁白的牙齿，柔柔地冲着两撇毛一笑，纤纤玉手指了一下黑根，又指了一下两撇毛，对塌鼻子翻译说。说这话的时候，草花的声音特别甜美，像是灌了蜜一般。

塌鼻子翻译一下愣住了，好大一会儿才回过神来。

两撇毛也愣住了，直勾勾地瞅着草花，眼珠子都变了色。瞅着瞅着，两撇毛嘴角的口水流了出来，手里的腰刀也不由自主地“当啷”一声掉在了地上。

塌鼻子翻译连续翻译了三遍，两撇毛好像才听明白。两撇毛眨巴眨巴眼睛，摸了一把口水，咧开嘴笑了。只见两撇毛色眯眯地伸出毛茸茸的右手，就要拧草花红扑扑的脸蛋。

“草花！”黑根大声疾呼，一个箭步冲上前，挡在了草花和两撇毛的中间。

“黑根哥，我的事情你不要管！”草花凄然地冲着黑根笑笑，猛地从怀中拽出一把剪刀，对准了自己的咽喉。

黑根惊呆了，胡江海惊呆了，塌鼻子翻译惊呆了，两撇毛惊呆了！

“你别强迫我，只要答应我的条件，我就会好好地伺候你。你不要忘了，中国有句俗话，强扭的瓜不甜，要是你不答应我的条件，我今天就死在这里！”草花两只漂亮的眼睛瞪得圆圆的，用手指着两撇毛说。

塌鼻子翻译连忙将草花的话给翻译过去。两撇毛怔怔地想了好一会儿，又和塌鼻子翻译哇里哇啦了一通。

“太君说了，他是菩萨心肠，慈悲为怀，他很佩服你，你的要求他可以答应。不过，等一会儿你必须和太君回岗楼去。”塌鼻子翻译笑眯眯地对草花说。

“我可以答应他，不过，他也得说话算数，不能反悔！”草花说。塌鼻子翻译将草花的话翻译了过去。两撇毛乐了，嘴里又是哇里哇啦一通。

“太君说了，只要你好好地伺候他，他说话绝对是算数的，不仅黑根不带走，你们岩屿村今后也会太平无事。”塌鼻子翻译说。

就这样，草花当天便跟着鬼子回了岗楼。

过了四五天，胡江河正坐在自家小院的屋檐下抽闷烟，远远看见草花回村里来了，后面跟着塌鼻子翻译和两个挑担的鬼子。

“你家女儿说了，好歹也是过门，坚持要选个好日子圆房，执拗好多天了。太君宽宏大量，今天让我送回来，明天再来接过去，你家女儿说明天是黄道吉日。喏，这些东西，是太君赏赐给你的。”待两个鬼子从担中取出两袋大米和一些罐头、糕点后，塌鼻子翻译对自顾自抽着闷烟的胡江河说。胡江河自始至终一句话也没有说。

待塌鼻子翻译和两个鬼子一走，草花就进了奶娘的家。第二天早上草花回家后，黑根也在岩屿村消失了。

第二天下午，塌鼻子翻译又来到岩屿村，后面跟着一顶两人抬的小花轿，把草花接回岗楼。

从此，岩屿村出现了难得的平静。

岗楼就在岩屿村村口，离家很近，但草花大部分时间在岗楼里待着不出来，隔半月二十天才出岗楼回家看望自己的父亲一次，捎带着一些罐头、糕点之类的。村人们看到草花时，发现她憔悴了不少，原本红扑扑的嫩脸蛋没有了光泽，目光有时候还痴痴呆呆的。而一见草花回家，胡江河就抱着脑袋叹气，一声接着一声。

渐渐地，村人们发现草花的肚子大起来了。再后来，草花怀里就多出了一个吃奶的男婴。

两撇毛原本很少出岗楼来走动，但显然他很喜欢草花怀中的这个男婴，村人们时常看到他抱着婴儿与表情麻木的草花在岩屿村口的小河边散步。两撇毛一边抱着婴儿，一边亲婴儿的脸蛋，一边亲一边乐，乐得两撇胡子直打战。村人们看到这般情景，就在心里一个劲儿地叹气。

不知不觉，几年的时间就过去了。

1945 年大暑过后的一天傍晚，天气异常闷热，岩屿村的人们发现村口通往海门卫城的道路上都是鬼子，成千上万数不清的鬼子，光担架队就长溜溜的看不到边，估计是从哪儿吃了败仗撤退过来的，都涌进了海门卫城。不几天，岩屿村的村民就听到海门卫城里不断有爆炸声传出来，还时不时地看到燃起的浓烟和熊熊火光，大家都躲在家中不敢露面。

一日，岩屿村有人发现村口岗楼里的鬼子突然撤走了，草花也领着已经四五岁的小男孩回到了村里，一副越发憔悴的模样，有人向她打听岗楼里的鬼子去哪儿了，草花也不吭声。

等过了好些天，海门卫城里传来噼里啪啦的声响，而且一直响个不停。岩屿村的人们起初以为又在开仗，但仔细听听好像又不是，比开仗时的声响还要响亮。有胆大的村人进卫城打探，才知那是鞭炮声，说是鬼子投降了。还听说前些日子，大批鬼子溃败过境，在卫城里待了几天，临走时炸了海门港的码头、船舶和库场，烧了海门民众教育馆、惠民医院、东山中学和几所小学堂。

鬼子真的投降了！这下，岩屿村的村民们才彻底放下了心。

也是打这时候起，村人们看到草花，眼睛里全是鄙夷之色。有的在村里看见胡江河，就说："行啊，你福分不浅呀，有管你叫姥爷的了，还是个日本崽呢！"已经回到海门港"茂利轮"当水手长的胡江河无言以对，面红耳赤，本来有些驼的背变得更驼了。

“贱货，你怎么不跟着去日本呀？”

“骚货，你还活着干啥呢！”草花走在路上，就有村人指着她骂，有的还冲着她吐唾沫。这时候，草花总是低下头，一声不吭，而跟在她身后的小男孩，常常会被吓得哇哇大哭。

时间一长，面对村人的唾沫和嘲讽，草花也无所谓了。于是，村人就骂她是天生的婊子、破鞋。

有一天黄昏，草花和刚跑海船回来的胡江河在院子里争吵了起来。

“我就是要掐死他，一个日本小杂种，掐死他也不犯法！”胡江河暴跳如雷。草花不言不语，只是坐在旁边一个劲儿地哭。

“你这个不要脸的，船上的、村里的人都有事没事地说说我，‘你上代是跟着戚大将军打倭寇的，现在倒好，做倭寇的亲外公了。’你这个不要脸的，我的老脸都让你丢尽了！”胡江河接着骂道。草花还是不言语，坐在旁边一个劲儿地哭。

“我怎么生了你这个不要脸的，你快滚吧，快去死吧！”

“你让我滚我就滚呀？你让我死我就死呀？我就是不滚，我就是不死！”这下草花不哭了，梗着脖子说。胡江河气得一屁股坐在地上，驼着背一个劲儿地喘着粗气。

那天晚上，住在隔壁院子的胡江海悄悄地溜了过来，对依然喘着粗气的胡江河说：“大哥呀，你也不要责怪草花了，没有她，咱们村多少人家早就没了活路呀！”

“滚，你个辱没祖宗的狗汉奸！”胡江河挺起驼着的背，眼睛一瞪骂道。胡江海脸一红，没趣地走了。

再后来的一天，一个人骑着一匹高头大马进了村子。有眼尖的村人认出，那骑马的人便是黑根。黑根没进自己的家门，而是在草花家门口下了马，把马拴在木头桩上，大步流星地走进了院子。

一会儿，黑根就和草花在院子里吵了起来。

“你说孩子是我的，就是我的吗？我怎么会相信呢！”

“黑根，你还是人吗？我是完完好好给你的呀！”草花恨声恨气地说。

“你拿什么做凭证呀？”

“跟你说过了，那两撇毛有枪没子弹，提着水枪喷不出水！”草花提高了嗓门儿。

“这种事体，谁知道呢！”黑根的嗓门儿也大了起来。

“黑根，你不是人，你当初发的誓让狗给吃了！”草花用手指着黑根的鼻子大骂。

“你这个破烂货，你以为你还是当初的草花呀？我只困了一夜，小鬼子困了那么长时间，我就是不娶你！”黑根嗓门儿也提高了八度。

“你不是人，你不是人！”草花顺手抄起身边的一把扫帚扑打黑根，黑根急忙躲闪到一边，草花扑了个空。躲过扫帚的黑根狠狠地瞥了草花一眼，然后扭头大步出了院子。

草花追出了家门，看着黑根骑马远去的背影，呆呆地坐在地上，昔日那一声声“草花”，依稀回荡在耳边……

十　年

我十七岁时的理想是做大学教授的保姆，在家就可以免费上大学。我还有另外的选择，那就是揽有钱小夫妻的家务活，关键是得找忙得没时间生孩子的那种，我就可以天天待在别墅里听音乐，手舞足蹈后毫无旋律可言地东擦擦西擦擦，乐此不疲。别想歪了，我是在愉悦的心境中擦地板。哪天出太阳了，选择早九点，下午三点坐阳台上晒会儿，也可以抱着主人家的狗狗一起晒，不伤皮肤不缺钙，多好！哪天下雨了就独自漫步，毫无目的，因为那时的理想中没有恋爱这回事儿。当有一天我恋爱了，理想的灯塔瞬间倒塌，树立贤妻良母的形象是必须在自个儿家里才能完成的，所以，我的保姆梦就这样破碎一地。如今的我也没成为贤妻良母，倒能做得一手好菜。

我不算吃货，但品尝自己做的菜是幸福的，而作为台州人，尝尽台州小吃也算是一种幸福。玉环、天台、三门、仙居四县离我比较远，三区两市的小吃我是尝了又尝。

临海国贸大酒店的糖排使我永生难忘，却成了唯一的一次，因为后来每次去点这道菜，回答都是“没有”。为什么没有呢？我一遍遍地问着，答案是“不知道”。换厨师了吧，新厨师不会做这道菜。后来，我就开始在蒋招娣小吃店喝豆腐汤，鲜滑爽口的味儿一重重地绕着舌根。

此时此刻，我就站在国贸大酒店门口。不为寻糖排的踪迹，也不为豆腐汤，听的是书法家卢老的讲座，却是为了看想象中的朱老，最好要张我与他的合影。没错，两老一块儿来的，卢老也是大师，这讲座我倒也乐意听。

书法讲座就设在临海国贸大酒店国贸厅。我进去那会儿，国贸厅除了卢老的声如洪钟，上句接下句的间隔是连根针掉地上都能听到的。真不忍心打扰这份尊重与执着的合体气氛，于是我便猫着身子从后门进去。

“我忘了带笔记，你有没有本子借我一下？”座位与我靠边的女子轻声问道。见我摊开手一副无奈的样子，便捂着嘴吃吃地笑起来。她叫蓉儿，平常喜欢在家自由篆刻。

大家都在做笔记，我目的太明显，干脆连做作都省了。

“在文学上，有‘不以字害词，不以词害意’之说，原话出自《红楼梦》，引用到书法里，就成了‘不以字害行，不以行害篇’，因此，在某种意义上，书法与文学道理一致。”卢老将句子引申加以概括。总是有一句没一句地听着，我开始百无聊赖。

环视四周……

振！是他！在我毫无准备的情况下，振出现了，依然旧时模样。我的瞳孔开始跌撞，仅是几秒的震撼，我便安静下来，应该说是不得不安静。

“骆安，你去哪里？说好大家一起吃饭的，你可不能做逃兵！”好不容易挨到讲座结束。我飞也似的往外跑，却被陶然叫住。陶然，新同学之一，爱好书法的业余诗人，满脸络腮胡的他看起来很凶。我张了张嘴，竟说不出话来。若不解释，那是看不起这帮新同学，想解释，却苦于没词。尴尬一阵接着一阵。

中餐，我避开了振那一桌。饭后，大家临时组队去买练笔的工具。市书法协会主席的助理小郑介绍大家去太平天国，队伍藕断丝连般前进着。小店里书法用品琳琅满目，我如刘姥姥进大观园，这个摸摸那个瞅瞅。振跟着进来，坐在店主的藤椅上窝着身子玩手机。凝视眼前这个熟悉而又陌生的男人，思绪将我拉回到十年前……

那天，哥哥的朋友振，意外地出现在我学校门口。振是个不修边幅的人，打小我对他便是如此印象，好在他模样秀气，才显得不那么邋遢。振告诉我，他是替哥哥来照顾我的，这件事情让我觉得非常意外，如果真是哥哥的意思，我当然能理解。

骆伟——我的哥哥，国字脸，高鼻梁，五官长得很俊，虽不够强壮，但在我心目中一直是个顶天立地的男子汉。我尊敬他、崇拜他、爱他，却也怕他，怕做了坏事哥就不再保护我了。所以，对于哥哥讲出来的话，我都会老老实实地听着并且做到，不敢有一丝违抗之意。虽然对哥哥又敬又怕，但他除了对我比较严格外还是很疼我的。正因为对我的这份疼爱，也正因为一如既往的关心与照顾，哥哥便成了亲人中与我最亲近的人。在我的眼里乃至心里，哥哥都是一个神，圣洁、庄严，伟大的集聪慧美好于一身的神。

哥哥去读师范后的日子，我第一次知道了什么叫想念。记得想念哥哥时就会想起电话，很想听哥哥说话的声音。这当然是不可能实现的，那时家里没有电话，就是有也不可能打，因为电话费很贵。哥哥很少回家，知道是因为忙，也是因为来回路上要花钱。常常算着日子等哥哥的经历使我至今清楚记得，虽然哥哥的学校就在邻县，他却通常要两个月以上才回一次家。

那时，每家每户都有很多孩子，三个是最普遍的，最多的甚至有十几个。孩子多了，务农的爸妈就会记不住他们的名字，只是按年份“老大”“老二”“老三”地叫。哥哥是家中的老大，姐姐是老二，我是家中最小的孩子。我姓骆，单名安，寓意一生平安。我很调皮，像个假小子，一直在家中扮演不安分的角色，所以家人都安安长安安短地叠起来叫着，希望我更安分一些。我很喜欢大家这样叫，觉得亲切，不管谁让我受了委屈，只要叫我一声“安安”，我便会生不起气来。小时候的我认为“安安”是平平安安的意思，长大些后，“安安”成了安心、安慰、安抚、安稳，反正都是好词。如今的“安安”已经没有确切的意思，只是大家叫惯的小名。

老大与老小会有心灵感应。我小学毕业那阵子，看见那几个骑着自行车从镇上来回的中学生，羡慕得要死。想到自己也要上初中，天天来回走六七里路，就忍不住一再地做起自行车梦。我知道那是奢侈的，也就对谁也不敢说出口。记得是一个傍晚，哥哥推着一辆小飞达自行车停到家门口的院子里，车篮里还放着崭新的一件 T 恤和一条牛仔短裤。家人几句议论就让我明白，哥哥把他赚的第一笔钱——工作后第一个月的工资，全部买成送给小妹的礼物！哥哥刚从师范毕业，当时工资很低，什么杂七杂八的福利加上基本工资，也只有四百六十元。不管在当时的城里还是乡下，自行车都是半大学生最主要的交通工具，哥哥好比是给我送来了一双脚。如果能顺利考上镇中学的火箭班，那这份礼物就更能体现它的价值。

新浇没几天的水泥地白晃晃的，映衬着自行车靓丽的天蓝色和车篮里洁净的衣色，一种尖锐的气息直往我鼻子里钻。我喉头作梗，鼻子酸酸的难受，或许那时候的我根本不知道感动到底是什么，也不知道鼻子酸酸其实代表着一种感动。

那时人们穷，孩子们很少有新衣服穿，乡下的老小更是少有新衣，即便是春节到了也未必有新衣服。记得没到学龄那会儿，跟小伙伴们玩时，常听到做小弟小妹的抱怨过年没新衣穿，只能穿哥哥姐姐退下来的旧衣服，我却从来没有这种抱怨。农家的男娃习惯穿兄长穿小的衣服，而女娃自然而然是穿姐姐们退下来的衣服，这样能为家里节省开支。大多数的孩子虽抱怨，却不得不接受自己是老小便要穿旧衣服的事实。对于退下来的旧衣服，我更喜欢穿哥哥的，穿上就觉得自己也沾了他的潇洒英俊、可敬可爱。特别是那件旧中山装，我成天舍不得脱下来，还没事找事地到人前走来走去，虽然那时的我并不知道炫耀是什么。

乡下的孩子不同于城里的孩子。先不说城里的孩子每个季度都有新衣服穿，还不用干农活，他们除了读书就是玩耍，还能在周末或闲时学点兴趣什么的。农村的孩子年纪稍大些后，就得帮着爸妈做家务，帮家里劳动是农家孩子理所当然要承担的义务。挑担、拾柴火、割猪草，都是家常便饭的活，对于头痛脑热等常用的草药也都熟悉。有时小伙伴们会在给兔子割嫩草或为自家餐桌添些野菜时，顺便也会在半山腰或水田间拔些草药，以备不时之需。因为一旦生病上医院，就得花去一两元钱，那时的两元钱估计能当现在的一百元来用，因此得了小病的农家人自己熬些土方子喝便作罢！那时候，哥哥在县城上中学，周末回家经常带我去山里田间割猪草、采草药。他干活的时候总是非常卖力，每次都想满载而归，在劳动中途自己从不休息，却总是对我说：“歇着吧，不差你这点！”

家旁边是一所小学，姐姐骆丽就在那儿上学。家里开了小卖部，学生们贪嘴时会将爸妈给的一分两分钱拿来买吃的，炒豆、花生、瓜子之类的干果在当时最普遍。我家卖的东西挺多，不仅有山楂条、麦芽糖、牛皮糖，还有饼干等，一分两分钱就能抓一大把的食品多得要命，五分以上的就是妈妈舍不得给自家孩子吃的。普通松花蛋现在卖一元一个或者更贵，那时卖六分钱。家里卖得最贵的也就五毛八毛的，大概是一些生活用品。小卖部里有一排柜子，装零食的罐子放在姐姐踮起脚尖才能够得着的柜子上，我想偷吃就得搬张小凳子过来，显得异常笨拙。放学后，姐姐就如老鼠偷米，将罐子翻个遍也吃个遍。不过姐妹俩只敢吃那么一点点，多了怕被妈妈发现后挨打。我人小也没姐姐那么贪吃，被逮住的机会却十有八九。每次偷吃，姐姐一发现情况不妙便溜之大吉，留下柜子一般高矮的我被硬生生扯出来，嘴里还塞着作案时留下来的证据。被人赃俱获的我经常挨打，姐姐总是喜欢在旁边叽叽喳喳地解释自己没偷吃，然后煽风点火说：“都是安安嘴馋！”虽然，那时的姐姐还很小，并不懂“挑拨离间”的意思。

因为那时家庭经济实在太紧，加上我又只是一个女孩吧，尽管我在读中小学时常常拿这奖那奖，但初中毕业那年，爸妈还是不再想让我读书。哥哥急眼了，怂恿我去考城里的师范，还说，就是向朋友借钱也要供我读书。现在想来，我怎么感激哥都是应该的，可那时的我是多幼稚、多不懂事理呀！我对哥说的继续读书的重要道理一句也没往心里去，我之所以听从他的意见积极地去应考，只因为哥那时就在城里教书，只因为耳朵里深深听进了哥哥的一句话："你能考进去的话，哥每个周末到学校看你！"

"安安，你在想什么？"振对着发呆的我问道。

"没什么。"我笑笑。他真是受哥哥的委托来照顾我的吗？为什么哥自己没来？那时的家里没有安装电话，我没有求证的基本条件。我知道哥哥在学校很忙，也很少回家，便将信将疑地接受了振的一餐饭，很多年前我就知道他是哥哥的朋友，况且肚子确实很饿。

吃完饭后，振用摩托车驮着我朝学校开去。和着摩托的马达，振大声告诉我，这车名叫"大绵羊"，三万元一辆。我将嘴巴张得老大，在我听来，那是个天文数字。或许，十几岁正是自尊心最强的时候。我并没让振发现自己吃惊的表情，也没任何羡慕嫉妒恨的言语，更何况我心目中的神只有一个。振没再说话，专注地把着那"羊头"，生怕一个不小心"羊头"连人滚倒。

一路上无语。

"哥为什么不来看我？哥承诺安安的事情，还能找别人来代替？来城里上学已经很久很久了，哪里再有哥的旧衣服？哪里再有哥的小飞达？人要是能不长大，能永远待在乡下，多好！"我的脑海中又闪过哥哥的音容笑貌。

快到学校门口了，我背好书包准备下车，振却没有停下来的意思。在他猛踩油门从校门口飞驰而过的一刹那，我的细胞被吓死一大半，不祥的预感以虚线状态描下形状。

车子在永宁公园停下。公园里三三两两坐着乘凉的人，有窃窃私语的，有交头接耳的，更有卿卿我我的，各种目的、各式姿态的一对对。

“这样的夜晚、这样的月色、这样的你，真让人心动不已！”振近乎贪婪的看着我的脸，眼神迷离的程度严重毁灭了他的形象。这种眼神、这种语调，已超出了“替代哥哥”该有的界限。他是另有所图？碍于面子，我并没有露出鄙夷的神情，只是回家求证的事情可以就此放下了。

应届毕业生开始实习。等待毕业，等待分配，等待未来的生活，等待一切的一切。

我在黄岩城关一所小学实习，担任舞蹈教师职务。生活是单调的，闲时翻翻书给自己充电，这精神世界倒是丰富多彩。

振还是每周三次定时来看我，我对他总是很冷淡。终究还是没有拒绝他来看望的好意，因为是哥哥的朋友，也因为他并没有侵犯自己。对于我的冷漠，振也不介意，每次总是笑呵呵地领着我去吃饭，然后把着他的“羊头”送我回来。有时也会去永宁公园坐坐，跟我讲一些他和哥哥曾经在一起时的趣事。

“我见他的每一次，单单是为了听哥哥的趣事吗？”我摇摇头。

“因为能听到哥哥的趣事，我竟会被他吸引？”我再次摇头。

“难道我是喜欢他了？他大我那么多，我怎么可能喜欢他？”我继续摇头，拼命甩掉那些可怕的念想。

毕业前夕，振领着我去老地方吃饭，还是把着他那昂贵的“羊头”送我回来。这次他同第一次送我回来那样猛踩油门，从我的学校门口飞驰而过。青年路过了、天长路过了、印山路过了，一直到十里铺我才发现路不对劲，车是开往路桥方向的。

“他并不是去永宁江边给我讲故事。他要载我去路桥吗？去路桥做什么？”我的疑问太多。没经理清，振的大绵羊便进了一高级公寓区。将车泊好，振的食指在我面前使劲晃了几下，我回过神张了张嘴，竟不知说什么好。

“这是哪儿？为什么带我来这里？”沉默几分钟后，我轻声问道，声音里并没有透着紧张。他是哥哥的朋友，我要相信他的，不是吗？

“跟我来！”振近乎霸道地拉过我的手，不许我甩开。

那是他的家，有爸爸，还有当警察的弟弟。我的脸开始发烫，连着耳朵都是火辣辣的。看着我的表情，振也不好意思起来，眼神却是温柔的。他这一别扭，我可乐了，一个将近三十的大男孩，做了一件自编自导的自以为轰轰烈烈的事情还会害臊？

看着他井井有条的书房、客厅、卧房，甚至卫生间，真的很难想象男人还会如此细心。好感往往是在不知不觉中产生继而滋长的，我的好感也是如此。

“他，竟然连续几年获得中国青年书法一等奖，原来他并不是那个只懂得贪婪的好色之徒。”看着那些书法获奖证书，我的思绪翻江倒海。

“我真不知道应该把你捧在手里宠着好，还是放在心里疼着好。”振含情脉脉地牵起我的手，继而用手掌合起我的双手。

脸，又开始烧起来。

自懂事起，我从未有过跟一个男人彼此靠得这么近的经历，包括爸爸和哥哥。除中学时收到过几封无聊的情书之外，我的情感世界几近空白。脸一直烧，估计不止 40℃。振将我揽入怀中，迅速吻住了我的嘴唇，毫无防备的我被惊慌恐惧驱使着，便使劲推他，却被箍得更紧。

“动一下，房间里的灯丝就会灭掉，你就什么都看不见了。”振的嘴唇贴着我的耳垂，声音柔和到让人无法抗拒。打小我就怕黑，狼外婆的噩梦没少做。我只能一直跟尊雕像似的任由振亲吻我的发梢、我的唇、我的脸、脖子、耳根。我的嘴角开始变咸，脑袋嗡嗡作响。

“你怎么了？”振停止他的疯狂举动，慌张地用近乎颤抖的声音问道。

“你不是说代替我哥来照顾我的吗？你就是这样照顾的？”我的泪无休止地掉。

“不是的，安安！我是情不自禁地爱上了你，那是我离开老家多年后第一次看到你，没想到你已长得亭亭玉立。我是老了，为了让自己能同样被你爱上，我只得找借口接近你啊，小傻瓜！”振拼命解释着他的初衷，慌乱地用手擦我的脸。

“你骗我当然有你的理由。我是大人了，不是以前你来我家时看到的那个小女孩，你应该准确地告诉我你的想法，不是吗？”振突显的卑微让我开始后悔刚才的指责。停止唐突行为，振又开始跟我讲起他与哥哥之间的事情——他们相处融洽。如果哥哥知道他今天的行为，还会觉得振是他无话不谈的挚友吗？

“我想娶你，我要娶你！”振将我抱起。

“你干吗？”突如其来的动作吓到了我。

“相信我，接受我好吗？我知道你也是喜欢我的，不要拒绝我，不要拒绝自己的感觉，好吗？”振温柔地把我放下，亲了亲我的额头。

“我最怕过不了你爸妈那关，毕竟我年长十几岁。”在我面前，只有说到年龄问题，振才会自卑。

“你真想娶我吗？不要骗我，更不要假装对我好，我很傻，会当真的！”我是原本就喜欢他，还是被他的真诚彻底打垮了？我竟然在此刻天真地幻想起小女孩将要做新娘的情景，因为自己的想法，我再一次惊慌。

“不管你是否相信我对你的爱，我发誓，此生非你不娶！”振举着手信誓旦旦，眼中满是柔情。

“爱情来了吗？如果是，一切美好不会远！”我的鼻子开始发酸，一股从未有过的温馨与感动猛烈而迅速地覆盖着整个心脏。如果振真有这样的决心，我又怎会辜负这一片似海深情？即使掉泪，那也是喜极而泣，并不丢脸。

暑假——矛盾与快乐共存的假期，唯独没有对振的思念，但我没忘记答应振的事情。或许，我的思念是分裂着的，我的思一直跟念无关。我不知道自己是否真的如爸妈所说还没长大，所以不知道爱情到底是什么？一个半大的孩子，自然就不懂得相思成灾是怎么一回事。

磨了一天一夜的嘴皮子，双亲终究拗不过我，答应我与振交往。没过几天，我就开始矛盾：这个我连想都不会想的人，应该嫁吗？我该这么草率地决定自己的终身大事吗？更何况他还要等我好多年，他愿意等吗？

哥哥忙完学校的事情回家时，正遇我在矛盾中挣扎。妈妈一时嘴快，将我与振的事情告诉了他。没想到哥哥听后大发雷霆，从小到大，我没见他发过这么大的火。

“他就知道骗小孩子，也不想想自己都能做人家的叔叔了，真是没脸皮的家伙！”哥哥愤怒的样子着实吓人。他们俩不是很要好的朋友吗？怎会如此计较好朋友与妹妹的交往？

“你们不是朋友吗？他人品不好吗，还是其他方面有问题？只要对安安好，差一轮也没事的！”对于哥哥的态度，妈妈着急地问。

“不是他不好，也无关人品，而是我对他这个人太了解。他的眼光高得没看上过哪个女孩子，你说他是看上安安哪点了？难道他们这绝对有代沟的年龄，会冷不丁出现‘志同道合、心心相印’？还不是看她年纪小什么都不懂，糊弄几天！”哥哥继续着他的愤愤不平，一副眼珠濒临爆裂的模样。哥哥恐怖的一面，迫使我将自己关到房间里。他自以为是的保护对我造成一种深深的伤害，原来，我在哥哥眼里是差劲到没啥优点的人，而我却一如既往地崇拜着他，把他当成神。这个很多时候都表现出大男子主义的小男人，不知是因为他的过激，还是因为要维护家里唯一的儿子的威严，爸妈答应我的事情就这样不了了之。不争的事实告诉我：在这个家，老大是说话最有分量的人，而老小该无条件服从。

我和振失去了所有的联系。我不知道振有没有想过来找我，那会儿时兴 BB 机，而我没有，家里又一直没安装电话，振就是想找我也找不到。哥哥的话犹如芒刺在背，严重刺伤我的自尊，谁都没有顾及受伤害的我，最可耻的是我自己也产生了配不上振的念头，思念却在一切皆无可能的情况下似有若无地膨胀起来……

我不知道——原来孤单是思念家时连呼吸也会痛；原来一个孤独的人可以一眼看到自己的一辈子。

在忙碌而充实的新单位里，我度过了宝贵的一学期。当然了，根据消极的一面来讲，也耗掉了如花人生的半个年头。

“难道就要这样度过我的一辈子吗？”我很苦恼。

记得小时候，妈妈拿我的生辰八字给算命先生，据说骨头很重，如果是男孩，肯定是宰相命。那时虽然不相信算命的，可着实也因为自己是女孩耿耿于怀了好久。现在的我是否还在继续这种想法？我不知道，或许是太忙碌也太孤单了吧！

想家是必然的。春节回家看望爸妈是每个儿女的职责，我也不例外地回来了。家，地处台州西部山区，那儿风景很好，可谓山清水秀。从城里搭公共汽车到小镇要一个小时的车程，班次相隔二十分钟。车很少，节假日回老家的人却很多，我从 9 点半开始排队，一直到 11 点才坐上车。

饥肠辘辘的我下车后直奔车站的小吃摊。说是小吃摊，其实除了卖几口大锅煮起来的红薯、土豆、玉米棒，也就不超过五种食物。我掏出五毛钱，拿起一个玉米棒张嘴就啃，惹得小吃摊的老板娘一个劲儿地笑。

“慢慢吃，别噎着！”老板娘笑眯眯地说。看着她慈祥的笑，突然好想妈妈，于是一边吃一边小跑起来。记得小时候爸妈说过，刚吃完东西是不能跑的。正想着，胃就开始痛起来，在忍受饥饿后又遭遇疼痛，我不得不放慢脚步，用手捂着肚子。为了分散注意力，我看着沿途溪水与两旁的青山，往家里磨蹭着。

家所在的小镇居民村分布很散，相邻的两个村子最近的路程也有半公里，途中都是村民的自留地。每个村子几十里方圆，从自个儿村口走遍整个村子的小路，按正常速度起码要走上个把小时。好在我家房子建在村口，只需步行两公里路。这段路曾经是石头和着泥巴筑起的，遇上下雨天行人更是苦不堪言，在哥哥姐姐踏了很多年之后，我又在上面接着踏了很多年。不管小时候在外念书还是如今已参加工作，每次下车经过这条泥路走回家时，我都会思考同一个问题：等我有钱了，一定带领村子里的人捐款，将通往车站的路修成水泥路。可惜我一直没钱，家里也没有够修路的一大笔钱，原先家里的钱除了供兄妹仨念书，其余的贴补家用。总之，我的愿望始终未能实现，好在乡政府几年前将各村的主干道都铺了柏油，我这月光族的心才稍微舒坦些。现在兄妹仨都自食其力，用不着再让爸妈掏钱，可哥哥年纪不小了，也该张罗着娶房媳妇，因此家里的钱都用在刀刃上。

那会儿，老家兴建房子，据说一两万便能建毛坯房，还能将上上下下的门窗安好。但凡家有万把块的村民都去东拼西凑，之后便大兴土木。我不知道家里是否准备建新房，只知道爸妈从不欠债，家里有多少钱就能当多少用。眼看别家的新房子扶摇直上，却不见砌房的砖头从村口往自个儿家门前运。

“新房一造，老房子就没了，能住还不是一样？”平时很要面子的父亲在此刻显得很随意。以往的他崇尚：别人没有的，可以有；别人有的，必须有。

“是啊，如果拆掉，以前的就没了，新的又陌生。”妈妈总是随声附和。是家里真的没钱，还是哥哥没有合适的对象，所以不急着造房子？想着姐姐也到该做嫁衣裳的年纪，哥哥就不急吗？三年前，姐姐的对象就将定亲礼送进家，从而成了我的准姐夫。准姐夫是城里人，倒不介意谁先娶谁先嫁的问题，但农村的孩子成年后结婚都有老二跟老大，老三跟老二的习俗。哥哥哪怕不急也要为自己的大妹想想，总不会等着花朵般的妹妹人老珠黄后再离开娘家吧？

正想着，大老远就看见石桥后小瓦房前站着半年没见的双亲和几个月不见的姐姐。我三步并作两步地往家里赶去。石桥依旧古韵，小瓦房依旧温馨，姐姐依旧美丽，只是爸妈苍老了许多。虽然脸上挂着笑，嘴巴合不拢，但愉悦的表情总是遮盖不住他们的憔悴。

“回来了，回来了！”妈妈一直重复说着。想必是开心的，终究是长大的女儿，不再像小时候不听话时那样打骂。

“又一个春节了，爸爸还是没将小瓦房变成大洋房。唉，看来哥哥不急，谁都急不了。”看着双亲，我眼圈红红的，有种想哭的冲动，于是大声嚷嚷着，以此掩盖自己即将夺眶而出的眼泪。

“你哥有对象咯，他特挑，现在终于有合适的女孩子跟他处了。你别老嚷嚷，小心你哥揍你。”妈妈怜爱地白了我一眼。在我的记忆长河里，妈妈很美，却一直强悍而唠叨。小时候的我几乎天天被打，有时候甚至是莫名其妙地挨打，那时觉得妈妈并不爱我。年轻时，爸爸因为妈妈的唠叨而产生过跟她分开的想法。这种唠叨延续到现在已经成了一种福音，是每个孩子回家后的幸福见证。

“哈哈，哥哥终于有人要了，这是多年来听到的最好的消息。”听到哥哥终于有了好对象，我一时嘴张得老大，半分钟都合不回来，还特地将眼睛瞪得铜铃般，引来哄堂大笑。这洋溢着的幸福与美满，并不显得我的哗众取宠有多么可笑，有的只是开心再开心！

“别逗了，哥哥是因为一直看不上别的女孩，才迟迟没有女朋友的，说得哥是没人要现在终于有着落了似的。你呀！进屋吧！”姐姐挽着我的胳膊，顺势也白了我一眼。

开心地环视四周，屋子虽破，却充满温馨的气息。在外自力更生是痛并快乐着，而回家只有快乐。

“我回来了！”哥哥出现在门口，身边多了一位大方得体的女孩。准嫂子，辛岚——很好听的名字。我没敢仔细打量这个迟迟才闯入哥哥感情世界的女孩，但眼睛的余光告诉我，这个女孩脸蛋清秀，身材苗条。这准嫂子的性格我不想研究，据说是个很开朗的女孩，开朗的人总是好的，至少家里的气氛不会因此而僵硬。

“安安怕是午饭没吃好吧？晚饭还早着呢，我买了一箱苹果，你先吃个填填肚子。”姐姐说着进屋帮我挑了个，连着水果刀一并递给我。看着小碗般大的红富士，不免想起小时候，那时的水果除了橘子、枇杷就是甘蔗。记得第一次吃菠萝，还是邻居家在南京工作的亲戚带回来的，才分得几片尝尝。

“妈，垃圾桶呢？”找了老半天，就是没见家里有垃圾桶。

“哎呀，不知被咱家那使坏的狗叼到哪里去了，你就削在门口好了，待会儿扫一下就行。”妈妈唠叨着小狗，让我到门口去。农村没有将垃圾扔在垃圾桶里的习惯，除了将经过五脏六腑重重利用后的废物送到茅坑里，其他的可以用“一塌糊涂”来形容。家里的垃圾桶是去年暑假姐姐带回来的，区区一垃圾桶，又怎能迅速培养出卫生习惯？

骆天祥——我的爸爸，他是个老烟枪，抽烟没命儿抽的时候，是一天只要一根火柴就可以的，只要抽完的这根烟屁股对着另一根还没开始抽的烟，就可以解决用火问题。爸爸的烟头总是乱扔，他的烟头不仅影响周围的环境，还成了家里一大安全隐患。有一次，爸爸在将要吃饭的当儿，将一截烟屁股随手一扔，门外的柴垛被烧了半边，还好是半潮的柴，没泼几盆水就将不高的火焰压了下来。此后，烟头便装在特制的小罐子里，或是扔在废弃的钢盆里，果皮纸屑之类照旧乱扔。俗话说："江山易改，本性难移。"对于爸妈的坏习惯，我们仨也只能睁只眼闭只眼地哼哈一过。

站在门槛外，我拿着苹果仔细削起来。手背上打了几滴水，我探出身子抬头朝天上看，眼皮上、鼻子上都有被打湿的感觉。哦，下雨了！正当准备进屋时，却一眼瞥见振撑一把黑色的伞从村口往我家方向走来。他？怎么回老家了？不是早在五年前就安家在路桥了？

"是回老家拜年吗，还是他知道我回来了？"我异想天开。倘若振心里有我，暑假就该来了，我的自尊心也就不会被哥哥严重挫伤。在我为彼此的未来争取一丝希望的时候，振不在身边，消失半年后的出现代表着什么？这半年来，他想过我吗？是他舍弃了我还是我丢掉了他？知道所有答案的该是哥哥。是哥哥隐瞒了一切吧，或是用什么方式警告过振？关于我自行想象的这种万分之一的可能，在几秒钟后被我的苦笑打断，即使我是弱智，也不至于傻到那种程度。如果说，家人的反对我必须负大部分责任，而振的懦弱与躲猫猫似的作风，又该是什么呢？

当我再看向村口的小路时，那儿一片空旷。

"是眼睛出问题了，幻觉所致，还是因为思念所产生的'海市蜃楼'？如果他真的从我面前经过，而我却在思考问题，他呢？也会当作没看见吗？"我的脑海里假设太多，根本没时间也没勇气看着他来到我面前，而振没打一声招呼就这样悄无声息地如同这半年来没找过我一样，不留任何痕迹地过去了。

“为什么消失不见？为什么你看不见我？”其实不需要再问为什么，但我讨厌人生有太多不解。

“我想过他吗？这半年来我似乎没有想过他，更没想过他过得好不好。原来我跟他一样，也会那套悄然遗忘的把戏。”寻思之后，我不再耿耿于怀，只是多了莫名的惆怅。

晚餐很丰富，我一直吃，拼命吃，我多想把自己撑死，那就可以什么都不想。

“安安这是怎么了？”见我眼睛盯着前方发呆，哥哥心生疑问。

“没什么，妈妈做的菜太好吃，我吃得太饱，饱到脑子一片空白。”为了不让家人担心，我随口瞎编。

“骆伟，你小妹好可爱哦！”辛岚捂着嘴巴吃吃地笑。

我是个喜欢发呆的女孩，没事做就喜欢发呆。

“喜欢发呆的人聪明吗？”我经常这样问自己。科学家就喜欢发呆，很多成果就是在发呆中产生的。我是聪明的，因为我的爱好跟科学家一样。

一番说笑，大家吃好放下筷子。看着孩子们都健康开心地回家团圆，爸妈的嘴角一直呈弯月状，只是灯光下见妈妈的两鬓多了几许白发。饭后，我从包里找出眉毛钳，缠住正忙着刷盘子的妈妈拔白头发。

“去去去，别挡着我干活！”妈妈故作恼火状。

“我来洗吧！”姐姐跟辛岚异口同声。看着女朋友跟家人的关系在这么短的时间里就能达到心有灵犀的地步，一旁的哥哥似乎更乐。

“妈，就让她们俩去刷盘子，年轻人就应该多干活。”哥哥边说边帮妈妈搬了张椅子。

“白头发是拔了一根长七根的，你这是在帮倒忙。”妈妈孩子似的直喊痛。

天伦之乐绝对是世间最美的一道风景线。至于振，或许是因为这段微妙的情感并没有真正进入剧情，所以无关爱恨。家人说得对，我只是个半大的孩子，什么都不懂。回顾振与我度过的那段日子，隐约觉得一切受他牵引，我盲目跟从。既然没有爱恨情仇，那就没必要将自己关进那扇不打开辗转反侧，打开又支离破碎的门。我不知道该用何种眼光去看待振这个人，或许，世道变了，人也就跟着变了……

“安安，安安！”蓉儿轻拍我的肩膀。我朝振看了一眼，他依旧玩着手机。

蓉儿精心挑选了十几支毛笔，我的毛笔也很快就有了着落，因是潇湘竹制成的笔杆，我便将其取名“潇湘妃子”，是黛玉的号。卢老的讲座不也有黛玉吗？陈鼎《竹谱》称潇湘竹为“泪痕竹”，竿部生黑色斑点，颇为美丽。听这名字，人群一阵喧闹，有人接着给自己的毛笔取名“含香”。历史上的香妃，日子可是过得如鱼得水，乾隆皇帝与之琴瑟和鸣，又何来这满眼凄然？

“含香”的主人兴致很好，硬拉着我和钟玉合影。钟玉，黄岩人，书法家，长着一副武松的身材，据说在少林寺学过几年功夫。

“站在人高马大的钟师兄身旁，才知何为‘小鸟依人’吧？”

这家伙，按快门的手连着嘴。见我狠狠地瞪他一眼，才算收敛些。怎么说也是与艺术搭边的，咋就退不掉浓浓的痞味儿？

“谁规定师兄是书法家，师妹就不可以是小说家？艺术是相通的。”陶然曾在饭桌上笑称钟玉是我师兄。

“好，那往后安安就是我的小师妹。”钟玉欣然接受。因此，我下了饭桌也绝不改口。

“艺术是相通的，包括厨艺。”饭桌上的笑谈使我想起晓楼先生曾对我说过的话，正合这群人的胃口。晓楼，我的顶头上司，为人风趣豁达，不仅上知天文下知地理，还习得一手好字，做得一手好菜，有他的完美表现，锅碗瓢盆便堂而皇之地成了一门艺术。

如此看来，搞艺术的人，雅兴大同小异。

一路走来一路回，不管是挑笔还是给笔取名而喧闹的那会儿，振都是远远地窝在藤椅中，事不关己的样子。十年后的他已经不认识我，眼神里写满陌生，且不是装的。前年，我在黄岩耀达国际大酒店参加小学同学会，竟没被同学认出来，是没被任何同学认出来。凄惨吧？我倒不觉得，女大十八变，十二三岁那年分开，十八岁变一变，二十八岁再变一变。

“骆安，你去韩国整形了吧，怎会变得这么漂亮？”待报上名号之后，男生们异口同声。小学六年，我留短发，每天牛仔服、背带裤、中山装，十足假小子。孩提时的同学将近二十年未见，见了会认识无非一种情形，那就是人没长全。十二三岁的五官还没化开，身材也没发育，小脸蛋能撑到三十岁那是笑话。至于我跟振成为陌路的这整整十年，除了秀发及腰还是百年不动，别的估计真如整形了般。

十年之前
我不认识你
你不属于我
我们还是一样
陪在一个陌生人左右
走过渐渐熟悉的街头

十年之后
我们是朋友
还可以问候
只是那种温柔
再也找不到拥抱的理由
情人最后难免沦为朋友
怀抱既然不能逗留
何不在离开的时候
一边享受
一边泪流

陈奕迅的《十年》猛然飘过脑海，我的手指不自然地从耳际划过发梢，我在掩饰，掩饰那份不自然。《十年》的歌词是这样的，而我和振的十年呢？十年之前，从陌生走向熟悉，再从熟悉走向陌生。十年之后，没有成为朋友，没有问候与温柔，更没拥抱的理由，又何来逗留？没有逗留自然就没有享受与泪流。

振本就是书法家，我们相识那会儿，他已小有名气。若一定要说谁不该出现在这里，那肯定是我，这十年后的遇见，浑身尝尽蝼蚁啃爬滋味的也是我。因为，我过得并不幸福。

左脸

上午 10 时 40 分，秦文从比水洼还要浅还要浑浊的梦中醒来，伸手取过枕边的手机。

“喂，枫枫吗？是我……”秦文听见手机那头的女孩伸了个夸张的懒腰。今天是星期天，每个人都有理由睡到 11 点。

“那好吧，听你一回。”她含糊地答应着，好像又在被窝里翻了个身。

枫枫翻身时扇出的香风仿佛扑进了秦文的怀里。躲在被窝里，更容易异想天开，何况秦文向来在睡觉时不穿内裤。他又冲动起来，企图接上刚才那个淫乱之梦。

中午 12 时 10 分。秦文与枫枫从麦当劳里出来，她还意犹未尽地抱着一大包炸薯条。这个愚蠢的女孩，只要给她吃的，让她很痛快地吃，她就对你百依百顺。第一次，秦文请她在湖滨的一家西餐馆吃了一顿法式午茶，吃完，来到一个僻静处，秦文把手伸进她的前胸，她居然无动于衷，自顾自啃着手指甲。秦文不免惊讶：会不会遇上一个白痴？他宁可被聪明女人抽巴掌，也不愿吃白痴的豆腐。可那对美轮美奂的乳房，很快封死了秦文的理智：就凭这副傻相，谁都可以把她领到任何一个地方，自己从昨晚入睡时开始盘算的，不就是这个吗？

两个人站在一家老阿姨奶茶店的屋檐下等公共汽车，枫枫又吧唧吧唧地消灭了三分之一包炸薯条。

“去我那儿吧，朋友从国外带来的香水，送给你的，忘在家里了。”远远地看见汽车来了，秦文才说。枫枫斜斜地看了他一眼，目光里满是百无聊赖。这还真是一个百无聊赖的星期天。

车厢里很挤。汽车转弯的时候，枫枫的左脸贴在了秦文胸前，她顺势玩起秦文的衬衣纽扣，手指不知道是不小心还是故意碰着秦文胸口的皮肤。这个动作很性感，秦文努力控制自己。

“我的男朋友，昨天晚上从四川回来了，就住我那儿。”枫枫的发梢痒痒地掠过秦文的喉结。

秦文根本没受什么打击。本来就是临时的玩物，犯不着投入真情。也就是说，即使她来了十个男朋友，他也能一笑了之。秦文只是不满那个不加掩饰的句子：昨天晚上，他就住在我那儿。

那么，一会儿之后，秦文得手之前，她必须好好洗一洗。

“其实，我找过好几个男朋友，不知道为什么后来就不想跟他们好了，或者他们后来就不来找我了。”枫枫跟着秦文上楼，嘴里叽叽呱呱着。吃完了薯条的空袋子被她吹鼓扭紧，然后“砰”的一下狠狠拍碎。

这是她第一次来到秦文的居所。

下午 2 时 30 分。秦文站在卫生间门外，听着枫枫长一声、短一声地哭着。

这事情好像有些棘手。秦安摸出一支香烟点燃，以前的那句话说得太正确了：宁可被聪明女人抽巴掌，也不能吃白痴的豆腐。她竟然真的是白痴。

枫枫从卫生间里出来，不拿正眼瞧秦安，满脸的白痴相已荡然无存。秦安后退了一步避开她。她又“噔噔噔”走回卧室，在未做整理的那堆乱糟糟的棉毯中找出她的手机，左右穿反的拖鞋踩中了地上的几团卫生纸。秦安追进去。丰富的经验告诉秦安，这个时候绝对不能让她打电话，可怎样才能在夺下手机的同时又显得他并不是怕她呢？不容秦安多想，枫枫已经拨通了一个号码。

“你，你在跟谁通电话？”秦安语无伦次起来。

“我……你，你怎么能这样对我呢？”枫枫满脸眼泪鼻涕。

“你，你到底在跟谁通电话？”秦安必须打破砂锅问到底。

“我……我让我男朋友来跟你算账！”枫枫愤怒着。

这下子，秦安彻底傻眼了。

下午 2 时 55 分。秦安把她堵在了门口，露出一副凶相。秦安觉得在软磨失败的情况下，也该试一试硬泡的手法了。

“如果你不想把事情搞大，那就给你的男朋友再打一个电话。听见没有？再打一个电话。”秦安夺过她的手机，试图撤出那个电话号码来，却被她坚决地夺回去了。

秦安把枫枫拖进屋子，死死地按进沙发。他的手按到了她的胸脯，它所给予的温柔还留在秦安的手心里，可现在它已成了两只巨大的炸药包。是的，死到临头了秦安还想再豁出去一回，这也是他企图吓阻她的一种努力。

她抓过茶几上的一只旧花瓶，砸在秦安的肩膀上，碎了。这已经有点生死相搏的意味，秦安想，本来她是可以砸他脑袋的。可惜了旧花瓶，一具溅着秦安昔日相好泪痕的爱情信物。

面对着无法复原的一地碎片，秦安放开了她。

枫枫逃到了楼下的小区甬道上。秦安想想不对，又追了出去。小区保安狐疑地打量着秦安，又看了一下枫枫的背影，嘴巴动了动，似乎想上前询问。秦安不得不装作没事，下意识地放慢了脚步。这下，枫枫与秦安的距离更远了。本来他就不可能追上这匹受惊的母马。

站在已没了她踪影的马路边，秦安想起枫枫曾经的吹嘘。她一向乐于吹嘘曾经的男友们，而且没有任何羞耻心。她说她的男友舞着一根周杰伦的三节棍，棍法娴熟，呼呼生风。她亲眼看见他准确地击中一条野狗的眼睛。她还说她的几任男友互相还是好朋友，平时常凑在一起，一有事情更会呼朋引类，大打出手。她亲耳听他们说把一个中年警察给打了。

下午3时20分。像大梦方醒，秦安开始一遍遍拨打枫枫的手机。秦安已准备向她作深刻反省和诚恳的赔礼了，即使让他付出一笔经济上的补偿，也满足她。可她的手机一直是忙音，肯定已与那个三节棍男友会合了。

看着居室里混乱的残局，真像是到了世界末日。秦安没有打扫，因为更大的残局不知如何打扫，所以打扫居室里的小小残局已没了意义。秦安对着抽水马桶挤出几滴猫尿。一滴，两滴，一共五滴。刚才的它真像一口油井啊，且是口储量丰富的高产油井，而现在连尿都比牙膏还难挤了。这搞错目标的该死的家伙，不能放过你。

“哎哟！”秦宓疼得喊出声来。

这个枫枫，光凭她所处的年龄段，就不该被秦宓列入逐肉的目标。她是秦宓老师的同学的侄女。一个贪食的、喜欢与社会小混混谈恋爱、从不尊重年长者的女孩，介绍他们俩认识的人简直就是在脱裤子放 P！

正想着，秦宓的手机突然响了，是枫枫的号码。

下午 3 时 40 分。秦宓慌慌张张地倒出手机里的通讯录，手忙脚乱地翻找。必须找一个或者一个以上的保镖，再赴会。这狗娘养的枫枫，还以为她是一个白痴呢！我可不能被一群小混混莫名其妙地送上了西天。

“老陈，今晚我得与别人决斗，你能陪我一起去吗？”

“阿汤，今天我惹出了一点麻烦，晚上想跟人去谈判，你能陪我吗？很快就回来的。”

“小蔡，我晚上有点儿事，想请你陪我一回。没事的，没有危险的，行吗？”

即使秦宓把危险性说得最低，他们一旦有所嗅出，就都借故脱逃了。这一个个狐朋狗党。这些男人，算是朋友吗？这样的朋友，算是人吗？见他奶奶的大头鬼！以往那么多称兄道弟的家伙，哄来拥去地吃饭聊天玩乐，拍着胸脯喊“有福共享，有难同当”，每个都像是武松转世、黄飞鸿再生，等到真的要派用场了，一个个拨拉过来，全是废物。

“我可是手无缚鸡之力，你还是找别人吧。”

“实在没空啊，晚上刚约好了与一个性伙伴见面。”

“你又不是不知道，我刚患上了前列腺炎。”

“对不起，我人在海南。”

秦安恨不得把手机咬碎了。不过，一腔怒火的自己不也惯于见死不救吗？有一回，一个朋友的一笔款子被人诈去。他想请几个帮手一起上门，后来，单刀赴会的他，差点被对方剥掉一层皮。

最后，连八竿子都很难打到的人，也被秦安翻了出来。秦安听得出，自己已完全放下架子在乞求了。如果不去赴会，枫枫和她的男朋友也会找上门来。秦安怀疑这本身就是一个圈套，他没法忽略中午 12 点 20 分时，在公共汽车上，她那有意无意贴在他胸口的左脸还有手指。你能否认这只是一个在汽车转弯时，为了站得更稳些的下意识动作吗？

找一处僻静的地方，双方会合，然后解决，这可能是时尚的。没读过报纸上连篇累牍的《两团伙公园群殴，五人重伤》《两青年为情决斗，荒野上尸体一具》之类的报道吗？据统计，崇尚决斗者的平均年龄，大多是在三十以下。

下午 4 时。秦安终于翻到了最后一根救命稻草。

“你给的报酬是多少？”对方接了电话，扔过来的口气毫不转弯。他是一名从体工大队刚刚退役的拳击手，是秦安好友的女朋友的表哥，曾在一起吃过一顿饭。他那一身腱子肉和瞟秦安时的一脸杀气，刀刻一样留在秦安的记忆里。当秦安不经意间与他的表妹有语言上的暧昧时，他的双拳总会神经质地攥紧，骨节咔咔作响。没有比那次聚餐更让秦安提心吊胆的了。

“不会亏待你的。”秦安的脑子转得飞快，小心地揣摩用词。

“究竟是多少？”第二次询问，他显然在语气中加入了蛮横的成分。秦安愕然了。在这种紧要关头下，秦安并不是想请一个义务工。只是，这个月的工资在口袋里还没揣热呢，被枫枫这娘希匹的啃去一顿麦当劳后，秦安就要拿出它的全部了。

拳击手从鼻孔里哼了一声，不知是满意还是一种勉强。好歹有了一个保镖。心里的石头落地之后，秦安的思想反而被强烈的虚空淹没。

离决斗的时间，还有四个小时零二十分。

下午4时30分。秦安觉得待在家里不是一个办法，万一枫枫领着那帮歹徒提前冲到这儿来呢，他们又不是动车司机，必须按着火车时刻表行动。

这时，秦安的手机又响起来了，吓得刚想出门的他丢掉准备套上脚的皮鞋。经过今天的跌宕起伏，对于手机铃声之类，秦安的神经已经像炭丝一样脆弱。

"亲爱的，是我。"一个矫揉造作的女声，像蛇一样爬进秦安的耳朵里。秦安没有丝毫兴致听她的聒噪。她是秦安断断续续保持着暧昧关系的少妇，平均每年两到三次，最近的一次是在半年以前。也许是听出了秦安的不耐烦，她放弃芜杂冗长的卖弄直接进入了主题。她说她丈夫最近发现了他们俩的蛛丝马迹，她有75%以上的把握。切，一个半年后才发觉异样的男人，不是一个大傻瓜，还是什么？

"你可别不当一回事。他是一个危险分子，一旦怀疑什么，很会钻牛角尖的。前段时间，我们单位一个男的，给我多打了几次电话，他就起了疑心。你想知道他起疑心之后，是怎样对待我的吗？"她拉开了煲电话粥的架势。

"不想知道。我只想问，按你的估计，你和我眼下会有危险吗？

我说的是，眼下。”秦安心不在焉地说。

“眼下？这很难说。因为按我的估计……”她又克制不住地开始啰唆。秦安拎着手机听，脑子却早已不在她的话里了。一个三十八岁、体态偏胖、肉质松弛的女人。自从那次不成功的割眼皮手术之后，还长出两个可怕的大眼袋。她的形象档案通过她的啰唆，很快被秦安调出来。半年过去了，她的衰老程度可以再加重一些。

可就是这样一块老豆腐，即便暴露出蛛丝马迹——半年以后甚至现在——也不会遭遇去野外决斗、必须雇保镖才敢赴会的局面。

“这是我的估计之二，接着说说估计之三。”女人继续啰唆着。

楼梯上传来有人走动的声音，好像是两个，或者三个。不能再与这个患有诉说癖的女人纠缠下去了，她会让秦安贻误作战或者逃跑的良机的。

楼梯的转弯处，那几个人正在议论什么，然后开始敲击秦安对户的门。敲错了吗？他们来了吗？透过猫眼，秦安欣慰地看到，那只是几个从网吧归来的邻居小孩。

只剩下三个半小时了。

下午 5 时 30 分。秦安在一家杂货店顺利地买到了一把水果刀，然后在远离居室的一处小酒馆里坐下。水果刀非常精致，除了切西瓜，还可以切点别的。秦安点了两菜一汤，一瓶啤酒，其中的一菜是一锅猪蹄髈。他把一块一块已经煮烂的肉从骨头上撕下来，嚼碎，大口大口地吞咽，再连喝三口酒，突然有了一种末路英雄的幻觉。

水果刀斜斜地插在秦安的裤袋里，像一件更加所向披靡的阳具。不到万不得已，这件最终的防身武器是不能拔出来的。秦安决定不向保镖透露这件暗藏的凶器。

吃得一干二净。秦安付了账，大大咧咧地推开店门出去。酒确实能给男人壮胆。走在酒馆附近的桥上，一阵冷风从河面上吹来，秦安一个趔趄。他感觉整个身体在一瞬间凉了，那瓶冷冷的啤酒在肚子里翻江倒海，终于和着正在消化的猪蹄膀，“哇”的一下吐了出来。秦安双手捂住肚子，痛苦万状地蹲在桥上。那把水果刀直直地捅在秦安的腹部，幸亏它被刀鞘包裹着，否则先结果的将是秦安。

晚上 7 时 30 分。秦安与拳击手在城东公园大门外侧的雕像旁会合。这是一尊巨型的石膏雕像：一个袒胸露腹的女人。

拳击手面无表情地与秦安握了握手，好像决斗的对手是秦安。拳击手的左脸上有一处伤口，被纱布包着。左脸，又是该死的左脸!

两个人沉默着往公园深处走去。拳击手保持一米的距离走在秦安身前，很警觉的样子。这样的保镖，以一当十不敢说，对付那些小混混，以一当五，应该是绰绰有余的。

这大概是整座公园最大也最老的古树了吧。一棵古树，尽管皮如鱼鳞，但树冠依然如云。拳击手停住脚步，抬头望了望古树，环视四周，在树根上蹲下来。

秦安也蹲了下来。距离枫枫以及她的男朋友等人到来的约定时间，还有半小时。秦安想跟保镖说说这场灾祸的由来，以及对方究竟是些什么人；秦安还想跟他说说一个大男人在女孩面前的难以克制，说说盲目行事惹了麻烦后的恐惧烦恼。秦安刚张了张嘴，保镖就挥手阻止了他。

于是沉默。在半个小时内，他们一直沉默地蹲着。

又过了一会儿，他侧过脸点点头，示意秦安可以出发了。

秦安站起身向前走，周围是一片黑暗。秦安有了一种孩子意外脱离母亲后的迷惘和无助。他不由自主地停住脚步。倘若那群小混混一哄而上，二话没说就动手动脚，这保镖还有什么用呢？想着，秦艾摸了摸揣在怀里的那把水果刀。

晚 8 时 05 分。首先出现的是枫枫，居然是一个人。几个小时不见，像是经历了一场天翻地覆的变故，浓稠的黑暗也掩不去她那深重的疲惫相。她好像一下子老了，跟秦艾一样苍老。怜香惜玉的他不由顿生柔情。

“啊，你真来了？”她趺趺撞撞地走着，被地上的树枝绊了一下，差点跌进秦艾的怀里。

“是呀。”秦艾瞪大了眼睛，一脸惊讶。兴师动众了老半天的事，难道可有可无？

“你知道，后来，我一直在劝他。我跟他说，你不会来的，可他的脾气很犟。在四川做砸了生意后，他确实也不愿放过这个机会，说非要让你出点血。”枫枫说着，还朝后张望。秦艾盯着她翕动的嘴，以及她的表情。真不知她是出于对秦艾的宽容，还是一种更娴熟的算计。

很多想法从秦艾心里咕咕咕冒上来。这一次，是不是被人耍了？一个大男人，若是被小女孩牵来牵去，这脸丢得已经够大的了，而秦艾竟还大炮打蚊子似的雇了个保镖。

这时，拳击手已经出现在秦艾的身后，他的目光在枫枫身前身后移动了几下，最后停在她脸上。

“老天！”枫枫盯着他的左脸，接着失声尖叫，昏厥了过去。

晚 8 时 20 分。秦艾与拳击手依然沉默着，公园门口的那盏碘钨灯够亮的。

“五千吧。”拳击手报出价码时，好像是已经优惠了。秦文下意识地摸了一下还藏在怀里的那把水果刀，脑间划过一道闪电，很快，秦文就被自己的可怕设想吓破了胆。

秦文掏出钱。那沓特意取出来的钱点起来显然有些麻烦，拳击手一把抓了过去。他拿去的可能是五十张，也可能是五十一张，甚至五十五张。

我叫不言

我叫不言。我爸叫余云海，是职业画家。在成为画家之前，他只是一所普通中学的美术教师，他不善言辞，更不会察言观色，因此，他在学校待了没几年就被他们的校长欢快地送走了。后来，从大洋彼岸回来的他成了画家，在他所居住的小城甚至全国都算是有点名气的。别人都说那叫名人，确切地说，是美术界的名人，不像我，只有人名。是的，我叫不言，继承了小城名人的沉默，却没有继承他的天赋。好在，他也没有“望子成龙”的心思，偶尔的“恨铁不成钢”是正常的，毕竟这是中国式家庭里父母与孩子之间的默契。

而我妈，是一家大型培训机构的负责人兼高级舞美指导。在小城刚换届的舞蹈家协会第 N 次代表大会召开后，她光荣地坐上了主席台，正式成为小城舞蹈界的领军人物。她坐的那张桌子前上方，是端端正正的大红色任政体：曾小柔。

换届大会是在小城一家四星级酒店举行的，当时我正在实施我的逃学计划。

事实上，我已经出了校门，在隔着学校六条街那么远的一条街上，啃了一块奥尔良烤翅和一块香辣鸡腿。在啃香辣鸡腿时，我突然想起了我妈，她为了保持身材，不仅不吃火锅、油炸、膨化、香辣类食品，还不吃肉。那么，眼前的香辣鸡腿便是中了她所有忌讳的食物，这么想着，我在犹豫了 3.5 秒后又猛啃几口，吃饱了才有力气逃学不是吗？管她呢！

走到下一个路口时，风有点大，随着胃一阵抽搐，我蹲在了马路边。刚从喉咙口掉到胃里的鸡腿，还没消化就开始作祟，我想可能是吃得有点急了。其实，在那 3.5 秒的犹豫里，我思考过吃下它的后果，但饥饿终究蒙蔽了我。

我就这么被人七手八脚地抬上了 120 的担架，在护士小姐姐温柔的提醒下，我的胃在又一阵抽搐后晕了过去。反正我是打死都不会承认是我晕过去了。对，我只是睡着了。

我梦见自己死了，就待在地下一层，但似乎还能感受到地表传输过来的那种温暖。地面的喧哗和阳光都很近，感觉推门走出去，我就可以重新活过来。于是我试着推门，却徒劳而返。我非常悲伤，想到我爸我妈还不知道我已经死了，就觉得活着连痛苦都是幸福的，因为一切还在变化，而死了就是永久的静止。不管我的生命是平凡还是出色，我只是怕有一天自己突然就不在了，且在毫无准备的情况下。我真的会死吗？那一刻是为情、意外，还是久病不起？我真的会消失吗？消失得无影无踪而不留一丝痕迹吗？我不敢想象自己的日子不长或是太长会遭遇怎样的结果。

我似乎在等待，等待“那一天”，我会永远消失在这个世界的尽头，消失在茫茫雾霭之中，被未落定的尘埃层层包围、淹没，而死神慢慢地靠近，嵌入迷惘的灵魂。

从九岁起，我就不快乐了，也就体会不到真正的快乐是什么。因为不快乐，从念初一那会儿起，我就一直地逃学、被捉回，再逃学、再被捉回，如此循环往复。在这世界上，没有人能了解我，我也不需要别人了解；没有人能读懂我，我也不需要别人读懂。包括我自己。或许，我只是蜷缩在墙脚的无家可归的狗，幸运的是还有延伸的屋檐为我遮风挡雨。本来，那屋檐该是我的爸妈，可惜，没有本来。

在我醒过来时，胃还在隐隐作痛。床头左上方挂着一袋点滴，那半透明的液体像极了跟丈夫吵架后尚未停止哭泣的女人的眼泪，缓慢的速度甚至让人怀疑还能不能挤出下一滴来。我试着挪了挪身子，还能动，在我的胃晕过去那会儿，我也不知道它能不能在担架上或者病床上醒过来。

这下坏了，逃学计划失败。

我妈开完会后，急忙赶来医院，眼里含着泪花。她在开会时，电话放包里，静音。这不，她都坐主席台了，那肯定得读讲话稿了，像我们学校校长——那个欢天喜地送走我爸的老头，对着几页纸激情澎湃着。每次全校师生行注目礼时，校长的讲话稿都特别长，像太奶奶的裹脚布，又臭又长。这是我听奶奶讲的，我猜她们婆媳关系不是很好，奶奶是个话痨，而我不止一次听我妈私下里跟我爸说："我看不是你奶奶的裹脚布又臭又长，倒是你妈的废话像你奶奶的裹脚布。"

校长的讲话稿是办公室秘书写的，当然了，那个老师并不令人讨厌。至于我妈的讲话稿，我也不知道是谁写的，有可能是她的助理，有可能是她的同事，也有可能是她自己。对了，年轻时的我妈在邻座小城（她老家）的报纸上发表过几篇千字文，就这么一小块“豆腐块”却引来了当时她老家一半的亲戚。外公乐呵呵地在大排档请了一顿小海鲜，宴客全程无尿点。再后来，我妈没有成为作家，她读的是艺校舞蹈专业，至今从事舞蹈教学工作，说桃李满天下有点夸张，获奖无数倒是真的。

一个半小时后，在外写生期间从不接电话的我爸来了，他是在上 WC 时没带手纸，给助手打求助电话时才发现的未接来电。他来了之后先在门口跟病房的责任医师了解我的基本状况，再对他的老同学兼老同事，也就是我的班主任进行亲切的问候、道谢，然后叙旧、寒暄，我妈的眼睛里顿时又泛起了泪花，而泪花以迅雷不及掩耳之势变成口水，朝着我爸飞溅：“余云海，你要是再不进来，儿子该没你这个爸了。”

其实，我并不在意我爸在门口跟他的老同学兼老同事多聊会儿，最好能聊到让班主任放弃对我的管教为止。

除了班主任的管教，让我感到头疼的还有我爸暴跳如雷时太阳穴青筋凸显的样子，以及我妈唐僧念经似的唠叨声。当然了，我很爱我的爸妈，不管受多大的委屈，我照样会继续爱他们。但这段日子，他们有事没事挑我的“刺”。

“我说不言你小子啊，你可真牛，初中都快毕业了，这好好的学不上，尽干些让人伤脑筋的事。”

“你管过他吗？一年到头就知道往外跑。”

“我怎么没管他？这不第一个跑来医院的还是我老同学，他的班主任。”

“呵，不言是不是你儿子？别人照顾那是别人，你压根儿就没有尽到做父亲的责任。”

“这话说得，你不是一直待在椒江的吗？怎么也没在第一时间赶来？”

“我在开会，电话静音。你讲点道理好吗？”我妈的眼泪在眼眶里打转了很久，终于滚了下来。

“不跟你吵了。我在外边跑还不是为了赚钱，我容易嘛我！”我爸的语气总算软了下来。他这辈子最怕的就是我妈的眼泪。以前是，现在是，以后估计也是。除非……我不敢往下想，现在这样就挺好的，他画他的画，她教她的学生，我打我的游戏，被班主任管得太严了，就偶尔逃逃学。不过，下次可别像今天这么糟糕，没出小城就被活捉。是的，他们分开是他们的自由，假如重新组建各自的家庭，那就必须、肯定、无条件地经过我的同意，当然我不可能同意。我不想多出一个跟我没半毛钱关系的爸爸和妈妈，更不想冒出什么弟弟或者妹妹，说不定其中一个还叫不语什么的。

“好了好了，都分开那么多年了，还吵什么吵？”我实在是听不下去了，最烦的就是这个，貌似从我懂事起到他们分开那一刻，大大小小的争吵就从未间断过。他们分开有五年了吧，在我九周岁生日后的第七天，也就是元旦。

“赌一把！哪怕孩子有什么不好，我们一同承担。”我妈怀孕了，执意不要我。因为太年轻，也因为那段时间感冒吃过抗生素。那时的小夫妻，应该是紧张而幸福的吧。听我奶奶说，那会儿我爸还喜滋滋地给我妈买孕妇装以及肥大的棉毛衫、棉毛裤。

由于脐带绕颈，我妈选择了剖宫产。术后，没有使用止痛包的她疼得死去活来。外婆埋怨这钱不该省，奶奶却以为是我妈在埋怨，才使得外婆也埋怨，那时的我妈可是痛得连话都说不出来。

偏见，是因为没有深刻的了解。

虽然谁都懂这个道理，但在接下来的日子里，奶奶无休止的误会，对我妈而言是刺痛的。因为委屈以及伤口的痛，无声地哭泣成了她月子里的必修课。她从没想过解释什么，要强的她也不屑解释。对此，我爸表示不理解，觉得这是矫情。

几乎不吃不喝地挨过月子，本来就瘦的我妈又整整瘦了二十斤。她的矫情让她成了药罐子，走路都需要人扶着，我爸说她自作自受。我想，我妈的天就是在那时候塌的吧，要知道，她是被外公外婆捧在掌心里长大的。虽然，我爸并没有资格做我妈的天。又或许，两个人一开始就不了解，又何来怪罪？

他们之间似隔了一层纸，虽薄，却看不清对方的样子，犹如背对着的两个人看不见彼此。不管前面有没有风景，中间的这层纸随着时间的推移并没被捅破，而是慢慢变成了铜墙铁壁。那种生活已经变了味儿，我妈知道我爸看不见她，尽管她很美也很年轻。她不知道我爸背对着她到底在看什么。而她背对着他，在看这段婚姻是否真实，两个人是否真的相爱过。

都说，爱不在就该放手，别变成负累，如果爱还在却不得不选择放手，那又成了什么呢？尽管我妈告诉自己，就算痛到心碎，也要走出这种忧伤的包围，但她的心碎了，碎的程度连世上最密的扫帚都扫不到一块儿了，为何还是走不出重重的包围？

在我眼里，我有个好爸爸，甚至比妈妈要好。因为从小我只看见我妈发火，却没见我爸粗过嗓门儿；在爷爷奶奶眼里，儿子很孝顺，媳妇也孝顺，却不住在家里；在外公外婆眼里，尽管女婿长年见不到几次，却依然是好女婿。

“曾小柔，怎么总见你老公忙这忙那的，就是没见你有笑脸。被爱是一种幸福，应该珍惜才对。”在外人眼里，我爸是一个几乎没缺点的男人，甚至会有热心邻居这么劝我妈。而我妈始终微笑着，骄傲的天鹅颈在阳光下熠熠生辉。

“古人造字真有意思，丈夫，只管一丈吧。或者，一丈也不需要管，太近了就好比用手电筒照着人家的脸，脸上再干净也有毛孔，还是管好自己吧，不要在婚姻中做无谓的挣扎。”我妈总这样安慰自己。

她每天按时上班，按时下班。我不知道，在我九岁之前，她所维系的这段婚姻是否正确，又或许，连她自己都不清楚。

那年的圣诞节有点不同寻常，那天也是我的生日。我陪我妈回老家看外公和外婆，还陪她一起上山捡了一堆柴火，累得直不起腰来。

“小孩子家家的，哪来的腰？你妈都还没长呢！”外公虎着个脸，敢情我不是他的亲外孙，要知道，他疼我妈是能疼出水滴来的。

没想到，劳累的后遗症跟严重感冒症状极其相似。不仅全身酸痛，我的肚子也不明所以地痛起来。

“秋后容易着凉，着凉之后会肚子痛。在我小的时候，你外公……”我妈又开始循循善诱。或许，女人天生就爱唠叨吧，太奶奶是，奶奶是，她也是。于是，我很听话地穿了好多衣服，将自己裹得跟个粽子似的。还没真正入冬，就觉得好冷。

就这样过了一天。直到第八天的来临，毫无预兆。

“我喜欢你是寂静的，仿佛你消失了一样，你从远处聆听，我的声音却无法触近你！”犹如歌词那般，寂静的婚姻并不能解决频繁出现的或大或小的问题。在爱情的故事里，只有信任是不够的，还要有沟通。

我并不想追究他们这段无法挽回的婚姻里，到底谁的错更多一些。当一切不复存在时，我选择了沉默。都说鱼的记忆只有七秒，七秒之后它就不记得以往的事情，一切又都变成新的。我希望我爸是鱼，我妈是鱼，我也是鱼。

我当然不会哭天抢地求我妈看在我的面子上不要走，于是，他们很顺利地分开了，因为对我的抚养权不存在纠纷，破天荒的，这一点他们的意见很统一。

接下来小学的三年，我成了托管生，由我爸的姑姑的儿子的老婆，也就是我的表婶照顾我的饮食起居。她是我小学六年的班主任，因为表叔和表婶伉俪情深，因此耳边不再有争吵声的我过得很好，并以优异的成绩考入小城的重点中学。

在我读初一下学期时，我爸跟他的一个刚离过婚的老同事好上了，在和我妈离开后的第四个年头。那个女人比我妈大几岁，但我爸说成熟点没什么不好；在形象上，她自然是没法跟我妈比的，我妈毕竟是学舞蹈出身，模样身段都是上乘的，哪怕有了我之后，身材也没什么大的改变。

“那么，你为什么就爱上了呢？她还不如我妈呢！”我为我妈打抱不平。

“过日子就得找这样的，才能做到相敬如宾。”我爸眼里满是柔情。我一时有点恍惚，当年在遇见我妈时，他应该也是这样的吧，或许更温柔些。

“要是能相敬如宾，她又怎么会离婚呢？”我表示不解。

“你才多大？懂啥？”我爸瞪了我一眼。好吧，那个女人的前任估计跟我妈一样，在他老婆眼里太不可理喻了。

“随便你，反正我是不会叫别人妈的。”我说这话并不是有多维护我妈在我爸心中的地位，而是我妈还单着，我得站在她这边，不管她伤不伤心。

然而，没等我妈知道我爸谈恋爱这件事，那个女人又跟别人好上了，那男的居然还是我爸的老同事。贵校真乱，我本来想嘲笑一番的，但看我爸一脸沮丧，想想还是算了，再说目前他也没在那个学校教课。

回到我逃学这件事。

我也不知道我是因为什么才从学霸成了学渣。但，我想这事跟我爸是脱不了干系的，他失恋后的一蹶不振，多多少少影响到了我。那段时间，每个周末回家，他都当没看见我这个人似的，好像他的失恋是我引起的，责任在我。后来竟演变成，那个女人是因为嫌弃他有个儿子才跟他分的手。如此说来，这罪名我是不背也得背了。

再后来，我就不太回家了。我有时去我妈家，她住的地方有点小，去的话只能打地铺；有时也去奶奶家，在好几次没见到爷爷的情况下，邻居忍不住跟我八卦，说爷爷受不了奶奶的唠叨搬到单位宿舍去了。说真的，奶奶废话是挺多，特别是我变成学渣后，她的教诲一套套的，呈排山倒海之势奔向我，压得我喘不过气来，索性我不再去她家。

因为逃学去网吧打游戏，我被那所优秀中学的初中部负责人劝退了。我爸显然是无辜的，而我妈忙得跟个陀螺似的，直到学期结束才发现我已转学到我爸原先工作过的学校。我的成绩在转学后一落千丈，这是我妈的错觉，其实我在转学前那学期就是年级段垫底的，转过来后还稍微好了点，可能是不想让我爸太丢脸，又可能是不想让自己太丢脸。

一场转学，恍惚让我家有了起死回生的感觉，也是我爸和我的错觉。美好，只是一种假象。包括多年前的这个家，美好都只是一种假象，一直都是。

不过，我妈对我爸的态度确实好了许多，之后来我家也就是她原来的家的次数也多了些。有一次，我爸吃着我妈做的饭，傻乎乎地笑着跟我说："分开后，你妈懂事了，脾气也好了。"等我妈走了，他又傻乎乎地独自笑了好一会儿。

"要不，我们复婚吧。我试着改一改坏毛病，你也稍微收敛一下咄咄逼人的个性，不要把我当成你的学生那样教训了。至于过去犯的错，请原谅。"我爸说。他的脸皮向来很厚，虽说他并不善言辞。

"我早就原谅你了，我只是没有原谅我自己。"这么多年过去了，原来在我妈的情感世界里，记忆既是苍白的，也是深刻的。

刚转学过来时，同学之间还不熟悉，我就装模作样地听课、做笔记，一方面为了彰显来自名校的学生姿态，另一方面是没人理我。在我摆了优秀转学生 Pose 的第八天的下午，在放学的音乐声响起的当儿，坐我后桌的眼镜同学踢了踢我的凳子，一下两下三下，我没理会，倒不是为了继续摆姿态，而是我真的跟他不熟。在他连续踢到第十下时，我回头朝他吼道："踢什么踢，我跟你很熟吗？"

"嘻嘻，五分熟，牛排刚刚好。"他倒不生气，还嬉皮笑脸着。

"回去吃你的牛排吧，走了。"我扬起下巴，骄傲地走出教室。

我之所以答应眼镜同学在放学后不影响写作业的情况下，和他一起去网吧打游戏的原因是，我也想打游戏了。

"Oh，my god！ 打游戏太爽了！"

"王者荣耀才是我的真爱啊！"

"就是！小时候玩的那个消消乐，还有我爸玩的那啥采蘑菇，太弱了！"

"还有植物大战僵尸，必点款。"

"来啊，快活啊，反正有大把时光；来啊，爱情啊，反正有大把愚妄。"

"来啊，流浪啊，反正有大把方向；来啊，造作啊，反正有大把风光。"

"啊，爽！"我们两个同时改了歌词。

"靠，你也会反串啊！不错嘛。"

"那是，也不看看我跟谁混来着？画家和舞蹈家的完美结合体——校草，长得比易烊千玺还易烊千玺的不言同学。"眼镜同学凑过来，贼贼的表情。

"滚！去他奶奶的校草，易烊千玺是学霸好吗？我是野草，从名校种到学渣满地的学校。真他妈丢脸。”

说起丢脸，突然我就整个人都不好了。余云海是小城名画家，曾小柔是舞蹈家，我余不言却混得没了样子。再这么下去，一眼就能看到一辈子了。

鬼使神差地，我突然像有什么重要的事没完成那样，抓起校服，头也不回地撞向广场上的夕阳。

“野草好啊，你看它的生命力多顽强！”

身后，眼镜同学哇哇大叫着。

无名小巷

林少峰总渴望能有一个神秘的器物，屏蔽住过去的时间。然而，他越想忘却，回忆反倒被时间的绳索系在过往的拐角处，把心扯得生疼。三十多年前，他居住过的那座古老的卫城和那条无名小巷，总是在脑海里反复播放着逝去的故事，许多细节沿着小巷一直蔓延。

1

这座被唤作海门卫城的老城，始建于明朝洪武年间，为防御倭寇所筑。林少峰所见到的老城已非当初面目，早已改名为海门市了。

那条小巷，其实只是林少峰从宿舍通往工作单位的一条捷径，是老城的街巷交汇到老城南门德风门外的城外之巷，并不属于老城范围，故而连个名字都没有。

小巷的北面连接着老城内由鹅卵石铺就的衙门巷，巷口有一架巨大的水车，平日里总是安闲地沉睡着，浑身披挂着绿色的苍苔。

水车下有条宽大而干涸的石沟，只有在丰沛的雨季里，才有并不怎么干净的水潺缓地流过。

小巷两侧杂处着一些低矮错落的砖木房子，间或有几幢青砖黛瓦的小庭院散布，算是最吸引人们眼球的了。东侧的房子稀疏一些，房后是一片水田，有一条土沟从连着水车下的石沟，通到一处不大的池塘。池塘边有一幢新建的六开间的四层楼房，这就是林少峰居住的地方。他的宿舍在顶楼的中间，有两间朝南的房子：一间做卧室，另一间里有一个简易的卫生间和一个临时厨房，这两间房子都没有阳台。虽然林少峰当时已担任副乡级的职务，但这样的待遇对二十世纪八十年代初的大学毕业生来说，已是相当高的待遇。

小巷里不仅排水困难，道路也没硬化，一到多雨季节，常常是一路泥泞。那个时候，林少峰经过小巷，每每得踏在地上的石块或稍微干燥一点的地方，然后像袋鼠一样跳过去。当他一路跳到那棵足以四五人合抱的大樟树下时，他才可以轻松地喘口气。这棵大树的树冠像一柄巨伞撑开在蓝天下，树冠下散落着几间平房，有两间连着的房子，分别开着一爿理发店、一间茶水站，开店的是母子俩。

林少峰之所以对那条无名小巷的印象如此鲜明、如此深刻，并不是因为曾经在这条无名小巷里居住了三年，也不是因为他曾上千次地走过这条无名小巷，而是小巷里烙印着他略显凌乱的初恋脚步，那里有他细微但饱满的感情，以及值得回味的痛楚。

2

林少峰与何书凝，就是在这条小巷里的那棵大樟树下相识的。

那是1984年中秋节前一天的午后，是一个星期天。当时，林少峰大学毕业后刚分配到单位，老城街道办事处管辖的范围，基本上就是残留在东南边的老海门卫城。

那天午后，林少峰刚下班回到宿舍，便去小巷茶水站泡开水。他先坐在那棵大樟树下，有些懒洋洋地仰起头，看雄伟的树姿，看一根根穿插有序的大大小小枝丫，再透过茂密的树荫看天、看云。

他估摸着这棵大樟树至少有两百个年头，或许没有这条小巷、没有小巷两边的房屋时，枝干粗壮的它就已经伸向四面八方了。那么多年来，用挤满全身的蓬勃的翠叶给人们遮雨，也帮人们遮挡酷热的阳光。就像现在，无论太阳升到怎样的高度，散射出多么炽热的白光，这一块地方总是温柔地躲藏在它墨绿色的身影下，让人感觉仿佛隔绝了尘世，可以闭着眼睛安然而舒适地呼吸。

对于这里，林少峰已然熟悉。

大樟树下那个茶水站，是他每天傍晚泡开水必到的地方，若是碰到休息日，早晚还都得来泡一次。茶水站是一位四十多岁的中年妇女开的，她叫陈香莲，丈夫姓何，因此大家都叫她何嫂。由于茶水站里有一只整天烧着煤的大锅炉，里面又热又湿，何嫂就常年穿一双解放胶鞋，蓝粗布衣服外面穿着一件劳动布做的宽大的吊带围裙，两只衣袖上套着用土布做的袖套，头上还戴着一顶灰蓬蓬的带着长长垂沿的布帽，让人几乎看不清她的真实面目。不过，何嫂待人很热情，见到有人拎着热水瓶去泡开水，总是主动打招呼。

“好几天没见到你了，没生病吧？”林少峰要是出差几天后回去泡开水，何嫂就会关切地问。

“一个人在这里工作，要照顾好自己。”当得到肯定的回答后，她又总是忘不了关照一句。

何嫂还有个特点，就是从来不点收街坊们递给她的茶水钱。

“自己放吧！”何嫂总会在你泡好水后要给钱时这么说。

“你就自己拿吧！”有时候，钱需要找回，她也总是这么说。那时，一热水瓶茶水收费一毛钱，泡开水的窗台上放着一只简易的铁皮盒子，里面都是些一两毛的钱，她从来不看也不数。

茶水店隔壁的两间平房里开着一爿理发店，开店的是何嫂的儿子何书群。小伙子二十出头，长得白白净净，初中毕业后便去学理发，后来自己开了这爿店。何书群很内向，不太喜欢说话，林少峰去理了两次发，与他聊过诸如姓名、年龄、文化程度、业余爱好、家庭状况、收入等话题，除了告诉姓名、年龄、文化程度和隔壁开茶水店的是他妈以外，何书群一概不答，只是咧着嘴笑笑。因此，林少峰除了知道他们是母子俩以外，并不知道他们家里还有谁。

那天，当林少峰在大樟树下把目光从树荫移开转向理发店和茶水店时，发现一位略显瘦弱的少女身影，那头瀑布似的长发吸引了他。

人生有时候很奇妙，爱你的人和你爱的人，也许上天早已做好安排。林少峰记得当时心头好像被什么东西触碰了一下，便下意识地站起身向茶水店走去。此时，那披着瀑布般长发的身影也从理发店飘进了茶水店。

“哦，大学生来了……”与往常一样，何嫂很热情地与林少峰打招呼。

随着何嫂的声音，茶水房里有一个身影飘到了门口。

“这是我女儿——何书凝，在读师范。书凝，叫林哥，是大学生，在街道里当领导呢！”何嫂边笑边介绍两个人认识。

林少峰只记得之前来泡开水时，在何嫂热情的询问下，曾经告诉过她自己姓林，在老城街道办事处工作，但不知“大学生”和“街道领导”她是从何处得来的信息。直到与何书凝熟悉之后，才得知自己搬过来没几天时，包括何嫂在内的小巷街坊们，就从他住的那幢宿舍的邻居口中，获得了一些关于他的信息，甚至有人还打算给他介绍对象。

“林哥。”何书凝轻轻地叫了一声，双眼有些好奇地盯着他，看得林少峰都有点不好意思了。

“别干站着了！书凝，让林哥到隔壁沙发上坐会儿，要好好向他学习呀！”何嫂取下头上戴着的那顶灰蓬蓬的布帽，把头伸出窗户，笑着催促何书凝。这时，林少峰才发现何嫂有着一头乌黑发亮的头发，只是头发绾着垂在脑后。

何书凝跨出门槛，用左手拉着林少峰的右手往隔壁的理发店走，好像早就熟悉了的朋友。两个人踏进理发店门口，正在“嚓嚓”磨锃剃须刀的何书群侧过头来，林少峰下意识地放开了何书凝的手。

何书凝让他坐在沙发上，又为他倒了一杯白开水，两个人就开始东一句西一句地聊着。林少峰还时不时地与何书群聊上两句，何书群总是笑笑，最多也就回答一个“嗯”字。何书凝与她哥哥是完全不同的类型，她是典型的“自来熟”，像一只小麻雀叽叽喳喳地说个不停。从何书凝的言谈中，林少峰了解到以下信息：她今年十八岁，自小聪颖，琴棋书画一点就通。初中毕业时，她以声乐、钢琴、舞蹈三门艺术类课目全部第一的成绩，被台州师范学校特招录取，今年下半年刚读三年级，平时住在学校里，中秋节放假三天，她才回家来过节……

林少峰坐在沙发上忍不住打起了呵欠。何书凝忙问怎么了，于是他把自己昨晚单位加班、没睡安稳觉的事儿告诉了她。

“你怎么不早说呀？那就快回家睡一觉吧！”何书凝说着，不由分说地把林少峰从沙发上拉起来，略带推搡地把他送到门口。

“你下午好好睡，晚上再过来好吗？我要告诉你一个秘密！”在林少峰双脚刚刚跨出门槛时，何书凝神秘兮兮地附在他耳边说。

林少峰回头看了何书凝一眼，见她一脸灿烂的笑容和满是期待的眼神，便轻轻地点了点头。

林少峰是一直睡到将近晚上十点才醒来的。

他的脑屏上闪现的第一个记忆光点是何书凝，是与她今晚的相约。林少峰迅速地看了下手表，唉，这一觉睡的……他一骨碌地从床上爬起，旋风似的冲出门去。

小巷里供晚间照明用的路灯很少，就巷口、巷尾和中间大樟树附近有。那天晚上月光较亮，但整条街看上去依然是灰蒙蒙的。林少峰快速奔到小巷中段大樟树下，发现理发店和茶水站都黑着灯，没半点动静。

“唉，今晚是失约了。”林少峰感到莫名的懊恼和失落。懊恼的是，与刚进入碧玉年华的少女第一次相约，就失信于人，多丢面子。也不知她等了多久，但心情一定很糟糕。失落的是，虽然与何书凝是第一次见面，更谈不上一见钟情——毕竟在他看来她还很小，小到连青春期少女基本的体态特征都还未显露，但他内心喜欢与活泼、灵气、可爱的何书凝在一起，否则也不会答应她晚上相见。更关键的是，这个还处于懵懂阶段的女孩似乎也喜欢上他了，虽然，这种喜欢的内涵可能还不具备明确指向，但喜欢是肯定的，不然怎么第一次见面后就相约，还要告诉他秘密呢？

“唉……”林少峰叹了口气，慢慢转过身。就在他带着懊恼和失落的心情将要离开时，丁字形街口附近响起了一阵由远而近的脚步声。

“林哥，林哥——”稚嫩的声音显得低促而急迫。

“何书凝？”林少峰惊喜地回过身，一个瘦削的身影已迅速地朝他奔过来。

“何书凝——”林少峰叫得有些欣喜和兴奋。

“欸！”应声刚落，何书凝已跑到林少峰面前，激动地伸出双手，轻揽他的腰身，头发摩挲着他的下巴和脖子，痒痒的。

“你怎么还没走呀？”“你怎么才来呀？”静默了一会儿，两个人几乎是同时发问，两对眸子在昏暗的路灯下对视，又几乎是同时咧嘴笑了。

两个人肩并肩坐在大樟树下，八月十四的月亮已经撑得圆鼓鼓的，月光透过茂密的树冠射下来，斑斑驳驳地照在他们俩的脸上。

“何书凝，你下午不是说要告诉我什么秘密吗？”林少峰看着她有些偏黄的脸，轻声地问。

“今晚的月色很美，明晚的一定会更美。”何书凝答非所问。

“嗯，那是，明天是中秋节，月到中秋分外明嘛！”林少峰接着她的话茬说。

“玉颗珊珊下月轮，殿前拾得露华新。至今不会天中事，应是嫦娥掷与人。”林少峰也不在意她的答非所问，随口念了一首中秋小诗。

“我读过，这是唐代皮日休的诗。不过，我更喜欢李商隐的：过水穿楼触处明，藏人带树远含清。初生欲缺虚惆怅，未必圆时即有情。”何书凝清了清嗓子，很认真地站起来念道。

“不错。李商隐的诗感情细腻，意境婉约，可以说是伤感唯美文学的典范。我也一直很欣赏李商隐，苏东坡有一句诗叫‘多情却被无情恼’，我认为正可概括李商隐的一生。多情者本来就容易自伤，何况想在无情的世界里苦苦寻觅真情的归所，最终却发现无处堪用其情。这落到每个人身上都一样，自然会觉得被这个世界辜负了！”林少峰娓娓道来。在林少峰表达上述观点时，何书凝听得非常专注，眼神中流露出钦佩之意。

“不过，多情却被无情恼，这话对于多愁善感、深郁缠绵的李商隐而言，没有半分矫情，因为这世界当真辜负了他。”何书凝认真地说。

“看来，她小小年纪，对李商隐的了解也并非皮毛。的确，李商隐的诗中几乎贯穿着对自己身世和时世的悲恻感。”林少峰心下想。

“何书凝，咱们是不是有点说远了。你想告诉我啥秘密呀？”林少峰及时截断有关中秋诗的话题。

“不是正说着嘛！”何书凝貌似不悦地噘起小嘴，模样很讨人喜欢。

“啥？”林少峰有点丈二和尚摸不着头脑。

“明天是中秋节……”她有意停顿了一下。

“是呀！”林少峰马上接口道。

“中秋节是我生日……”何书凝垂下头眼睛看着地面，压低嗓音说。

“哎呀，恭喜，恭喜恭喜！”林少峰一连声地道喜。

“是我十八岁的生日！”何书凝边说边抬起头灿烂地笑了，看得出她的心情已多云转晴。

“祝贺，祝贺！热烈祝贺何书凝明日长大成人！”林少峰握住了她的双手。

“那明天晚上我给你过生日！”林少峰一本正经地说。

“好呀，好呀！可是，我妈说明晚给我过生日的，那怎么办呢？”刚一脸的欣喜劲儿，马上又由晴转阴。

“这样好不好：你先在自己家里过生日，晚饭少吃点，然后再到我这儿来过生日。咱们两边都不误，好吗？”林少峰出了个主意。

何书凝愉快地点点头。

不知不觉已近午夜，林少峰又一个接着一个地打起哈欠。

“你真是瞌睡虫呀！”何书凝忍不住笑他。说罢，拉起林少峰的手，一直送他到宿舍楼下，然后一蹦一跳地消失在小巷的月色里。

3

第二天下午，林少峰提前一个多小时就溜班。

他购买了糖果、鲜花、蛋糕和一对派克钢笔，还有一串节日灯、一瓶葡萄酒。

林少峰回到家里，把隔壁厨房里的小方桌、小方凳搬到卧室，在床头和桌子上方悬挂好节日灯。

看看时间还早，林少峰便下楼信步在小巷里。

白露已过，虽然傍晚的风不再燥热，但从风中还感觉不出那股本该有的秋凉。环顾四周，小巷西边的晚霞还是那样红，东边升起的那一轮明月，却因日未落、夜未临而显得苍白无力。

林少峰在小巷里走了三个来回，西边的晚霞已渐渐飘散，老城里的灯火开始阑珊，东边的月亮也开始升高，月色已见清辉。他心里估摸着何书凝差不多该吃好饭了，便回到宿舍。

上得四楼，林少峰感觉身上有些汗味，便脱去衣裤，只穿了裤衩，披一条浴巾，跑进卫生间。正准备放水洗澡，就听见楼梯有轻盈的脚步声上来，接着隔壁卧室便响起"笃笃"的敲门声。

"林哥——"几乎与此同时，稚嫩而清脆的叫声在楼道里响起。

"唉，何书凝，请稍等一下！"林少峰见没来得及洗澡，便匆忙擦了一下身体，围着大浴巾就出来了。

"在洗澡呀！"何书凝站在四楼的楼道里，看到林少峰围着一条浴巾出来，并未转过身去避嫌，只是略带羞涩地笑了笑。

"你在门外等等，我进去穿衣服。"林少峰急忙推门进了卧室。"进来吧！"换好衣服的林少峰轻声喊道。

"林哥，我这件衣服漂亮吧！"顺手关上门后，何书凝便在屋子中间开心地转了一圈。林少峰这才定神看她，只见她上身穿了一件当时非常流行的白色的确良长袖衬衫，衬衣的领口和袖口绣着淡紫色的梅花，左右胸口处各绣着一朵暗红色的牡丹，两侧收腰处则绣着浅粉色的玫瑰。

“海门刺绣呀，真漂亮！”林少峰夸赞道。那时候的海门刺绣，全是绣花女用手一针一线细细绣出来的，绣衣专供出口，为国家创造外汇。据说要弄到一件融合中西文化的海门绣衣很不容易，得通过关系找厂长批条子，以“不合格产品”的名义弄出来，价格自然不菲。

“好美呀！”在何书凝走过来后，林少峰近距离地观察衬衣领口、袖口、收腰处和前胸细密精美的刺绣，不禁发出了由衷的赞叹。

何书凝以为林少峰是赞美她，高兴得一蹦一蹦的，又旋转了好几圈，长发被旋得四处飘飞。她站定后，目不转睛地看着已坐回到床沿上的林少峰。

“真可爱！”林少峰这一句倒是实话。正当碧玉年华的少女，穿着绣有淡紫色梅花、暗红色牡丹、浅粉色玫瑰的白色上衣，下面配浅蓝色卡其裤，腰间束一条窄窄的帆布皮带，衬衣下部塞在裤子里，浑身充满青春活力。至于美，在林少峰的认知系统里，女孩子除了悦目的脸蛋外，起码或者说必须具备玲珑的身体曲线，当凸得凸，该翘得翘。眼前的何书凝，虽然身高已经蹿到一米六左右，但瘦了吧唧的，这件衬衣穿在她身上显得有些宽大。

一般来说，读初中时期是人生的一个分水岭，这个时候，人真正地分成男人或者女人。不过，林少峰自己也是个迟熟品种，不仅读初中时没开始发育，读高中也没动静，一直到上大一，身体才开始发生明显变化。

正在林少峰胡思乱想的时候，何书凝也坐到了床沿上。

“哥哥早就答应，在我十八岁生日时给买件好衣服的。这件衣服就是他送给我的生日礼物，他与海门绣衣厂厂长的儿子是初中同学。”何书凝的神情充满了有个好哥哥的自豪。

“哦，怪不得，这个礼很重了哦！”林少峰当时的月工资是六十二块，听说这样一件手工绣衣得上百块钱。

“来，何书凝，接下来我为你过生日吧！”林少峰把她从床沿上拉起来，让她坐在小方桌边的凳子上，自己则在桌子另一端的凳子上坐下。

“哇，好丰富呀！”何书凝到底还是个孩子，刚才还一门心思炫耀着自己的新衣，没细看其他地方，现在看到桌上的生日蛋糕和各式糖果，便兴奋地尖叫起来，双手忙不迭地剥开糖果往嘴里塞。

“别急，慢慢来，小心噎着……”林少峰说罢，转身从床边的柜子上捧出一束鲜花，“祝何书凝生日快乐！”

“长这么大，今天是第一次有人送我鲜花！”何书凝怔了好一会儿，看看鲜花，又看看林少峰。

何书凝没有接花，而是猛然扑到了林少峰的怀里，紧紧地搂着他。她像小猫一样躲在他怀里，他能感觉到她的胸脯和鼻翼在轻轻地起伏着。

“好了，好了，别把花弄折了！”林少峰刚以为她还是个不懂事的孩子，但这时的表现却又完全像个成熟的姑娘。在何书凝扑过来的时候，他本能地把拿着花的左手撑开，用右手轻抚着她的肩膀。

何书凝挺起身，双手接过鲜花，深情地注视着林少峰。

“还有礼物呢！”林少峰说着，从手提包里拿出一个精致的小盒子，上面系着红红的绸带，带上打了一个同心结。

“钢笔？”何书凝一边猜一边站起来接过盒子。

“两支派克钢笔呀！”解开绸带，打开盒子后，她“哇”地惊叫起来。在那个时候，一般的钢笔就两三块钱一支，上海产的“英雄牌”钢笔六七块钱，而派克钢笔要十八块钱一支。

“班里只有两三个人在用这么好的笔！”何书凝在异常欣喜的同时，对着林少峰说。

“这么贵的笔，买两支做啥？一支就够了呀！”接着又有点抱怨。

“一点心意而已，希望你好好读书！”林少峰让她坐回到凳子上。

此刻，何书凝的眼里泪光闪动。

林少峰避开何书凝深情的目光，将桌子上的糖果挪到一旁，腾出中间的位置，摆好蛋糕，插上小蜡烛，又认认真真地清点了一遍，确认是十八支后，再一一点燃。何书凝默默地坐着，但林少峰感觉到她并没有看蛋糕和蜡烛，而是一直注视着他。

林少峰起身关掉电灯，来自十八支蜡烛的所有光源，都聚集在小方桌和静静坐着的何书凝身上。林少峰走到她身后，双手轻轻地放在她的肩头，她立刻仰起脸来看着他。

“何书凝，今天是你十八岁生日，许个美好的心愿吧！”林少峰微笑着说。

何书凝听话地低下头，双手合十。

“许好愿了，你帮我一起吹吧！”过了一会儿，她仰起脸。就在林少峰靠在何书凝瘦削的肩头、帮她一起吹灭烛光的一刹那，何书凝侧过脸，在他的左脸颊上重重地亲了一下。

虽然感到有点突然，但这反倒让林少峰想起了什么。他没再打开电灯，而是插上了那串悬挂在床头和桌子上方的节日灯。一时间，霓虹闪烁，为这个中秋节的生日聚会平添了无限情趣。

林少峰又打开葡萄酒，拿出两只高脚酒杯分别倒上，并把其中一杯递给何书凝。

“我从来没喝过酒。”何书凝摇摇头。

“今天是你十八岁生日，明天你就是大人了，喝点没关系。”林少峰鼓动她。

“不知喝了会有什么感觉，不会喝醉吧？”她勉强同意。

“这种葡萄酒很淡的。”对林少峰来说，这种葡萄酒能喝一瓶。

“这一杯，祝何书凝生日快乐！”林少峰举起杯一饮而尽。

“这么酸呀？”何书凝也学着他的样子往嘴里倒，不料中途又吐回到了杯子里。

“那别喝了。”林少峰伸出手去拿她的杯子，何书凝用左手挡着他，右手举杯一饮而尽。

“今晚的酒，一定得喝！再倒满！”何书凝看着他，语气很坚定。

“就喝这一杯吧！”林少峰反而开始担心起来。

“不，继续倒！”何书凝抢过酒瓶，先把自己的杯子倒满，又给他倒上。

“要不我们先吃蛋糕吧！”林少峰想把喝酒的事先搁一边。

“不，林哥，我敬你！感谢你为我过生日，这是我十八年来最开心的一次生日！”说完，又一饮而尽。

“好，好，好事成双！”林少峰也跟着一口气喝完。

“不行，还得再来一杯！”尽管灯光闪烁，但两杯下去，她的脸已泛起了红晕。

“何书凝，不要了吧？”林少峰担心她会喝醉。

她拿起瓶子看了看。

“正好还有两杯，咱们一人一杯！”说罢，又给两个杯子倒满了酒。

“这第三杯，咱们互祝吧！”何书凝端起杯子。

“祝我们有个美好的未来！”两个人同时干杯。

连着三杯酒下肚，林少峰都有点晕兮兮的了。

“今天不能再喝了！”林少峰有点后悔买了葡萄酒回家，要是把小姑娘喝出病来，那可担当不起呀！

“来，何书凝，我们赏月吧！”他拉着她的手来到窗口，打开所有窗户，又去搬了两张方凳过来。

窗外，一轮圆月像一盏明灯似的高悬在天幕上，像姑娘银盘似的脸流露出柔和的笑容。在清雅的月光下，不远处的南门山显得朦胧而和蔼，而近处通往南门河的小道上树影袭人。或许是心理作用吧，林少峰总感觉那晚的月特别的透彻，富有诗情画意。两个人一左一右坐在方凳上，把双手搁在窗台，欣赏中秋的月色。

“明月几时有？把酒问青天。不知天上宫阙，今夕是何年？我欲乘风归去，又恐琼楼玉宇，高处不胜寒，起舞弄清影，何似在人间？”何书凝脸上泛着红晕，把头靠在林少峰的右肩，轻轻地吟唱起苏东坡的《水调歌头》。

何书凝一个人摇头晃脑地唱完了“明月几时有”的上半阕，不断晃动的脑袋，把林少峰的右侧脖颈摩挲得痒痒的。

“转朱阁，低绮户，照无眠。不应有恨，何事长向别时圆？人有悲欢离合，月有阴晴圆缺，此事古难全。但愿人长久，千里共婵娟。”林少峰微微侧了侧身子，陪何书凝一起唱起了下半阕。

唱着歌，看着中秋之月，林少峰的心绪开始飞扬。

那一轮明月，那阴晴圆缺之轮回，不正是昭示着人生的一切吗？身在这个浊世，谁也无法逃避。倘若有心，明月却能成为一面菩提明镜，帮你照彻世间的一切烦恼。

这时候，林少峰只听得右肩旁发出“哦”的一声，一大口刚喝下的葡萄酒从何书凝嘴里吐了出来，吐满了他的右臂和窗台。

“让你别喝了，你偏喝！”林少峰半是责怪半是心疼地说。

“今天高兴呀！这辈子还没喝过酒呢，就在你怀里醉一次呗！”何书凝醉眼蒙眬地说。

“都是我不好，不应该买酒的！”林少峰感觉她脸色有些难看，便更是心疼。

“又想说小孩子不能喝酒吧？我今天十八岁了，是大人了，什么都懂，我会对自己负责！嘻嘻……”她的“嘻嘻”倒还逗人。

林少峰赶紧跑到隔壁房间，拿来脸盆和毛巾，何书凝就着脸盆又呕吐了两次。林少峰扶着何书凝躺下，感觉她整个人都软绵绵的，似乎没有了一丝力气。

“林哥，把那束花拿过来……”何书凝躺在床上，忽然又坐了起来。林少峰将那束玫瑰花递过去。何书凝绯红着脸，两手紧握花束贴在怀里，幸福地闭上眼睛，一会儿就睡着了。

何书凝已经安静地睡着了，林少峰趴在宿舍的窗口，独自欣赏这中秋的满月。一只擦亮的铜盘似的圆月，这时候已被天空托得很高很高，有云彩在自由自在地飘荡。月亮像一位含羞的少女，一会儿悄悄地躲进云间，一会儿又撩开面纱露出娇容，整个世界都被月色浸成梦幻般的银灰色。

林少峰回头看看抱着鲜花的何书凝，此刻她睡得很沉、很香。突然，他发现她的衬衣上有几处葡萄酒渍。

“这可是刚买的新衬衣，且是价格不菲的手工绣衣，难得弄到手的出口名牌呀，她醒来发现后会心疼，更会担心家人的责骂。都怨我，让小女孩喝啥酒呀？再说，这葡萄酒渍是极难洗去的污渍之一，怎么办？”林少峰一边责怪自己，一边搜索着大脑中储存的洗污渍知识。记得前几天空闲时，随手翻阅桌上的“小百科知识台历”，里面好像有去除污渍的相关内容。心下想着，林少峰赶紧拉亮电灯，拿起台历仔细翻阅起来。果然有！林少峰兴奋得几乎要跳起来。

“新葡萄酒渍可用浓盐水揩拭污处，或者把食盐撒在污处，用手轻搓，待一小时后，再用水清洗即可。”林少峰边看边读。只是，用这个方法去除酒渍，得脱下何书凝的上衣呀！尽管她看上去瘦瘦小小的，可人家毕竟已是十八岁的姑娘了……转念一想，她睡得那么沉，一时半会儿估计也不会醒过来；要是醒了，也不妨实话实说，应该会得到原谅的。于是，林少峰便开始行动：先是轻轻地拿掉何书凝手中的花束，再小心翼翼地解开那件上面绣有淡紫色梅花、暗红色牡丹、浅粉色玫瑰的衬衣。就在解开第三颗纽扣时，林少峰怔了一下，他发现里面根本没穿背心。

几秒钟的犹豫后，他还是决定脱下这件衬衣。

一个刚刚开始发育的少女的上半身就完全呈现在林少峰眼前：秀长的颈，瘦削的双肩，光洁的胸脯上微微隆起两个像小笼包子般大小的粉嫩肉球，模样就像刚刚开始膨大的棉桃；一条窄窄的帆布皮带束在细瘦的腰间，圆润的肚脐微微内凹，皮带以下是裹在浅蓝色卡其裤里平坦的小腹，由于刚才扯她塞在皮带下的衬衣时，拉动了一截裤链子，里面的白色内裤异常醒目地跃入林少峰的眼帘，那下面……

“呸！想哪儿去了，人家还是一个小丫头，没准下面连黄毛都没呢！”林少峰赶紧封锁住自己横生的邪念，用浴巾盖住何书凝的上身，拿着衬衣到隔壁房间。

林少峰按照日历上介绍的方法，把食盐撒在衣服上的四五个污渍处，再用手轻搓后放入盆内。

电灯光明晃晃的，感觉有些刺眼，林少峰便关了电灯。此时，月光朗朗地照射进来，令闪烁的节日灯愈发显得清雅和美。

林少峰看着躺在床上的何书凝。

“别看她长得细细小小，身体还是个纯丫头片子，但思想完全是大人，毕竟已是师范学校三年级的学生，明年就要当老师了呀！”林少峰回忆着两天交往中何书凝的言谈举止。

看看手表，已经过去差不多一个小时。

林少峰起身，到隔壁房间清洗撒上盐并揉搓过的衬衣，污渍果然得到彻底清除，接着，他用电吹风把几处清洗过的地方吹干。

何书凝依然睡得很沉、很香，林少峰揭去盖在何书凝身上的浴巾，为她穿衣服。穿衣比脱衣难多了，虽然动作很轻柔，但也怕吵醒她，林少峰不时停下来看看她的神情。节日灯闪烁的光点，在何书凝胸脯两个粉嫩的小肉球上跃动，林少峰忍不住低下头，轻轻吻了吻。蓦地，一股热流从他的脚底沿着双腿的大隐静脉往上奔涌而来……

“人家还是一个小丫头，没准下面连黄毛都没呢！”就在林少峰脱下自己裤子的一刹那，脑子里闪过一个多小时前自己的思想。

“我不能，不能这样，我得赶紧锁住自己野马般狂乱的欲念，我不能伤害她！”林少峰悬崖勒马，而异常勃起的下身实在难熬，迫切等待着释放。于是，他站在床沿，一边看着何书凝柔和悦目的身体，一边用右手紧紧捏着裤裆间已变得热蓬蓬的物儿。

林少峰就这样完成了自己的第一次，是与何书凝。

此次经历，他从未向她透露过半句，这成了他们之间唯一的秘密。

何书凝是睡到第二天早上五点多才醒来的。她醒来时，林少峰趴在窗台上睡得正香，是被她摇醒的。

“我怎么睡得这么死呀？”她的眼神中透出些许疑惑。

“是呀，你多喝了点！”他揉着惺忪的眼睛回答道。此时，听到小巷里传来“窸窸窣窣”清理马桶的声音，林少峰看了看手表：五点一刻。他记起自己一直在欣赏着满天的月华，还抽了四五支烟，到三点多才趴在窗台上睡着的。

“妈妈肯定得骂死我了！怎么办呀，林哥？”何书凝显得很沮丧。

“我送你回去吧，跟她解释解释，别担心，没事的。”林少峰一边安慰，一边观察她的脸，发现红晕已经消退，还原成略带青黄的模样，且明显带着疲惫。

“书凝，你到隔壁洗个脸，清醒一下再回家吧！”林少峰打开隔壁房间的门。

“林哥，你这儿有抽水马桶，还有淋浴喷头，真好！不像我们每天要倒马桶，在大盆里洗澡……下次，我跑你这儿来洗澡，好吗？”回到卧室的何书凝一脸兴奋地说。

“当然，这儿也就是你的家！还有，以后你就喊我少峰吧！”林少峰一边切蛋糕，一边笑眯眯地看着她。经过昨晚，林少峰无法再连名带姓地称呼何书凝，也无法让她再喊自己林哥。

“这是你说的哦，以后可别赖！只是，直呼名字很不礼貌的，那我就叫你少峰哥吧！”何书凝红着脸回应道。

“好吧！依你。昨晚没吃生日蛋糕，现在赶紧补吃！”林少峰已切好蛋糕，把其中的一大块递给她。

“我已想好，等会儿直接回学校，要是以后妈妈问起，我就说与同学一起参加中秋晚会了。”何书凝接过蛋糕，又回归到天真活泼的模样。

“好吃，好吃……其实，今天早晨吃才是对的。”何书凝接着说。

“为什么今天吃才是对的呀？”林少峰不解。

“我是中秋节下半夜出生的，也就是八月十六凌晨。只不过为了方便，家里总是在中秋节晚上为我过生日。”何书凝解释道。

“十六的月亮比十五更圆，那我以后就选八月十六给你过。”林少峰觉得这样安排更妥当些。

“好呀，好呀，那我每年都能过两次生日了！”何书凝高兴得跳起来。

“少峰哥，你以后都会在八月十六这天给我过生日吗？”只一会儿，何书凝便止住了笑容。

这问题还真不好回答。

在这个世界上，没有什么东西是时间不能穿透的：过去的就过去了，谁也回不去；未来还没有到来，谁也不知道会怎样。即使有过许诺，时间也通常会让人自觉或不自觉地改变。

“当然！”林少峰不想让她失望，也不会让她失望。

“来！”何书凝又高兴得跳起来，随即伸出右手，并将小拇指做弯曲状。林少峰只得伸出右手，以同样的姿态。

“拉钩、盖章，一万年，不许变。”何书凝用小指勾住林少峰的小指，大拇指紧紧按住他的大拇指，嘴里念念有词。说完，拿起林少峰送给她的派克笔和那束鲜花。

“少峰哥，我走了。”何书凝走到门口，还不忘回过头嫣然一笑。

林少峰开始打扫卧室，在清理窗台时看到一个清瘦而飘逸的少女身影，走在那条通往南门河边的小路上。

“这古灵精怪的丫头，为了避开大家的目光，更为了不让早起的母亲发现，竟然绕个大圈子回学校。”林少峰忍不住咧开嘴角。

整理完房间，林少峰便拿起两个热水瓶下了楼。

月亮还贴着老城区挂在西边的天空上，虽然很圆，但已然没有了昨夜的清辉。长长的小巷里飘起缕缕青青的炊烟。早起的家庭主妇们一溜儿站在小巷东侧，“窸窸窣窣”地清洗着已经在下半夜被环卫工人倒空了的马桶，洗马桶的水就直接倒在土沟里，流进林少峰宿舍前那个发臭的小池塘，再流到南门河里。洗马桶的家庭主妇们大多披头散发，她们还来不及梳洗，得先清洗好马桶，以便在家里大大小小起床前拎回到家里。

“今天怎么这么早呀？水还没烧呢！”何嫂对着早早到了茶水站的林少峰，很惊讶地说了一句。

林少峰发现，早起的何嫂虽然还是穿一双黄色的解放胶鞋，但蓝布衣服外面没穿围裙，衣袖上没土布袖套，一头乌黑发亮的头发也没有绾着，长长地垂在身后，显得十分清雅。

林少峰眼前有些幻化，何书凝略显稚嫩的脸替换了何嫂的脸，一头长长的黑发垂下来，在晨晖中飘舞……

“昨晚有人泡了两壶没拿走，先倒给你吧！”何嫂的声音让林少峰眼前的幻景变回现实。

“谢谢，谢谢！”林少峰忙不迭地把热水瓶递给何嫂。

“昨天给书凝过十八岁生日，烧了海鲜长寿面，还放了两个鸡蛋；她哥哥买了件手工绣衣给她，挺漂亮的……”何嫂边倒开水边唠叨。

“是呀，穿着很漂亮！”林少峰无意间蹦出一句，说罢便后悔了。

“嗯，是很漂亮。吃过晚饭，换上新衣服，她就出去了。唉，这整夜没回，真让人担心……”何嫂继续嘀咕着，根本没深究林少峰的一时失言。

“昨天是中秋节，她可能是穿上新衣服回学校去了吧，也好向同学们炫耀炫耀呗！”林少峰突然想起，刚才何书凝离开他宿舍前说过的话，便赶紧补上一句。

“应该是吧！这孩子，一直长得很慢，刚读师范时还只有一米四二，我这心里老是压着块石头，要知道我十七岁那年都生儿子了……这半年倒好，春笋拔节似的，一下子高了十八厘米，要变大人了。”何嫂的不停唠叨，让林少峰对何书凝的成长状况有了更多的了解，也为自己昨晚的悬崖勒马而庆幸。

“是呀，是呀，书凝已长大，明年就当老师了！”林少峰应和着接过热水瓶。

“你是当领导的，以后可要多照顾我们家书凝哦！”何嫂在林少峰转身离开时，还不忘讨好地说上一句。

4

林少峰再次见到何书凝，已是寒假。

中秋节过后不久，林少峰接到海门市委组织部通知，前往省委党校参加为期三个半月的青年干部培训活动。

培训结束回来时，已是农历十二月下旬。

那年是年里春，立春已过一个多星期，街坊邻居们开始置办年货。林少峰提着行李走进熟悉的小巷，发现家家户户屋檐下、窗台上都晾晒着腊肉、鱼干、花生、瓜子之类的，还有几户门前悬挂着红红的灯笼，浓浓的年味扑面而来。

路过大樟树底下时，林少峰的眼睛下意识地往茶水站里瞧，恰巧看见何嫂给一位腿脚不便的老大爷冲好热水瓶，帮他提送了一段路出来。何嫂依旧穿着一双解放胶鞋，蓝布衣服外面穿着一件劳动布做的宽大的围裙，两只衣袖上套着土布做的袖套，头上戴着一顶灰蓬蓬的布帽。

“哎呀，领导回来了！”何嫂一看到林少峰，便立刻把热水瓶交到老大爷手上，满脸堆笑地迎上来。去省城培训前一天，林少峰在茶水站泡开水时，特意与何嫂聊了会儿天，告诉她自己要去省城培训，三个多月后才回来，还问了一下何书凝的近况。何嫂得意地告诉他，目前女儿担任学校文艺队队长，最近正在排演节目，准备参加全市文艺演出，一直没回来过。前几天天气开始转凉，就让她哥哥给送去了秋衣……听说林少峰要去省城三个多月，特意叮嘱：省城的冬天比海边要冷，一定要带足衣服，注意身体，照顾好自己。

“三个多月没见，长高了，也变白了！”何嫂笑眯眯地拉着林少峰的手，不住地赞赏。

“这话说得，真是天晓得！我都超过二十二周岁了，两年前便已停止生长。”林少峰心里嘀咕，却不愿拂何嫂的美意，只得微笑着点头。

“书凝早放假了，还每天问我有没有看到你呢！这下好了，知道你回来，她一定会很高兴的！”说到这儿，何嫂显得有些激动。

“好呀，让她有空过来玩！”林少峰摆脱了过分热情的何嫂，走向自己的宿舍。在转角处，发现小池塘已被清理过，水位明显比以往低，看上去干净许多，臭气也不那么刺鼻了。

长途奔波让林少峰感到很疲惫，回到宿舍的他顾不上清理空置了三个多月的房间，脱去外套，躺下就睡。

林少峰是被一阵敲门声惊醒的。

不会有别人，肯定是书凝！他揉着惺忪的眼睛打开门，穿着浅花格短呢上衣的何书凝一溜烟地钻了进来。

“少峰哥，怎么去那么长时间？好想你呀！”门在林少峰身后还未关上，何书凝就扑上来，紧紧地箍住林少峰的脖子。

林少峰闻到了一股馨香，这是少女的体香，是进入青春期的少女特有的香味。他也明显感觉到胸口被两个柔柔的球抵着，与脑海里一直留存着的感觉不可同日而语。林少峰想亲吻她，但立刻控制住了，中秋夜小女孩的形象在他脑海里挥之不去。

就这样默默地抱了一会儿，林少峰回到床上，斜倚着床背。

“我妈说你长高了、变白了，我仔细瞧瞧……”何书凝过去坐在床沿，目不转睛地注视着他。

“哪有呀？”林少峰打了个哈欠。

“都六点多了，不准你再睡了，我给你端水洗把脸清醒清醒！”何书凝说着站起身。

“还没打热水呢！一起去吧，顺便陪我吃饭。”林少峰在床上坐起来。

两个人各拎着一个热水瓶走上小巷。一阵寒风从南门河边吹过来，让刚睡醒的林少峰打了个寒战，他下意识地缩了缩脖子。

“冷吗？”何书凝停下脚步，关切地问。

“还好，可能是没睡醒的缘故吧！”接着，林少峰又打了个哈欠。说完，两个人继续朝大樟树下走。

“饭吃了吗？”何嫂满脸堆笑地迎上来，看看林少峰，又看看自己的女儿。

“没呢，我陪少峰哥吃手打面去。”何书凝一边回答，一边将林少峰手中的热水瓶递给母亲。

“好，好，天冷，吃碗滚烫的面，防感冒。”何嫂笑呵呵地说。

“那就快去吧，吃了再来拿。”何嫂边催促着边接过热水瓶。

两个人走过小巷，绕过沉睡着的大水车，穿过由鹅卵石铺就的衙门巷和南新椒街，随后来到城门头老牌手打面店。

吃完面，发汗、解寒，刺激胃肠蠕动，林少峰顿觉浑身舒畅。

原路返回时，何书凝始终用右手紧紧地牵着林少峰的左手，生怕他会跟丢似的。刚走到大水车旁，突然，一个黑影从大水车上一跃而下。

“呀！”何书凝吓得尖叫一声钻进林少峰怀里。林少峰一边搂着惊慌失措的何书凝，一边扭头朝黑影窜逃的方向看，只见一只硕大的黑猫正跃过石沟，往远处蹲在道旁的那只白猫追去。

“好了，是只猫。”林少峰轻拍何书凝的后脑勺。此时，他感觉她的双手反而将他抱得更紧，头也往他的怀内钻得更深，林少峰只得继续抱着她。

“我胆小，你以后要护着我的！”过了好一会儿，何书凝才缓缓松开双手，把头从林少峰的怀内钻出来，仰起脸看着他。在不甚亮堂的路灯下，何书凝楚楚可怜的样子让人顿生怜悯。林少峰用双手捧起她的脸蛋，充满柔情地注视着她，她慢慢地闭上眼睛，小嘴微微噘起。他亲吻她的额头、眉毛、眼睛，然后越过她光滑的鼻子……

林少峰记不清这个冬夜的初吻到底有多久，以至于第二天早晨起来，还感觉嘴唇有些厚、舌尖有些麻。

“丁零零——”一阵紧促的自行车铃声，分开了紧紧粘在一起的两个人。

回到大樟树下，理发店已经关门，而茶水店还亮着灯，何嫂在等着他们回来。

打那以后，一直到元宵节后何书凝回学校上学，几乎每天晚饭后她都会到林少峰的宿舍，然后两个人一起下楼，把热水瓶先放在茶水店里，再一起逛小巷，边逛边海阔天空地聊。

每次来林少峰宿舍，何书凝总会主动收拾他换下来的棉毛衫、棉毛裤、衬衫、内裤、袜子等，拿到隔壁房间去洗，而林少峰总是抢回自己的内裤，因为那上面经常有黏糊糊的液体，这让他总是想起中秋夜的情景，想着她的那两个小笼包子一般大小的肉球和双腿间隆起如倒置嫩梨的隐秘部位……

对于已经成熟的林少峰来说，两个人在宿舍里拥抱、亲吻，甚至相拥着和衣躺在床上时，他都会有遏制不住的冲动，却总是被理智所代替。林少峰知道，性爱除了原始的生殖意义，更多的是一个人对另一个人信赖的方式，是被人喜爱、向往成为他人生活中最重要的人的因素，但这样散发着幽幽兰香的日子，远比急风暴雨来得更为美好。

林少峰喜欢何书凝，也知道她喜欢自己。

晚上在小巷散步时，经常有街坊在交头接耳，甚至有人当面说过“你们小两口儿”这样的话。

当时的初恋就是这样的。

5

春节很快过去了，寒假也很快过去了，何书凝一上学就忙着毕业实习，在远离市区的一所乡中心幼儿园教孩子们识字、画画、唱歌，林少峰继续忙着上班，两个人几乎没有见面的机会。

重逢时的那年夏天，何书凝已从师范学校毕业。

傍晚，林少峰刚拎着热水瓶下楼，看见三楼与四楼的楼梯拐角处有个人影。

“书凝！”林少峰定神一看，咧开了嘴巴。何书凝也正咧着嘴巴注视着他，脑袋微微弯向左侧。真是女大十八变。原本瘦削的何书凝身材已变得匀称，体态娉娉婷婷，略带青黄色的皮肤变得光嫩洁白，只是脸上长了几个小痘痘——那叫“青春痘”，是青春和活力的标志，前几年林少峰的脸上也长过不少。

“你来了！咱们一起泡开水去。”林少峰开心地说。何书凝点了点头，一声不吭地跟在他身后。

一路上，无语。

两个人到了大樟树下，把热水瓶放在茶水店里，又开始用双脚来回丈量小巷。林少峰海阔天空地说这几个月海门发生的新鲜事，主要是介绍庆祝解放一江山岛三十周年活动的情况。他第一次登上中国人民解放军陆海空三军首次联合作战战役发生地，感受可想而知。林少峰还告诉她，毕业一年后自己反而留恋起大学时代的生活，很想再回去继续攻读历史。何书凝只是认真地听，很少像原先那样插话，更不像原来那样用提问题的形式重复他说过的话。

“书凝，说说你的！”林少峰让她聊聊实习期间的趣事。

“毕业实习很累，同学们都很忙……”看得出，何书凝似乎不大愿意说什么。之后，虽然何书凝也是每晚都会跑到林少峰宿舍坐会儿，但明显没有原先那么活泼了。

“毕竟四个多月没见，难免生疏。”林少峰想。

林少峰不知道何书凝家里除了何嫂、何书群以外还有什么人，他没问过，也一直没听她提起。直到那天……

小巷口青砖瓦房里，发生了一起中年妇女失足坠楼事件。

坠楼的是个四十多岁的女人，从街坊的议论中，林少峰知道她叫洪嫂或者红嫂、虹嫂、鸿嫂之类的。若是前者，一般来说应该是她丈夫姓洪。听说她孤寡一人，终身未嫁，那么，就应该是后面的几个称呼，但街坊的传言中，又说她生养过一个儿子。这位居住在巷口青砖黛瓦房里的女人，一直深居简出。她坠楼时，林少峰在小巷里已经住了一年多，印象中从没见过这个人，也没听左邻右舍提起过她，这可能与小巷一直太平无事有关。直到后来林少峰调离海门市，都不知道她究竟是叫洪嫂或者红嫂、虹嫂、鸿嫂，也不知道她到底是终身未嫁还是有过孩子，只是知道她与何书凝的父亲有较大关系，以及她为这条小巷蒙上的那层神秘的悲剧色彩。

卫城的天气非常炎热，白天烈日灼人。由于受到热带风暴的影响，傍晚时分天空下起了一阵急骤的雨，像一个巨大的吸尘器，把老城的街道、小巷以及古老而破旧的水车吸得一尘不染。吃过晚饭，林少峰拎着热水瓶下楼。雨后的小巷已有些积水，小巷两旁的房屋像被大抹布擦过，连同空气变得清新起来。排水沟里的水欢快地流淌，几只青蛙在沟边跳来跳去，林少峰甚至能听到不远处饥渴的禾苗在狼吞虎咽着。

街坊们陆续从闷热的房子里出来散步，伸手、弯腰、踢腿……

“这雨下得可真及时！”

“每天傍晚都下一场该多好！”

“今晚终于可以睡个舒服觉喽！”

大家纷纷议论着这场雨。

林少峰来到茶水站，何嫂依然满脸堆笑地接过他手中的热水瓶。他不好意思地笑笑，便低下了头。自去年中秋节之后，每次去打水，林少峰都感觉有点尴尬。

“何嫂早上好！”“何嫂晚上好！”林少峰原本会这样跟何嫂打招呼，现在觉得有些不妥。

“砰——”突然，丁字街口附近传来一沉闷的声响。

“有人坠楼了！有人坠楼了！”紧接着，有人尖叫。林少峰刚接过何嫂递过来的热水瓶，被“坠楼了”三个字吓了一跳。何嫂也非常震惊，在他尚未完全接住热水瓶时突然松了手，好在他反应快，热水瓶才没掉地上。这时，林少峰听到一阵杂乱的脚步，他看到街坊们急急忙忙从大樟树下走过，便立马放下手中的热水瓶，朝丁字街口跑。在距离街口约三十米处，他跟着前面的街坊，从小巷拐进另一条短而窄的铺着碎石子的弄堂，后进入一幢青砖黛瓦的小庭院。

庭院后院的东南角已围了十几个人，林少峰赶忙挤进去，见一个壮实的五十多岁的男人跪在地上，怀里抱着一个女人。女人穿着一件米白色短袖衬衫，殷红的鲜血几乎布满整个头和脸，鲜血已将衬衫上绣着的淡色花朵染成了鲜红色……

“赶紧送医院！”林少峰急切地提醒。他不知道那个跪在地上的中年男人是谁，那男人怀里抱着的叫“洪嫂”的女人又是谁。

“没用，早就没气了！”人群中有人回应。

“刚才给派出所打过电话，警察马上就到。”又听见有人说。

林少峰抬起头瞥了一眼四周，发现这只是一个青砖黛瓦庭院的后院，面积不到一百平方米，收拾得倒还不错。楼房呈西低东高状，西边是两层楼，东边是三层楼，人群围在东边，洪嫂应该是从东边三层楼窗口跳下的。突然，他在人群外的东边墙角处，发现了一个掩面而泣的身影，那不是书凝吗？

正在这时，老城派出所副所长带着两名干警来到现场。

“林主任，你也在呀！”副所长与林少峰熟悉，看到他，叫了声。“你们处理吧，辛苦了！”林少峰朝他点点头。

林少峰挤出人群，走到何书凝身边。

“书凝！”林少峰轻声唤道。何书凝抬起头，一副惊魂未定的样子，见是林少峰便猛地扑到他怀里。

“没事，别怕……咱们离开这儿！”林少峰轻拍她的肩膀。

林少峰拉着何书凝的手转到庭院的正面，想把她带到自己宿舍去，可何书凝反而紧牵着他的手，上了庭院的二楼，又进了东边的房间。林少峰不知道何书凝是要把自己带去哪儿，但看到她悲痛而又惊魂未定的神情，欲言又止。

一进房间，林少峰怔住了：衣架上挂着短袖圆领白色衬衫、浅蓝色细花裙子，那是自己最熟悉不过的；书桌上，一位脑袋微微弯向左侧的少女正深情地注视着他；写字台上的花瓶里，插着一束风干已久的红玫瑰。

说来奇怪，林少峰与何书凝交往一年多，却从未打听过她住哪儿，因为大樟树下茶水站和理发店后面的两间平房，便以为她与母亲、哥哥住在一起，散步那么多回，每次总是在大樟树下分手，好几次还是她送他回到宿舍楼下的。

那晚，何书凝不时地哭泣，情绪极其低落。林少峰揽她入怀，随即轻拍她的肩膀。何书凝只告诉林少峰一些最简单的信息，譬如洪嫂就住在三楼，这几年一直身体不好；那个跪在地上抱着洪嫂的中年男人，是自己的父亲。当晚，她与父亲吃好饭，正准备到林少峰宿舍去，当她刚走到庭院门口，就目睹了这悲惨的一幕！

楼下的人群早已散去，何书凝的父亲没有回来。那晚，虽然有些月光，但四周死一般的寂静。何书凝哭着迷迷糊糊睡去，林少峰独自一人楼上楼下地巡视起这幢房子来。

在临小巷两侧低矮的砖木结构房后面，散布着几幢青砖黛瓦的小庭院，这在老城区算是凤毛麟角，据说这一幢是面积最大的，但林少峰从未进去过。

“谁呀？”正巡游间，林少峰看到一个身影从外面进了院子。

“是我！听说她爸被派出所带走了，剩下书凝一个人，我过来看看。你在，我就放心了！”何嫂似乎极不情愿走进这座房子，说完话就挥手离去。

林少峰整夜没合眼。何书凝几次从睡梦中哭醒，又在林少峰的轻拍下睡回去。

第二天傍晚，何书凝来到他宿舍，依然是满脸愁云。那一晚，她告诉林少峰一些关于洪嫂、关于父亲的故事。

何书凝的父亲何再文从小喜欢唱戏，少年时就进了台州乱弹剧团。1956 年 1 月，共青团中央发出“开发建设伟大祖国大陈岛”的号召，动员温州、台州等地青年组成志愿垦荒队到大陈岛垦荒，何再文第一个报名，与 226 名垦荒队员一起上岛。在岛上，担任文艺宣传组负责人的他，经常组织队员开展文艺活动。因此，他的文艺才能得到充分发挥。何再文与广播站的女播音员相爱，两个人在播音室亲热时，忘记关掉播音设备，致使浪声淫语传遍岛上的每一个角落。

何再文被开除出队。

回到卫城后，他先是在环卫所当了一名淘粪工，一干就是三年；后来，爱惜人才的台州乱弹剧团团长经过多方努力，才把他弄回剧团，但上面领导发话，他只能做后台，不得上台演戏；再到后来，何再文经人介绍，从西部山区娶了一位比他小十几岁的姑娘，为他生了一双儿女，这姑娘就是现在的何嫂。

在何书凝两岁那年，何再文以极其低廉的价格从一位走资派手中买来这幢小庭院。这幢小庭院买来后，何再文将妻子以及一对儿女留在大樟树下的几间平房里。他花心思将小庭院进行了一番改造，完工后没几天，便接来了一位三十出头的病恹恹的妇女——那位大陈岛广播站播音员，也就是洪嫂。他将洪嫂安顿在小庭院采光最好的三楼东灶，自己住二楼东灶。再到后来，政府开始拨乱反正，清理打砸抢分子，何再文被逮进去关了半年多，惜才的台州乱弹剧团领导又将他保出来，继续留在单位，主要工作是修理团里的丝竹管弦、唢呐锣鼓之类。

何书凝上小学那年，何再文把她从大樟树那边的平房里接来小庭院，安排在二楼东灶，自己则挪到二楼西灶。从那时起，何书凝每天都能见到洪嫂，一般情况下，都是父亲做好饭菜后，喊洪嫂下楼吃饭。洪嫂始终一副病态，很少说话，何再文偶尔会在餐桌上说一些外面的新鲜事，她也不吭声，至多给个勉强的微笑。不过，洪嫂会经常将鱼、肉等好点的菜，夹到何书凝碗里。

“多吃点，吃了长身体！”洪嫂每次夹菜给何书凝时，都会说几句诸如此类的话。

何书凝读师范以后，洪嫂的身体状况似乎一年比一年差。寒暑假里，她经常听到洪嫂不停咳嗽，有时甚至整夜咳个不停。遇到这种情况，何书凝总能听到父亲蹑手蹑脚上楼，过一两个小时又蹑手蹑脚地下来。洪嫂的脸色越来越苍白，吃饭时也不停地咳嗽，有几次还咳出血来，为此，何再文劝她去医院看看，洪嫂总是摇摇头。前阵子洪嫂吐血了，何再文硬拉着她住进病房，何书凝还去送过几次饭，都是父亲做的洪嫂喜欢吃的菜。

一周前，何书凝和父亲一起去接洪嫂出院，她看上去状态不错。

“咱们回家吧！”洪嫂拉着何书凝的手，笑吟吟地说。

何书凝想不明白。

“洪嫂明明好好出院的，今天中饭时还神态正常，怎么就不小心坠楼了呢？”何书凝真的想不明白。

洪嫂，或者该叫洪姨。她的意外死亡，无疑在何书凝心中掀起了极大的波澜。

6

洪嫂坠楼事件后，何书凝显得更沉默寡言，来林少峰宿舍时也常常眉心紧锁，独自闷坐一边。人有时候很奇怪，宁可在心里一千遍一万遍地对自己诉说，也不愿跟身边的人透露只言片语，不是不信任，而是一些苦闷和烦恼、一些心情和境遇，别人不曾身临其境。

林少峰能理解。

“你去过天台山吗？”几日后的周五，何书凝问林少峰。

“慕名已久，路过几次，却没好好欣赏过。”林少峰回答。

“这个周末，我们一起去好吗？”何书凝依旧面色凝重。

天台山以佛教天台宗发祥地和济公活佛的故乡而著称于世。林少峰上大学时读过东晋名士孙绰的《天台山赋》，言真辞切、文情并茂，时人称“掷地当作金石声”，堪称千古绝唱。明代大旅行家徐霞客足迹遍天下，他曾三上天台山，并将《游天台山日记》赫然标于《徐霞客游记》篇首。因而，对于集古、幽、青、奇之美于一身的天台山，林少峰向往之至，便欣然答应。

第二天一早，两个人乘坐长途汽车前往天台山。虽说天台山离海门市也就一百多公里路，但沿途多崇山峻岭，车行如龟爬，坐了四个多小时才到达天台县城，再转乘小三轮车前往景区。

“天台山者，盖山岳之神秀者也。涉海则有方丈、蓬莱，登陆则有四明、天台。皆玄圣之所游化，灵仙之所窟宅。夫其峻极之状、嘉祥之美，穷山海之瑰富，尽人神之壮丽矣……”越往前行，天台山就越见奇伟壮美，林少峰不禁吟咏起孙绰的《天台山赋》来。

“这孙绰当过管辖海门卫城的章安县令，那时的天台山，还是草昧未开、人迹罕至的穷乡僻壤，如果没有一股寻幽探险的激情，没有一种勇于攀登的毅力，是无法完全感受这钟灵毓秀的天台山风光的。这篇《天台山赋》，景色描写和感情抒发浑然一体，堪称字字金石、句句中声，仿佛令人置身于声色俱佳的神话世界。”林少峰不时介绍天台山。要是在以往，何书凝肯定会脑袋微微弯向左侧，专注地看着林少峰，听他摇头晃脑地讲述，而这次她却漫不经心地看着窗外，只是偶尔转过头来朝林少峰咧咧嘴，又扭头继续看窗外。

循着由高而低、由远而近的路径，两个人先到达天台山主峰华顶。伫立山顶，四顾峰峦，变幻莫测的云涛翻腾着，置身其中，恍若仙境。只见石梁飞瀑在丛山苍翠中，一石横空，双涧从四十多米高的峭壁上呼啸而下，色如霜雪，势若奔雷，极尽雄伟奇丽之致。一路上，幽洞、清泉、古木、珍禽，让林少峰赞叹不已，但何书凝兴趣依然不浓，至多是矜持地笑笑。

下得半山腰，便是“佛宗道源”中的“道源”：这儿有汉末高道葛玄炼丹的仙山桃溪和仙都琼台，这儿有道教南宗的圣地桐柏宫，这儿有天下第六洞天玉京洞……林少峰一直十分推崇道教，炎黄子孙的先祖、中华民族始祖轩辕黄帝，“且战且学仙”，“问道于广成子”，应该是追问生命意义、挑战人类生命极限之第一人。

“我们就不进去了吧！”林少峰本想进去好好地观摩一番，却被何书凝拉住。

“怎么了？这可是咱们中国的本土宗教！”林少峰牵着何书凝的手，往桐柏宫里走。

“我有些不舒服，还是到山下去吧！”何书凝的脸色变得有些苍白。

“好，那我下次再来。”林少峰自然不能拂她的意。

下到南面山脚，触目便是黄色的院墙，这儿就是“佛宗道源”中的“佛宗”所在地——隋代古刹国清寺。一到清溪环绕、庄重肃穆的国清寺，何书凝的脸上立刻有了红润之色，神情也变得虔诚起来。林少峰跟在她身后，信步于古树蔽天的山道上，入目皆是山间翠色点缀的黄色院墙，深吸一口气，满满的都是寺庙所特有的清香，这种清香飘散在树林间，缠绕在溪边草丛里，显得虚幻而又真实。

他们走过解脱门，跨进般若门，在点点红烛和缭绕香烟中，映出一个又一个虔诚的身影。何书凝双手合十，双目微闭，缓慢行走，林少峰似乎能感觉到她心中的信仰，在炽热地燃烧着。

两个人是在国清寺里吃的素斋，素斋的原料大多是僧人们自己种的菜和山上挖的竹笋、采的蘑菇之类，味道原始而鲜美。斋后，两个人喝了一壶罗汉佛茶。

回程时，何书凝的心情明显开始好起来。她告诉林少峰，也不知为什么，在道观前她感觉很压抑，而在寺庙前则不同，自己的身体一片通透，人世间的烦恼就此烟消云散。刚才喝罗汉佛茶时，她更觉得心灵得到洗涤和沉淀。

也许，能摈除一切欲念，保持空灵之心，就是人生的一种智慧。

自打天台山回来，何书凝便很少来看林少峰。

林少峰心里明白，洪嫂坠楼事件对何书凝留下了烙印，这触及她灵魂深处的某些隐痛。

林少峰依然每天去泡开水，何嫂似乎变得沉默寡言，原本一见他就打招呼的劲儿也没有了。几次林少峰主动提起话头，问何书凝最近在干吗？何嫂叹口气，说这孩子总是一个人闷在房间，也不知道想些什么，好像在读一本西藏和尚的诗集。林少峰知道，何书凝肯定是在读仓央嘉措的诗了。

中元节后的一天傍晚，林少峰刚回到宿舍，就听到楼下有人在叫。他听出是何嫂的声音，急忙下楼。

何嫂递给林少峰一封信。

“书凝今天上午接到通知，说是让她到高岭乡半天飞小学报到。她把自己关在房间里半天，出去时留了一封信给你……”何嫂一身在茶水房里的打扮，看得出是匆忙赶过来的。

“好事呀，终于分配工作了。上班后，一切都会好起来的。”林少峰接过信，喜滋滋地对何嫂说。

“你是不知道，高岭乡是我老家，在西部山区，车坐到乡里，还得走半天山路才能到半天飞……”何嫂皱了皱眉头。

“哦，这么远呀？”待在卫城的林少峰，对西部山区还真不熟悉。

“整个学校也就二三十个学生，听说前几年分配去的几个老师都待不住，没多久就逃回来了。”何嫂的眼神中充满无奈。

“国家强调大力发展教育事业，海门市各个学校都在扩大规模，多才多艺的师范毕业生正逢其时，怎会分配到大山深处一所只有二三十个学生的小学里去？”林少峰心下郁闷。

“都是她爸造的孽，现在的教育局局长是他的死对头，她爸在当造反派时整过他。报应呀！”何嫂说着，眼眶开始发红。

“原来是这样！”林少峰这才弄明白。

“真是作孽呀，书白读了！”何嫂揩一把眼泪后，转身离开。

“您别着急，咱们想办法调回来！”林少峰冲着她的背影说。

看到何嫂边走边擦眼泪，林少峰的鼻子开始发酸。

“一定是对分配不公和到穷乡僻壤教书的失望，还有可能就是遇上洪嫂坠楼事件后心里的那份伤感。或许，或许还有对他的一些留恋。”上楼时，林少峰一直猜想何书凝信里的内容。

回到宿舍，他急切地打开信封，展读那字迹娟秀、长达整整三页的信——

少峰哥：

请允许我用文字，第一次也是最后一次这样称呼你！

最近，我很少去看你，想必你也已经感觉到了。实际上，我不是不想与你说话，而是有许多话说不出来，只能默默地放在心里。

这些年来，我的父母、亲友都盼着我快快长大，好早点工作、早点成家生儿育女，但我真的不想长大，不想看到太多的事，听到太多的不是，经历太多的不愿，就这样单纯地过一辈子。可是，每个人都必须面对长大，面对纷繁复杂的人生。

人生就像蒲公英，看似自由，却每每身不由己。

令我料想不到的是：这次毕业分配，竟然会到母亲好不容易出来、死活都不肯回去的深山冷岙里。去年下半年，我们学校开办了一个民办教师进修班，招收经过教育局推荐的山村民办教师，毕业后统一转为正式在编教师，再回到原来的学校去教书。

民办教师进修班举行毕业典礼那天下午，我平生第一次月经刚刚干净。我当时很兴奋，心想，这下总算变成大姑娘了，可以大胆地追求我想要的幸福与未来。

这一切好的坏的，我都等待着与你分享。可一纸文件摧毁了我所有的幻想：所有新分配的教师，必须在大山里待满六年才能回到自己的家乡。六年，什么事情都变了不是吗？六年后，你可能有了自己的家庭，而再见时，你还会是以前的你吗？我不敢想象。

每次面对你，面对你的关爱和体贴，我都会陷入深深的矛盾和痛苦之中。我想过跟命运反抗，但压抑与自卑感越来越逼近我，沉重得让人无法呼吸。我不想耽误你，但又害怕，害怕失去你。真的很感谢我的生命里有过你，你是我今生不期而遇的温暖，也是我今生蓬勃的希望。这段日子以来，我白天独自躲在房间的角落哭泣；夜深人静时站在窗前黯然神伤，当我无法用嘴来解释时，眼泪是唯一能表达情绪的方式。那些流过的泪，终究是我经历过的曾经，我宁愿将一切搁浅，也不愿让自己喜欢的人徒增烦恼。尤其是感情，像洪姨一样，即使我们最在意、最在乎，又能怎样？牺牲一个人的青春，用等待换来的情感终究会是一场悲剧。就让记忆停留在昨天吧，只当我是一个路人，你会得到人世间真正的幸福与快乐。别恨我，也别想我，更别到处找我。

在梵钟佛音里，我的心才会平和、坦然、安详，我是与佛有缘。这段日子，我想找一个供养灵魂的地方，清空心里的阴霾，远离尘嚣，以清静心看世界。一念放下，万般自在。不泣离别，不诉终殇。

书凝

看完何书凝的信，林少峰足足怔了半晌。

第二天一早，林少峰就赶往两个人不久前去过的天台山，没有发现何书凝的一丝踪影。他又先后到普陀山、五台山、九华山等地寻觅，始终找不到何书凝。

每到一处，林少峰总会向人打听附近有没有什么庵堂，若得到肯定的回答，就会匆忙赶去礼佛，盼能觅得何书凝的消息。

希望一次比一次渺茫。

每次到庵堂，林少峰总会觉得那解脱门内的点点红烛，和缭绕香烟中映出的一个又一个虔诚的身影，仿佛都是书凝……